今古奇观

JINGU QIGUAN

〔明〕抱瓮老人◎ 辑

光明日报出版社

图书在版编目（CIP）数据

今古奇观 /（明）抱瓮老人辑 . -- 北京：光明日报出版社 ,2014.5（2024.3 重印）
（光明岛）
ISBN 978-7-5112-6284-4

Ⅰ.①今… Ⅱ.①抱… Ⅲ.①话本小说—小说集—中国—明代 Ⅳ.① I242.3

中国版本图书馆 CIP 数据核字（2014）第 069643 号

今古奇观
JINGU QIGUAN

辑　　者：〔明〕抱瓮老人	
责任编辑：靳鹤琼	责任校对：王腾达
封面设计：博文斯创	责任印制：曹　净

出版发行：光明日报出版社
地　　址：北京市西城区永安路 106 号，100050
电　　话：010-67022197（咨询），67078870（发行），67019571（邮购）
传　　真：010-67078227，67078255
网　　址：http://book.gmw.cn
E - mail：lijuan@gmw.cn
法律顾问：北京德恒律师事务所龚柳方律师

印　　刷：北京一鑫印务有限责任公司
装　　订：北京一鑫印务有限责任公司
本书如有破损、缺页、装订错误，请与本社联系调换，电话：010-67019571

开　　本：150mm×220mm	印　张：12
字　　数：200 千字	
版　　次：2014 年 5 月第 1 版	
印　　次：2024 年 3 月第 4 次印刷	
书　　号：ISBN 978-7-5112-6284-4	
定　　价：29.80 元	

版权所有　翻印必究

目 录

三孝廉让产立高名 / 1
两县令竞义婚孤女 / 9
滕大尹鬼断家私 / 20
李谪仙醉草吓蛮书 / 33
灌园叟晚逢仙女 / 42
转运汉遇巧洞庭红 / 56
吴保安弃家赎友 / 70
羊角哀舍命全交 / 79
宋金郎团圆破毡笠 / 83
俞伯牙摔琴谢知音 / 95
老门生三世报恩 / 103
钝秀才一朝交泰 / 110
陈御史巧勘金钗钿 / 118
徐老仆义愤成家 / 133
吕大郎还金完骨肉 / 145
唐解元玩世出奇 / 153
女秀才移花接木 / 159
崔俊臣巧会芙蓉屏 / 177

三孝廉让产立高名

紫荆枝下还家日,花萼楼中合被时。
同气从来兄与弟,千秋羞咏《豆萁诗》。

这首诗,为劝人兄弟和顺而作,用着三个故事,看官听在下一一分剖。第一句说:"紫荆枝下还家日。"昔时有田氏兄弟三人,从小同居合爨。长的娶妻,叫田大嫂;次的娶妻,叫田二嫂。妯娌和睦,并无间言。惟第三的年小,随着哥嫂过日。后来长大娶妻,叫田三嫂。那田三嫂为人不贤,恃着自己有些妆奁,看见夫家一锅里煮饭,一桌上吃食,不用私钱,不动私秤,便私房要吃些东西,也不方便。日夜在丈夫面前撺掇①:"公堂钱库田产,都是伯伯们掌管,一出一入,你全不知道。他是亮里,你是暗里。用一说十,用十说百,那里晓得!目今虽说同居,到底有个散场。若还家道消乏下来,只苦得你年幼的。依我说,不如早早分析,将财产三分拨开,各人自去营运,不好么?"田三一时被妻言所惑,认为有理,央亲戚对哥哥说,要分析而居。田大、田二初时不肯,被田三夫妇内外连连催逼,只得依允,将所有房产钱谷之类,三分拨开,分毫不多,分毫不少。只有庭前一棵大紫荆树,积祖②传下,极其茂盛,既要析居,这树归着那一个?可惜正在开花之际,也说不得了。田大至公无私,议将此树砍倒,将粗本分为三截,每人各得一截,其余零枝碎叶,论秤分开。商议已妥,只待来日动手。次日天明,田大唤了两个兄弟,同去砍树。到得树边看时,枝枯叶萎,全无生气。田大把手一推,其树应手而倒,根芽俱露。田大住手,向树大哭。两个兄弟道:"此树值得甚么!兄长何必如此痛惜!"田大道:"吾非哭此树也。想我兄弟三人,产于一姓,同爷合母,比这树枝枝叶叶,连根而生,分开不得,根生本,本生枝,枝生叶,所以荣盛。昨日议将此树分为三截,那树不忍活活分离,一夜自家枯死。我兄弟三人若分离了,亦如此树枯死,岂有荣盛之日,吾所以悲哀耳。"田二、田三闻哥哥所言,至情感动:"可以人而不如树乎?"遂相抱做一堆,痛哭不已。大家不忍分析,情愿依旧同居合爨。三房妻子听得堂前哭声,出来看时,方知其故。大嫂二嫂,各各欢喜。惟三嫂不愿,口出怨言。田三要

---

① 撺掇(cuān duo):怂恿的意思。
② 积祖:累世,好多代的意思。

将妻逐出。两个哥哥再三劝住。三嫂羞惭,还房自缢而死。此乃自作孽不可活。这话阁过不题。再说田大可惜那棵紫荆树,再来看时,其树无人整理,自然端正,枝枯再活,花萎重新,比前更加烂熳。田大唤两个兄弟来看了,各人嗟讶不已。自此田氏累世同居。有诗为证:

　　紫荆花下说三田,人合人离花亦然。
　　同气连枝原不解,家中莫听妇人言。

第二句说:"花萼楼中合被时。"那花萼楼在陕西长安城中,大唐玄宗皇帝所建。玄宗皇帝就是唐明皇。他原是唐家宗室,因为韦氏乱政,武三思专权,明皇起兵诛之,遂即帝位。有五个兄弟,皆封王爵,时号"五王"。明皇友爱甚笃,起一座大楼,取《诗经·棠棣》之义①,名曰花萼。时时召五王登楼欢宴。又制成大幔,名为"五王帐"。帐中长枕大被,明皇和五王时常同寝其中。有诗为证:

　　羯鼓频敲玉笛催,朱楼宴罢夕阳微。
　　宫人秉烛通宵坐,不信君王夜不归。

第四句说:"千秋羞咏《豆萁诗》。"后汉魏王曹操长子曹丕,篡汉称帝。有弟曹植,字子建,聪明绝世。操生时最所宠爱,几遍欲立为嗣而不果。曹丕衔其旧恨,欲寻事而杀之。一日,召子建问曰:"先帝每夸汝诗才敏捷,朕未曾面试。今限汝七步之内,成诗一首。如若不成,当坐汝欺诳之罪。"子建未及七步,其诗已成。中寓规讽之意。诗曰:

　　煮豆燃豆萁,豆在釜中泣。
　　本是同根生,相煎何太急。

曹丕见诗感泣,遂释前恨。后人有诗为证:

　　从来宠贵起猜疑,七步诗成亦可危。
　　堪叹釜萁仇未已,六朝骨肉尽诛夷。

说话的,为何今日讲这两三个故事?只为自家要说那三孝廉让产立高名。这段话文②不比曹丕忌刻,也没子建风流,胜如紫荆花下三田,花萼楼中诸李,随你不和顺的弟兄,听着在下讲这节故事,都要学好起来。正是:

　　要知天下事,须读古人书。

---

　　① 《诗经·棠棣》之义:《诗经》,是我国最古的一部诗歌总集。《棠棣》,是其中的一篇,里面有这样的诗句:"棠棣之华(花),鄂(萼)不韡韡;凡今之人,莫如兄弟。"据前人解释,是用花和花蒂的相互依附生辉,比喻兄弟的相互友爱。

　　② 话文:指宋代说书人说唱故事的底本。多用口语写成。

这故事出在东汉光武年间。那时天下乂安①，万民乐业，朝有梧凤之鸣，野无谷驹之叹②。原来汉朝取士之法，不比今时。他不以科目取士，惟凭州郡选举。虽则有博学宏词，贤良方正等科，惟以孝廉③为重。孝者，孝弟；廉者，廉洁。孝则忠君，廉则爱民。但是举了孝廉，便得出身做官。若依了今日的事势，州县考个童生，还有几十封荐书。若是举孝廉时，不知多少分上钻刺，依旧是富贵子弟钻去了。孤寒的便有曾参之孝，伯夷之廉，休想扬名显姓。只是汉时法度甚妙：但是举过某人孝廉，其人若果然有才有德，不拘资格，骤然升擢，连举主俱纪录受赏；若所举不得其人，后日或贪财坏法，轻则罪黜，重则抄没，连举主一同受罪。那荐人的，与所荐之人，休戚相关，不敢胡乱。所以公道大明，朝班清肃。不在话下。

且说会稽郡阳羡县，有一人姓许名武，字长文，十五岁上，父母双亡。虽然遗下些田产童仆，奈门户单微，无人帮助。更兼有两个兄弟，一名许晏，年方九岁，一名许普，年方七岁，都则幼小无知，终日赶着哥哥啼哭。那许武日则躬率童仆，耕田种圃，夜则挑灯读书。但是耕种时，二弟虽未胜耰锄，必使从旁观看。但是读书时，把两个小兄弟，坐于案旁，将句读亲口传授，细细讲解，教以礼让之节，成人之道。稍不率教，辄跪于家庙之前，痛自督责，说自己德行不足，不能化诲，愿父母有灵，启牖④二弟，涕泣不已。直待兄弟号泣请罪，方才起身，并不以疾言倨色相加也。室中只用铺陈⑤一副，兄弟三人同睡。如此数年，二弟俱已长成，家事亦渐丰盛。有人劝许武娶妻。许武答道："若娶妻，便当与二弟别居。笃夫妇之爱，而忘手足之情，吾不忍也。"繇是昼则同耕，夜则同读，食必同器，宿必同床。乡里传出个大名，都称为"孝弟许武"。又传出几句口号，道是：

阳羡许季长，耕读昼夜忙。教诲二弟俱成行，不是长兄是父娘。

时州牧郡守，俱闻其名，交章荐举，朝廷征为议郎。下诏会稽郡。太守奉旨，檄下县令，刻日劝驾。许武迫于君命，料难推阻，分付两个兄弟："在家躬耕力学，一如我在家之时，不可懈惰废业，有负先人遗训。"又嘱

---

① 乂(yì)安：安定，平安，太平无事。
② 朝有梧凤之鸣，野无谷驹之叹：梧凤，《诗经·卷阿》："凤凰鸣矣，于彼高冈。梧桐生矣，于彼朝阳。"古人认为太平的时候，凤凰就出现。这一句是说：朝里有凤凰集在梧桐上叫，表示天下太平。谷驹，《诗经·白驹》："皎皎白驹，在彼空谷。"是说：很好一匹白马，却放在山谷里不使用；用以讽刺国王不能任用贤臣。
③ 孝廉：汉代选举官吏的两种科目。孝，孝悌之人。廉，清廉之士。后来合称孝廉。历代因之。也指被举荐的士人。
④ 启牖(yǒu)：启，启发；牖，诱导。启牖，启发、开导，说服教育。
⑤ 铺陈：亦作铺程；被褥，卧具等。

3

付奴仆:"俱要小心安分,听两个家主役使,早起夜眠,共扶家业。"嘱付已毕,收拾行装。不用官府车辆,自己雇了脚力登车。只带一个童儿,望长安进发。不一日,到京朝见受职。长安城中,闻得孝弟许武之名,争来拜访识荆①。此时望重朝班,名闻四野。朝中大臣探听得许武尚未婚娶,多欲以女妻之者。许武心下想道:"我兄弟三人,年皆强壮,皆未有妻。我若先娶,殊非为兄之道。况我家世耕读,侥幸备员朝署,便与缙绅②大家为婚,那女子自恃家门,未免骄贵之气。不惟坏了我儒素门风,异日我两个兄弟娶了贫贱人家女子,妯娌之间,怎生相处!从来兄弟不睦,多因妇人而起,我不可不防其渐也。"腹中虽如此踌论,却是说不出的话。只得权辞③以对,说家中已定下糟糠④之妇,不敢停妻再娶,恐被宋弘所笑。众人闻之,愈加敬重。况许武精于经术,朝廷有大政事,公卿不能决,往往来请教他。他引古证今,议论悉中窾要。但是许武所议,众人皆以为确不可易。公卿倚之为重。不数年间,累迁至御史大夫之职。忽一日,思想二弟在家,力学多年,不见州郡荐举,诚恐怠荒失业,意欲还家省视。遂上疏,其略云:

  臣以菲才,遭逢圣代,致位通显,未谋报称,敢图暇逸?但古人云:"人生百行,孝弟为先。""不孝有三,无后为大。"先父母早背⑤,域兆⑥未修。臣弟二人,学业未立。臣三十未娶。五伦之中,乃缺其三。愿赐臣假,暂归乡里。倘念臣犬马之力,尚可鞭笞,奔驰有日。

天子览奏,准给假暂归,命乘传⑦衣锦还乡,复赐黄金二十斤为婚礼之费。许武谢恩辞朝,百官俱于郊外送行。正是:

  报道锦衣归故里,争夸白屋⑧出公卿。

  许武既归,省视先茔已毕,便乃纳还官诰,只推有病,不愿为官。过了

---

① 识荆:唐代李白《与韩荆州书》:"生不愿封万户侯,但愿一识韩荆州。"后来就把"识荆"二字当作初次见面认识的敬辞。

② 缙绅:把笏板插在带间。笏:古代君臣在朝廷上相见时手中所拿的狭长板子,用玉、象牙或竹板制成,上面可以记事。缙绅引申指士大夫。

③ 权辞:不依常法,临机应变的意思。权辞,临机应变推托的话。

④ 糟糠:东汉光武(刘秀)想把他的姐姐嫁给宋弘,暗示宋弘同原来的妻子离婚。宋弘说:"贫贱之交不可忘,糟糠之妻不下堂。"拒绝了刘秀。糟糠,贫穷人所吃的食物;后来用作贫贱时共过患难的妻子的代称。

⑤ 早背:(父母)早死。

⑥ 域兆:墓地的意思。

⑦ 传:官家驿站所备用的车子。

⑧ 白屋:用茅草覆盖的房屋。指贫苦平民的住所。

些时,从容召二弟至前,询其学业之进退。许晏、许普应答如流,理明词畅。许武心中大喜。再稽查田宅之数,比前恢廓数倍,皆二弟勤俭之所积也。武于是遍访里①中良家女子,先与两个兄弟定亲,自己方才娶妻,续又与二弟婚配。约莫数月,忽然对二弟说道:"吾闻兄弟有析居之义。今吾与汝,皆已娶妇,田产不薄,理宜各立门户。"二弟唯唯惟命。乃择日治酒,遍召里中父老。三爵已过,乃告以析居之事。因悉召僮仆至前,将所有家财,一一分剖。首取广宅自予,说道:"吾位为贵臣,门宜棨戟②,体面不可不肃。汝辈力田耕作,得竹庐茅舍足矣。"又阅田地之籍,凡良田悉归之己,将硗薄者量给二弟。说道:"我宾客众盛,交游日广,非此不足以供吾用。汝辈数口之家,但能力作,只此可无冻馁。吾不欲汝多财以损德也。"又悉取奴仆之壮健伶俐者,说道:"吾出入跟随,非此不足以给使令。汝辈合力耕作,正须此愚蠢者作伴,老弱馈食足矣,不须多人费汝衣食也。"众父老一向知许武是个孝弟之人,这番分财,定然辞多就少。不想他般般件件,自占便宜。两个小兄弟所得,不及他十分之五,全无谦让之心,大有欺凌之意。众人心中甚是不平。有几个刚直老人气忿不过,竟自去了。有个心直口快的,便想要开口,说公道话,与两个小兄弟做乔主张③。其中又有个老成的,背地里捏手捏脚,教他莫说。以此罢了。那教他莫说的,也有些见识。他道:"富贵的人,与贫贱的人,不是一般肚肠。许武已做了显官,比不得当初了。常言道:疏不间亲。你我终是外人,怎管得他家事。就是好言相劝,料未必听从,枉费了唇舌,到挑拨他兄弟不和。倘或做兄弟的肯让哥哥,十分之美,你我又呕这闲气则甚!若做兄弟的心上不甘,必然争论。等他争论时节,我们替他做个主张,却不是好!"正是:

　　事非干己休多管,话不投机莫强言。

原来许晏、许普,自从蒙哥哥教诲,知书达礼,全以孝弟为重。见哥哥如此分析,以为理之当然,绝无几微④不平的意思。许武分拨已定,众人皆散。许武居中住了正房,其左右小房,许晏、许普各住一边。每日率领家奴下田耕种,暇则读书,时时将疑义叩问哥哥,以此为常。妯娌之间,也学他兄弟三人一般和顺。从此里中父老,人人薄⑤许武之所为,都可怜他两个兄弟。私下议论道:"许武是个假孝廉,许晏、许普才是个真孝廉。他思念父

---

① 里:古代居民区名。一里所含居民家数,说法不一,历代也有变化。
② 棨戟:本是武器,后来作为一种仪仗;古代大官员的随从、卫队和守门的人所拿的东西。
③ 做乔主张:乔,假装,故意。做乔主张,胡乱作主张的意思。
④ 几微:极小。非常隐微,一点点。
⑤ 薄:轻视,看不起。

母面上,一体同气,听其教诲,唯唯诺诺,并不违拗,岂不是孝;他又重义轻财,任分多分少,全不争论,岂不是廉。"起初里中传个好名,叫做"孝弟许武",如今抹落了武字,改做"孝弟许家"。把许晏、许普弄出一个大名来。那汉朝清议①极重,又传出几句口号,道是:

假孝廉,做官员;真孝廉,出口钱②。假孝廉,据高轩;真孝廉,守茅檐。假孝廉,富田园;真孝廉,执锄镰。真为玉,假为瓦,瓦为厦,玉抛野。不宜真,只宜假。

那时明帝即位,下诏求贤,令有司访问笃行有学之士,登门礼聘,传驿至京。诏书到会稽郡,郡守分谕各县。县令平昔已知许晏、许普让产不争之事,又值父老公举他真孝真廉,行过其兄,就把二人申报本郡。郡守和州牧,皆素闻其名,一同举荐。县令亲到其门,下车投谒,手捧玄纁束帛③,备陈天子求贤之意。许晏、许普,谦让不已。许武道:"幼学壮行,君子本分之事。吾弟不可固辞。"二人只得应诏,别了哥嫂,乘传到于长安,朝见天子。拜舞已毕,天子金口玉言,问道:"卿是许武之弟乎?"晏、普叩头应诏。天子又道:"闻卿家有孝弟之名。卿之廉让,有过于兄,朕心嘉悦。"晏、普叩头道:"圣运龙兴,辟门访落④,此乃帝王盛典。郡县不以臣晏臣普为不肖,有溷圣聪。臣幼失怙恃⑤,承兄武教训,兢兢自守,耕耘诵读之外,别无他长。臣等何能及兄武之万一。"天子闻对,嘉其谦德,即日俱拜为内史。不五年间,皆至九卿之位。居官虽不如乃兄赫赫之名,然满朝称为廉让。忽一日,许武致家书于二弟。二弟拆开看之,书曰:

匹夫而膺辟召,仕宦而至九卿,此亦人生之极荣也。二疏有言⑥:"知足不辱,知止不殆。"既无出类拔萃之才,宜急流勇退,以避贤路。

晏、普得书,即日同上疏辞官。天子不许。疏三上。天子问宰相宋均道:"许晏、许普壮年入仕,备位九卿,朕待之不薄,而屡屡求退,何也?"宋均

---

① 清议:指对时政的议论。也指社会上清明公正的言论。
② 口钱:即丁口钱,亦称口算,汉初创行的丁口税:十五岁以上到五十六岁,每人每年缴纳一百二十文钱。作了官,可以免纳这种钱。
③ 玄纁(xūn)束帛:古代聘问时所用的礼物。玄纁,绛黑色。束,十端为束,就是五匹帛,绸子。
④ 辟门访落:辟门,开门迎贤的意思。访:访问;落:开始。就是开始作皇帝的时候,就延访群臣的意思。
⑤ 失怙恃:失去父母的意思。
⑥ 二疏有言:据《汉书》记载,疏广,西汉时人,他和他的侄子疏受一同在朝作官。他对疏受说:"吾闻知足不辱,知止不殆。功遂身退,天之道也。"两人于是辞官回家。事见《汉书》本传。

奏道：“晏、普兄弟三人，天性孝友。今许武久居林下，而晏、普并驾天衢①，其心或有未安。”天子道：“朕并召许武，使兄弟三人同朝辅政何如？”宋均道：“臣察晏、普之意，出于至诚。陛下不若姑从所请，以遂其高。异日更下诏征之。或访先朝故事，就近与一大郡，以展其未尽之才，因使便道归省，则陛下好贤之诚，与晏、普友爱之义，两得之矣。”天子准奏，即拜许晏为丹阳郡太守，许普为吴郡太守，各赐黄金二十斤，宽假三月，以尽兄弟之情。许晏、许普谢恩辞朝，公卿俱出郭，到十里长亭，相饯而别。晏、普二人，星夜回到阳羡，拜见了哥哥，将朝廷所赐黄金，尽数献出。许武道："这是圣上恩赐，吾何敢当！"教二弟各自收去。次日，许武备下三牲祭礼，率领二弟到父母坟茔，拜奠了毕，随即设宴遍召里中父老。许氏三兄弟，都做了大官，虽然他不以富贵骄人，自然声势赫奕。闻他呼唤，尚不敢不来，况且加个"请"字。那时众父老来得愈加整齐。许武手捧酒卮，亲自劝酒。众人都道："长文公与二哥三哥接风之酒，老汉辈安敢僭先！"比时风俗淳厚，乡党序齿②，许武出仕已久，还叫一句"长文公"，那两个兄弟，又下一辈了，虽是九卿之贵，乡尊故旧，依旧称"哥"。许武道："下官此席，专屈诸乡亲下降，有句肺腑之言奉告。必须满饮三杯，方敢奉闻。"众人被劝，只得吃了。许武教两个兄弟次第把盏，各敬一杯。众人饮罢，齐声道："老汉辈承贤昆玉③厚爱，借花献佛，也要奉敬。"许武等三人，亦各饮讫。众人道："适才长文公所论金玉之言，老汉辈拱听已久，愿得示下。"许武叠两个指头，说将出来。言无数句，使听者毛骨耸然。正是：

斥鷃不知大鹏，河伯不知海若④。
圣贤一段苦心，庸夫岂能测度。

许武当时未曾开谈，先流下泪来。吓得众人惊惶无措。两个兄弟慌忙跪下，问道："哥哥何故悲伤？"许武道："我的心事，藏之数年，今日不得不言。"指着晏、普道："只因为你两个名誉未成，使我作违心之事，冒不韪之名，有玷于祖宗，贻笑于乡里，所以流泪。"遂取出一卷册籍，把与众人观看。——原来是田地屋宅及历年收敛米粟布帛之数。众人还未晓其意。

---

① 林下、天衢：林下，指乡间。天衢，天路，指朝廷。并驾天衢，即同时在朝里做官的意思。
② 序齿：不以官爵的高下分先后，而以年龄的大小为次序的意思。
③ 昆玉：就是"昆仲"的意思，对人兄弟的敬称，犹如说："贵兄弟"。
④ 斥鷃不知大鹏，河伯不知海若：斥鷃，小鸟名。大鹏，一种大鸟，一飞几万里。斥鷃觉得自己在树上飞来飞去，已经够好了；它笑大鹏为什么要飞那么远。河伯，河神。海若，海神。河伯自以为河里的水很多，再没有其他的水能和他相比；后来他看见海的时候，才大为惊叹。这两个寓言，都出于《庄子》。

许武又道:"我当初教育两个兄弟,原要他立身行道,扬名显亲。不想我虚名早著,遂先显达。二弟在家,躬耕力学,不得州郡征辟。我欲效古人祁大夫内举不避亲①,诚恐不知二弟之学行者,说他因兄而得官,误了终身名节。我故倡为析居之议,将大宅良田,强奴巧婢,悉据为己有。度吾弟素敦爱敬,决不争竞。吾暂冒贪饕之迹,吾弟方有廉让之名。果蒙乡里公评,荣膺征聘。今位列公卿,官常无玷,吾志已遂矣。这些田房奴婢,都是公共之物,吾岂可一人独享!这几年以来,所收米谷布帛,分毫不敢妄用,尽数开载在那册籍上。今日交付二弟,表为兄的向来心迹,也教众乡尊得知。"众父老到此,方知许武先年析产一片苦心。自愧见识低微,不能窥测,齐声称叹不已。只有许晏、许普哭倒在地,道:"做兄弟的,蒙哥哥教训成人,侥幸得有今日。谁知哥哥如此用心!是弟辈不肖,不能自致青云之上,有累兄长。今日若非兄长自说,弟辈都在梦中。兄长盛德,从古未有。只是弟辈不肖之罪,万分难赎。这些小家财,原是兄长苦挣来的,合该兄长管业。弟辈衣食自足,不消兄长挂念。"许武道:"做哥的力田有年,颇知生殖。况且宦情已淡,便当老于耰锄,以终天年。二弟年富力强,方司民社②,宜资庄产,以终廉节。"晏、普又道:"哥哥为弟辈而自污。弟辈既得名,又欲得利,是天下第一等贪夫了。不惟玷辱了祖宗,亦且玷辱了哥哥。万望哥哥收回册籍,聊减弟辈万一之罪。"众父老见他兄弟三人交相推让,你不收,我不受,一齐向前劝道:"贤昆玉所言,都则一般道理。长文公若独得了这田产,不见得向来成全两位这一段苦心。两位若径受了,又负了令兄长文公这一段美意。依老汉辈愚见,宜作三股均分,无厚无薄,这才见兄友弟恭,各尽其道。"他三个兀自③你推我让。那父老中有前番那几个刚直的,挺身向前,厉声说道:"吾等适才处分,甚得中正之道。若再推逊,便是矫情沽誉了。把这册籍来,待老汉与你分剖。"许武弟兄三人,更不敢多言,只得凭他主张。当时将田产配搭三股分开,各自管业。中间大宅,仍旧许武居住。左右屋宇窄狭,以所在粟帛之数补偿晏、普,他日自行改造。其僮婢,亦皆分派。众父老都称为公平。许武等三人施礼作谢,邀入正席饮酒,尽欢而散。许武心中终以前番析产之事为歉,欲将所得良田之半,立为义庄④,以

---

① 祁大夫内举不避亲:祁奚,春秋晋国人。他作中军尉,告老回家,晋君问谁可以接替他的这个职务,他先推举了他的一个仇人,后来又推荐了自己的儿子,认为这两个人都是最适当的人选。所以当时有"内举不避亲,外举不避怨"的说法,表明他公正无私。事见《左传》。
② 民社:人民和社稷;就是作地方官的意思,这里指作太守。
③ 兀(wù)自:尚,犹,还是。
④ 义庄:立庄、置田收租,用来救济族中贫乏的人,这种庄称为"义庄"。

赡乡里。许晏、许普闻知,亦各出己产相助。里中人人叹服。又传出几句口号来,道是:

真孝廉,惟许武;谁继之?晏与普。弟不争,兄不取。作义庄,赡乡里。呜呼孝廉谁可比!

晏、普感兄之义,又将朝廷所赐黄金,大市牛酒,日日邀里中父老与哥哥会饮。如此三月,假期已满,晏、普不忍与哥哥分别,各要纳还官诰。许武再三劝谕,责以大义。二人只得听从,各携妻小赴任。却说里中父老,将许武一门孝弟之事,备细申闻郡县。郡县为之奏闻。圣旨命有司旌表其门,称其里为孝弟里。后来三公九卿,交章荐许武德行绝伦,不宜逸之田野。累诏起用。许武只不奉诏。有人问其缘故。许武道:"两弟在朝居位之时,吾曾讽以知足知止。我若今日复出应诏,是自食其言了。况方今朝廷之上,是非相激,势利相倾,恐非缙绅之福;不如躬耕乐道之为愈耳。"人皆服其高见。再说晏、普到任,守其乃兄之教,各以清节自励,大有政声。后闻其兄高致,不肯出山。弟兄相约,各将印绶纳还,奔回田里,日奉其兄为山水之游,尽老百年而终。许氏子孙昌茂,累代衣冠不绝,至今称为"孝弟许家"云。后人作歌叹道:

今人兄弟多分产,古人兄弟亦分产。
古人分产成弟名,今人分产但嚣争。
古人自污为孝义,今人自污争微利。
孝义名高身并荣,微利相争家共倾。
安得尽居孝弟里,却把阋墙①人愧死。

两县令竞义婚孤女

风水人间不可无,也须阴骘两相扶。
时人不解苍天意,枉使身心着意图。

话说近代浙江衢州府,有一人姓王名奉,哥哥姓王名春,弟兄各生一女:王春的女儿名唤琼英,王奉的叫做琼真。琼英许配本郡一个富家潘百

---

① 阋(xì)墙:《诗经·小雅·棠棣》:"兄弟阋于墙,外御其务。"阋墙,就是兄弟失和,在家里吵架的意思。

万之子潘华,琼真许配本郡萧别驾①之子萧雅,都是自小聘定的。琼英年方十岁,母亲先丧,父亲继殁。那王春临终之时,将女儿琼英托与其弟,嘱付道:"我并无子嗣,只有此女。你把做嫡女看成。待其长成,好好嫁去潘家。你嫂嫂所遗房奁衣饰之类,尽数与之。有潘家原聘财礼置下庄田,就把与他做脂粉之费。莫负吾言!"嘱罢,气绝。殡葬事毕,王奉将侄女琼英接回家中,与女儿琼真作伴。

忽一年元旦,潘华和萧雅不约而同到王奉家来拜年。那潘华生得粉脸朱唇,如美女一般,人都称玉孩童。萧雅一脸麻子,眼眶齿龇②,好似飞天夜叉模样。一美一丑,相形起来,那标致的越觉美玉增辉,那丑陋的越觉泥涂无色。况且潘华衣服炫丽,有心卖富,脱一通换一通。那萧雅是老实人家,不以穿着为事。常言道:佛是金装,人是衣装。世人眼孔浅的多,只有皮相,没有骨相。王家若男若女,若大若小,那一个不欣羡潘小官人美貌,如潘安再出,暗暗地颠唇簸嘴,批点那飞天夜叉之丑。王奉自己也看不过,心上好不快活。不一日,萧别驾卒于任所。萧雅奔丧,扶柩而回。他虽是个世家,累代清官,家无余积,自别驾死后,日渐萧索。潘百万是个暴富,家事日盛一日。王奉忽起一个不良之心,想道:"萧家甚穷,女婿又丑。潘家又富,女婿又标致。何不把琼英琼真暗地兑转,谁人知道?也不教亲生女儿在穷汉家受苦。"主意已定,到临嫁之时,将琼真充做侄女,嫁与潘家,哥哥所遗衣饰庄田之类,都把他去;却将琼英反为己女,嫁与那飞天夜叉为配,自己薄薄备些妆奁嫁送。琼英但凭叔叔做主,敢怒而不敢言。谁知嫁后,那潘华自恃家富,不习诗书,不务生理,专一嫖赌为事。父亲累训不从,气愤而亡。潘华益无顾忌,日逐与无赖小人酒食游戏。不上十年,把百万家资败得罄尽,寸土俱无。丈人屡次周给他,如炭中沃雪,全然不济。结末迫于冻馁,瞒着丈人,要引浑家去投靠人家为奴。王奉闻知此信,将女儿琼真接回家中养老,不许女婿上门。潘华流落他乡,不知下落。那萧雅勤苦攻书,后来一举成名,直做到尚书地位,琼英封一品夫人。有诗为证:

目前贫富非为准,久后穷通未可知。
颠倒任君瞒昧做,鬼神昭鉴定无私。

看官,你道为何说这王奉嫁女这一事?只为世人但顾眼前,不思日后;只要损人利己,岂知人有百算,天只有一算。你心下想得滑碌碌的一条路,天未必随你走哩。还是平日行善为高。今日说一段话本,正与王奉相反,

---

① 别驾:官职名,在汉代,是州刺史的佐吏。又称别驾从事。
② 眼眶齿龇:眼眶,眼眶洼陷深入。齿龇,牙齿又大又稀,不整齐。

唤做《两县令竞义婚孤女》。这桩故事，出在梁、唐、晋、汉、周五代①之季。其时周太祖郭威在位，改元广顺，虽居正统之尊，未就混一之势。四方割据称雄者，还有几处，共是五国三镇。那五国？

  周郭威   南汉刘晟   北汉刘旻
  南唐李昪 蜀孟知祥

那三镇？

  吴越钱镠 湖南周行逢 荆南高季昌

  单说南唐李氏有国，辖下江州地方，内中单表江州德化县一个知县，姓石名璧，原是抚州临川县人氏，流寓建康。四旬之外，丧了夫人，又无儿子，止有八岁亲女月香，和一个养娘②随任。那官人为官清正，单吃德化县中一口水③。又且听讼明决，雪冤理滞，果然政简刑清，民安盗息。退堂之暇，就抱月香坐于膝上，教他识字，又或叫养娘和他下棋、蹴鞠④，百般顽耍。他从旁教导。只为无娘之女，十分爱惜。一日，养娘和月香在庭中蹴那小小球儿为戏。养娘一脚踢起，去得势重了些，那球击地而起，连跳几跳的溜溜滚去，滚入一个地穴里。那地穴约有二三尺深，原是埋缸贮水的所在。养娘手短揽他不着，正待跳下穴中去拾取球儿。石璧道："且住！"问女儿月香道："你有甚计较，使球儿自走出来么？"月香想了一想，便道："有计了！"即教养娘去提过一桶水来，倾在穴内。那球便浮在水面。再倾一桶，穴中水满，其球随水而出。石璧本是要试女孩儿的聪明。见其取水出球，智意过人，不胜之喜。

  闲话休叙。那官人在任不上二年，谁知命里官星不现，飞祸相侵。忽一夜仓中失火，急去救时，已烧损官粮千余石。那时米贵，一石值一贯五百。乱离之际，军粮最重。南唐法度，凡官府破耗军粮至三百石者，即行处斩。只为石璧是个清官，又且火灾天数，非关本官私弊。上官都替他分解保奏。唐主怒犹未息，将本官削职，要他赔偿。估价共该一千五百余两。把家私变卖，未尽其半。石璧被本府软监，追逼不过，郁成一病，数日而死。

---

① 梁、唐、晋、汉、周五代：唐亡，当时拥有兵权的藩镇朱全忠、李存勖、石敬瑭、刘知远、郭威等先后称帝（自公元九〇七年至九六〇年），成立中央政府，史称"五代"。另外，地方割据政权有吴、前蜀、楚、南汉、闽、吴越、南平、后蜀、南唐、北汉等十国。合称为"五代十国"。最后被北宋统一。

② 养娘：婢女，丫头。有时也泛称女仆。

③ 单吃德化县一口水：晋代邓攸作吴郡太守，自己载米赴任，俸禄无所受，仅饮吴水而已，见《晋书》。这里用来形容廉洁不贪污的意思。

④ 蹴鞠（cù jū）：蹴，用脚踢。鞠，用皮子包着毛的皮球。蹴鞠，就是踢球。

遗下女儿和养娘二口,少不得着落牙婆官卖,取价偿官。这等苦楚,分明是:

> 屋漏更遭连夜雨,船迟又遇打头风。

　　却说本县有个百姓,叫做贾昌,昔年被人诬陷,坐①假人命事,问成死罪在狱。亏石知县到任,审出冤情,将他释放。贾昌衔保家活命之恩,无从报效。一向在外为商,近日方回。正值石知县身死。即往抚尸恸哭,备办衣衾棺木,与他殡殓。合家挂孝,买地茔葬。又闻得所欠官粮尚多,欲待替他赔补几分,怕钱粮干系,不敢开端惹祸。见说小姐和养娘都着落牙婆官卖。慌忙带了银子,到李牙婆家,问要多少身价。李牙婆取出朱批的官票来看:养娘十六岁,只判得三十两。月香十岁,倒判了五十两。却是为何?月香虽然年小,容貌秀美可爱;养娘不过粗使之婢,故此判价不等。贾昌并无吝色,身边取出银包,兑足了八十两纹银,交付牙婆,又谢他五两银子,即时领取二人回家。李牙婆把两个身价,交纳官库。地方②呈明石知县家财人口变卖都尽。上官只得在别项那移③赔补,不在话下。

　　却说月香自从父亲死后,没一刻不啼啼哭哭。今日又不认得贾昌是什么人,买他归去,必然落于下贱。一路痛哭不已。养娘道:"小姐,你今番到人家去,不比在老爷身边,只管啼哭,必遭打骂。"月香听说,愈觉悲伤。谁知贾昌一片仁义之心,领到家中,与老婆相见,对老婆说:"此乃恩人石相公的小姐。那一个就是伏侍小姐的养娘。我当初若没有恩人,此身死于缧绁④。今日见他小姐,如见恩人之面。你可另收拾一间香房,教他两个住下,好茶好饭供待他,不可怠慢。后来倘有亲族来访,那时送还,也尽我一点报效之心。不然之时,待他长成,就本县择个门当户对的人家,一夫一妇,嫁他出去,恩人坟墓也有个亲人看觑。那个养娘依旧得他伏侍小姐,等他两个作伴,做些女工,不要他在外答应。"月香生成伶俐,见贾昌如此分付老婆,慌忙上前万福道:"奴家卖身在此,为奴为婢,理之当然。蒙恩人抬举,此乃再生之恩。乞受奴一拜,收为义女。"说罢,即忙下跪。贾昌那里肯要他拜,别转了头,忙教老婆扶起道:"小人是老相公的子民,这蝼蚁之命,都出老相公所赐。就是这位养娘,小人也不敢怠慢,何况小姐!小人怎敢妄自尊大。暂时屈在寒家,只当宾客相待。望小姐勿责怠慢,小人夫妻有幸。"月香再三称谢。贾昌又分付家中男女,都称为石小姐。那小姐称贾昌

---

① 坐:由于、因为某种事而犯了罪。这里作动词,科以罪名的意思。
② 地方:地保,犹如后来的保甲长一类的人。
③ 那移:同"挪移"。挪借移用,拿甲项的钱用于乙项用途上。
④ 缧绁(léi xiè):监狱。

夫妇,但呼贾公贾婆,不在话下。

原来贾昌的老婆,素性不甚贤慧。只为看上月香生得清秀乖巧,自己无男无女,有心要收他做个螟蛉①女儿。初时甚是欢喜,听说宾客相待,先有三分不耐烦了。却灭不得石知县的恩,没奈何依着丈夫言语,勉强奉承。后来贾昌在外为商,每得好细好绢,先尽上好的寄与石小姐做衣服穿。比及回家,先问石小姐安否。老婆心下渐渐不平。又过些时,把马脚露出来了。但是贾昌在家,朝饔夕餐,也还成个规矩,口中假意奉承几句。但背了贾昌时,茶不茶,饭不饭,另是一样光景了。养娘常叫出外边杂差杂使,不容他一刻空闲。又每日间限定石小姐要做若干女工针指还他。倘手迟脚慢,便去捉鸡骂狗,口里好不干净哩。正是:

人无千日好,花无百日红。

养娘受气不过,禀知小姐。欲待等贾公回家,告诉他一番。月香断然不肯。说道:"当初他用钱买我,原不指望他抬举。今日贾婆虽有不到之处,却与贾公无干。你若说他,把贾公这段美情都没了。我与你命薄之人,只索忍耐为上。"忽一日,贾公做客回家,正撞着养娘在外汲水,面庞比前甚是黑瘦了。贾公道:"养娘,我只教你伏侍小姐,谁要你汲水?且放着水桶,另叫人来担罢。"养娘放了水桶,动了个感伤之念,不觉滴下几点泪来。贾公要盘问时,他把手拭泪,忙忙的奔进去了。贾公心中甚疑。见了老婆,问道:"石小姐和养娘没有甚事么?"老婆回言:"没有。"初归之际,事体多头,也就阁过一边。又过了几日,贾公偶然到近处人家走动,回来不见老婆在房,自往厨下去寻他说话。正撞见养娘从厨下来,也没有托盘,右手拿一大碗饭,左手一只空碗,碗上顶一碟腌菜叶儿。贾公有心闪在隐处看时,养娘走进石小姐房中去了。贾公不省得这饭是谁吃的,一些荤腥也没有。那时不往厨下,竟悄悄的走在石小姐房前,向门缝里张时,只见石小姐将这碟腌菜叶儿过饭。心中大怒,便与老婆闹将起来。老婆道:"荤腥尽有,我又不是不舍得与他吃。那丫头自不来担,难道要老娘送进房去不成?"贾公道:"我原说过来,石家的养娘,只教他在房中与小姐作伴。我家厨下走使的又不少,谁要他出房担饭!前日那养娘噙着两眼泪在外街汲水,我已疑心,是必家中把他难为了。只为匆忙,不曾细问得。原来你怎地无恩无义!连石小姐都怠慢。见放着许多荤菜,却教他吃白饭,是甚道理?我在家尚然如此,我出外时,可知连饭也没得与他们吃饱。我这番回来,见他们着实黑瘦了。"老婆道:"别人家丫头,那要你怎般疼他。养得白白壮壮,你可收用他

---

① 螟蛉(míng líng):一种绿色小虫,螟蛾的幼虫。

做小老婆么?"贾公道:"放屁!说的是什么话!你这样不通理的人,我不与你讲嘴。自明日为始,我教当直①的每日另买一分肉菜供给他两口,不要在家火中算帐,省得夺了你的口食,你又不欢喜。"老婆自家觉得有些不是,口里也含含糊糊哼了几句,便不言语了。从此贾公分付当直的,每日肉菜分做两分。却叫厨下丫头们,各自安排送饭。这几时,好不齐整。正是:

　　人情若比初相识,到底终无怨恨心。

　　贾昌因牵挂石小姐,有一年多不出外经营。老婆却也做意修好,相忘于无言。月香在贾公家,一住五年,看看长成。贾昌意思要密访个好主儿,嫁他出去了,方才放心,自家好出门做生理。这也是贾公的心事,背地里自去勾当。晓得老婆不贤,又与他商量怎的。若是凑巧时,赔些妆奁嫁出去了,可不干净,何期姻缘不偶。内中也有缘故:但是出身低微的,贾公又怕辱莫了石知县,不肯俯就;但是略有些名目的,那个肯要百姓人家的养娘为妇;所以好事难成。贾公见姻事不就,老婆又和顺了,家中供给又立了常规,舍不得担搁生意,只得又出外为商。未行数日之前,预先叮咛老婆有十来次,只教好生看待石小姐和养娘两口。又请石小姐出来,再三抚慰,连养娘都用许多好言安放。又分付老婆道:"他骨气也比你重几百分哩。你切莫慢他。若是不依我言语,我回家时,就不与你认夫妻了。"又唤当直的和厨下丫头,都分付遍了,方才出门。

　　临岐费尽叮咛语,只为当初受德深。

　　却说贾昌的老婆,一向被老公在家作兴石小姐和养娘,心下好生不乐。没奈何,只得由他。受了一肚子的腌臜昏闷之气。一等老公出门,三日之后,就使起家主母的势来。寻个茶迟饭晏小小不是的题目,先将厨下丫头试法,连打几个巴掌,骂道:"贱人,你是我手内用钱讨的,如何恁地托大②!你恃了那个小主母的势头,却不用心伏侍我?家长在家日,纵容了你。如今他出去了,少不得要还老娘的规矩。除却老娘外,那个该伏侍的?要饭吃时,等他自担,不要你们献勤,却担误老娘的差使!"骂了一回,就乘着热闹中,唤过当直的,分付将贾公派下另一分肉菜钱,干折进来,不要买了。当直的不敢不依。且喜月香能甘淡薄,全不介意。又过了些时,忽一日,养娘担洗脸水,迟了些,水已凉了。养娘不合哼了一句。那婆娘听得了,特地叫来发作道:"这水不是你担的。别人烧着汤,你便胡乱用些罢。当初在牙婆家,那个烧汤与你洗脸?"养娘耐嘴不住,便回了几句言语道:"谁要他们

――――――――――
　①　当直:即当值;值日当差的,管事的人。
　②　托大:自己认为有所恃而觉得了不起,抬高自己,自高自大。

担水烧汤！我又不是不曾担水过的，两只手也会烧火。下次我自担水自烧，不费厨下姐姐们力气便了。"那婆娘提醒了他当初曾担水过这句话，便骂道："小贱人！你当先担得几桶水，便在外边做身做分，哭与家长知道，连累老娘受了百般呕气。今日老娘要讨个帐儿。你既说会担水，会烧火，把两件事都交在你身上。每日常用的水，都要你担，不许缺乏。是火，都是你烧。若是难为了柴①，老娘却要计较。且等你知心知意的家长回家时，你再啼啼哭哭告诉他便了，也不怕他赶了老娘出去。"月香在房中，听得贾婆发作自家的丫头，慌忙移步上前，万福谢罪，招称许多不是，叫贾婆莫怪。养娘道："果是婢子不是了！只求看小姐面上，不要计较。"那老婆愈加忿怒，便道："什么小姐，小姐！是小姐，不到我家来了。我是个百姓人家，不晓得小姐是什么品级，你动不动把来压老娘。老娘骨气虽轻，不受人压量的。今日要说个明白。就是小姐，也说不得费了大钱讨的。少不得老娘是个主母。贾婆也不是你叫的。"月香听得话不投机，含着眼泪，自进房去了。那婆娘分付厨中，不许叫"石小姐"，只叫他"月香"名字。又分付养娘，只在厨下专管担水烧火，不许进月香房中。月香若要饭吃时，待他自到厨房来取。其夜，又叫丫头搬了养娘的被窝到自己房中去。月香坐个更深，不见养娘进来，只得自己闭门而睡。又过几日，那婆娘唤月香出房，却教丫头把他的房门锁了。月香没了房，只得在外面盘旋。夜间就同养娘一铺睡。睡起时，就叫他拿东拿西，役使他起来。在他矮檐下，怎敢不低头。月香无可奈何，只得伏低伏小。那婆娘见月香随顺了，心中暗喜，蓦地开了他房门的锁，把他房中搬得一空。凡丈夫一向寄来的好绸好缎，曾做不曾做得，都迁入自己箱笼，被窝也收起了不还他。月香暗暗叫苦，不敢则声②。

忽一日，贾公书信回来，又寄许多东西与石小姐。书中嘱付老婆："好生看待，不久我便回来。"那婆娘把东西收起，思想道："我把石家两个丫头作贱勾了。丈夫回来，必然厮闹。难道我惧怕老公，重新奉承他起来不成？那老亡八把这两个瘦马③养着，不知作何结束！他临行之时，说道：'若不依他言语，就不与我做夫妻了。'一定他起了什么不良之心。那月香好副嘴脸，年已长成。倘或有意留他，也不见得。那时我争风吃醋便迟了。人无远虑，必有近忧。一不做，二不休，索性把他两个卖去他方，老亡八回来也只一怪。拚得厮闹一场罢了，难道又去赎他回来不成？好计，好计！"正是：

① 难为了柴：这里是说糟蹋柴，多烧了柴的意思。
② 则声：作声。
③ 瘦马：旧时，径称小妓女一类的人为"瘦马"。

眼孔浅时无大量，心田偏处有奸谋。

当下那婆娘分付当直的："与我唤那张牙婆到来，我有话说。"不一时，当直的将张婆引到。贾婆教月香和养娘都相见了，却发付他开去。对张婆说道："我家六年前，讨下这两个丫头。如今大的，忒大了，小的又娇娇的，做不得生活，都要卖他出去。你与我快寻个主儿。"原来当先官卖之事，是李牙婆经手。此时李婆已死，官私做媒，又推张婆出尖了。张婆道："那年纪小的，正有个好主儿在此，只怕大娘不肯。"贾婆道："有甚不肯？"张婆道："就是本县大尹①老爷复姓钟离，名义，寿春人氏，亲生一位小姐，许配德安县高大尹的长公子，在任上行聘的。不日就要来娶亲了。本县嫁装都已备得十全，只是缺少一个随嫁的养娘。昨日大尹老爷唤老媳妇当官分付过了。老媳妇正没处寻。宅上这位小娘子，正中其选。只是异乡之人，怕大娘不舍得与他。"贾婆想道："我正要寻个远方的主顾，来得正好！况且知县相公要了人去，丈夫回来，料也不敢则声。"便道："做官府家的陪嫁，胜似在我家十倍，我有什么不舍得。只是不要亏了我的原价便好。"张婆道："原价许多？"贾婆道："十来岁时，就是五十两讨的。如今饭钱又弄一主在身上了。"张婆道："吃的饭是算不得帐。这五十两银子在老媳妇身上。"贾婆道："那一个老丫头也替我觅个人家便好。他两个是一伙儿来的。去了一个，那一个也养不住了。况且年纪一二十之外，又是要老公的时候，留他甚么！"张婆道："那个要多少身价？"贾婆道："原是三十两银子讨的。"牙婆道："粗货儿，直不得这许多。若是减得一半，老媳妇到有个外甥在身边，三十岁了，老媳妇原许下与他娶一房妻小的。因手头不宽展，捱下去。这到是雌雄一对儿。"贾婆道："既是你的外甥，便让你五两银子。"张婆道："连这小娘子的媒礼在内，让我十两罢。"贾婆："也不为大事。你且说合起来。"张婆道："老媳妇如今先去回复知县相公。若讲得成时，一手交钱，一手就要交货的。"贾婆道："你今晚还来不？"张婆道："今晚还要与外甥商量，来不及了。明日早来回话。多分两个都要成的。"说罢，别去，不在话下。

却说大尹钟离义到任有一年零三个月了。前任马公，是顶那石大尹的缺。马公升任去后，钟离义又是顶马公的缺。钟离大尹与德安高大尹原是个同乡。高大尹生下二子，长曰高登，年十八岁；次曰高升，年十六岁。这高登便是钟离公的女婿。原来钟离公未曾有子，止生此女，小字瑞枝，年方一十七岁，选定本年十月望日出嫁。此时九月下旬，吉期将近。钟离公分

---

① 大尹：县令的别称。

付张婆,急切要寻个陪嫁。张婆得了贾家这头门路,就去回复大尹。大尹道:"若是人物好时,就是五十两也不多。明日库上来领价,晚上就要过门的。"张婆道:"领相公钧旨。"当晚回家,与外甥赵二商议,有这相应①的亲事,要与他完婚。赵二先欢喜了一夜。次早,赵二便去整理衣褶,准备做新郎。张婆在家中,先凑足了二十两身价,随即到县取知县相公钧帖,到库上兑了五十两银子,来到贾家,把这两项银子交付与贾婆,分疏得明明白白。贾婆都收下了。少顷,县中差两名皂隶②,两个轿夫,抬着一顶小轿,到贾家门首停下。贾婆初时都不通月香晓得。临期竟打发他上轿。月香正不知教他那里去,和养娘两个,叫天叫地,放声大哭。贾婆不管三七二十一,和张婆两个,你一推,我一扰,扰他出了大门。张婆方才说明:"小娘子不要啼哭了!你家主母,将你卖与本县知县相公处做小姐的陪嫁。此去好不富贵!官府衙门,不是耍处,事到其间,哭也无益。"月香只得收泪,上轿而去。轿夫抬进后堂。月香见了钟离义,还只万福。张婆在傍道:"这就是老爷了,须下个大礼!"月香只得磕头。立起身来,不觉泪珠满面。张婆教他拭干了泪眼,引入私衙,见了夫人和瑞枝小姐。问其小名,对以"月香"。夫人道:"好个'月香'二字!不必更改,就发他伏侍小姐。"钟离公厚赏张婆,不在话下。

　　可怜宣室娇香女,权作闺中使令人。

　　张婆出衙,已是酉牌时分。再到贾家,只见那养娘正思想小姐,在厨下痛哭。贾婆对他说道:"我今把你嫁与张妈妈的外甥,一夫一妇,比月香到胜几分。莫要悲伤了!"张婆也劝慰了一番。赵二在混堂③内洗了个净浴,打扮得帽儿光光,衣衫簇簇,自家提了一碗灯笼④前来接亲。张婆就教养娘拜别了贾婆。那养娘原是个大脚,张婆扶着步行到家,与外甥成亲。

　　话休絮烦。再说月香小姐自那日进了钟离相公衙内,次日,夫人分付新来婢子,将中堂打扫。月香领命,携帚而去。钟离义梳洗已毕,打点早衙理事,步出中堂,只见新来婢子呆呆的把着一把扫帚,立于庭中。钟离公暗暗称怪。悄地上前看时,原来庭中有一个土穴,月香对了那穴,汪汪流泪。钟离公不解其故。走入中堂,唤月香上来,问其缘故。月香愈加哀泣,口称不敢。钟离公再三诘问。月香方才收泪而言道:"贱妾幼时,父亲曾于此地

---

① 相(xiāng)应:便宜,价钱小的,花钱不多的。
② 皂隶:衙门里的差役。
③ 混堂:浴池。
④ 一碗灯笼:古时点灯,用盏碟或碗盛油,加上灯捻,就可点燃照明,外面再加上灯罩,可以提着;所以一只灯笼叫作"一碗灯笼"。

教妾蹴球为戏,误落球于此穴。父亲问妾道:'你可有计较①,使球自出于穴,不须拾取?'贱妾答云:'有计。'即遣养娘取水灌之。水满球浮,自出穴外。父亲谓妾聪明,不胜之喜。今虽年久,尚然记忆。睹物伤情,不觉哀泣。愿相公俯赐矜怜,勿加罪责!"钟离公大惊道:"汝父姓甚名谁?你幼时如何得到此地?须细细说与我知。"月香道:"妾父姓石名璧,六年前在此作县尹。只天火烧仓,朝廷将父革职,勒令赔偿。父亲病郁而死。有司将妾和养娘官卖到本县贾公家。贾公向被冤系,蒙我父活命之恩,故将贱妾甚相看待,抚养至今。因贾公出外为商,其妻不能相容,将妾转卖于此。只此实情,并无欺隐。"

  今朝诉出衷肠事,铁石人知也泪垂。

  钟离公听罢,正是兔死狐悲,恶伤其类:"我与石璧一般是个县尹。他只为遭时不幸,遇了天灾,亲生女儿就沦于下贱。我若不闻不见,到也罢了;天教他到我衙里。我若不扶持他,同官体面何存!石公在九泉之下,以我为何如人!"当下请夫人上堂,就把月香的来历细细叙明。夫人道:"似这等说,他也是个县令之女,岂可贱婢相看。目今女孩儿嫁期又逼,相公何以处之?"钟离公道:"今后不要月香服役,可与女孩儿姊妹相称。下官自有处置。"即时修书一封,差人送到亲家高大尹处。高大尹拆书观看,原来是求宽嫁娶之期。书上写道:

  婚男嫁女,虽父母之心;舍己成人,乃高明之事。近因小女出阁,预置媵②婢月香。见其颜色端丽,举止安详,心窃异之。细访来历,乃知即两任前石县令之女。石公廉吏,因仓火失官丧躯,女亦官卖,转展售于寒家。同官之女,犹吾女也。此女年已及笄,不惟不可屈为媵婢,且不可使吾女先此女而嫁。仆今急为此女择婿。将以小女薄奁嫁之。令郎姻期,少待改卜。特此拜恳,伏惟情谅。钟离义顿首。

  高大尹看了道:"原来如此!此长者之事,吾奈何使钟离公独擅其美!"即时回书云:

  鸾凤之配,虽有佳期;狐兔之悲,岂无同志。在亲翁既以同官之女为女,在不佞宁不以亲翁之心为心?三复示言,令人悲恻。此女廉吏血胤③,无惭阀阅④。愿亲家即赐为儿妇,以践始期。令爱别选高门,

---

① 计较:这里是算计的意思。
② 媵(yìng)婢:陪嫁的丫鬟。
③ 血胤(yìn):血统,后代。
④ 阀阅:古代官宦人家门外左右树立的石柱,用以自序功状。

庶几两便。昔蘧伯玉耻独为君子①,仆今者愿分亲翁之谊。高原顿首。

使者将回书呈与钟离公看了。钟离公道:"高亲家愿娶孤女,虽然义举;但吾女他儿,久已聘定,岂可更改?还是从容待我嫁了石家小姐,然后另备妆奁,以完吾女之事。"当下又写书一封,差人再达高亲家。高公开书读道:

娶无依之女,虽属高情;更已定之婚,终乖正道。小女与令郎,久谐凤卜,准拟鸾鸣。在令郎停妻而娶妻,已违古礼;使小女舍婿而求婿,难免人非。请君三思,必从前议。义惶恐再拜。

高公读毕,叹道:"我一时思之不熟。今闻钟离公之言,惭愧无地。我如今有个两尽之道,使钟离公得行其志,而吾亦同享其名;万世而下,以为美谈。"即时复书云:

以女易女,仆之慕谊虽殷;停妻娶妻,君之引礼甚正。仆之次男高升,年方十七,尚未缔姻。令爱归我长儿,石女属我次子。佳儿佳妇,两对良姻。一死一生,千秋高谊。妆奁不须求备,时日且喜和同。伏冀俯从,不须改卜。原惶恐再拜。

钟离公得书,大喜道:"如此处分,方为双美。高公义气,真不愧古人。吾当拜其下风矣。"当下即与夫人说知,将一副妆奁,剖为两分,衣服首饰,稍稍增添。二女一般,并无厚薄。到十月望前两日,高公安排两乘花花细轿,笙箫鼓吹,迎接两位新人。钟离公先发了嫁妆去后,随唤出瑞枝、月香两个女儿,教夫人分付他为妇之道。二女拜别而行。月香感念钟离公夫妇恩德,十分难舍,号哭上轿。一路趱行,自不必说。到了县中,恰好凑着吉日良时,两对小夫妻,如花如锦,拜堂合卺。高公夫妇欢喜无限。正是:

百年好事从今定,一对姻缘天上来。

再说钟离公嫁女三日之后,夜间忽得一梦,梦见一位官人,幞头象简②,立于面前,说道:"吾乃月香之父石璧是也。生前为此县大尹,因仓粮失火,赔偿无措,郁郁而亡。上帝察其清廉,悯其无罪,敕封吾为本县城隍之神。月香吾之爱女,蒙君高谊,拔之泥中,成其美眷,此乃阴德之事。吾已奏闻上帝。君命中本无子嗣,上帝以公行善,赐公一子,昌大其门。君当致身高位,安享遐龄③。邻县高公与君同心,愿娶孤女,上帝嘉悦,亦赐二子高官厚

---

① 蘧伯玉耻独为君子:蘧伯玉,春秋时卫国的贤臣,与孔子同时。"蘧伯玉耻独为君子"这句话,见于《后汉书·王畅传》。这件事最初出于何书,清代经学家惠栋也没考证出来;尚待考。

② 幞头象简:幞头,官员所戴的冠帻。象简,用象牙做成的、臣子上朝时所拿的手板。有事就写在上面,防备遗忘。

③ 遐龄:长寿。

禄,以酬其德。君当传与世人,广行方便,切不可凌弱暴寡,利己损人。天道昭昭,纤毫洞察。"说罢,再拜。钟离公答拜起身,忽然踏了衣服前幅,跌上一交,猛然惊醒,乃是一梦。即时说与夫人知道。夫人亦嗟呀不已。待等天明,钟离公打轿到城隍庙中焚香作礼,捐出俸资白内,命道士重新庙宇,将此事勒碑,广谕众人。又将此梦备细写书报与高公知道。高公把书与两个儿子看了,各各惊讶。钟离夫人年过四十,忽然得孕生子,取名天赐。后来钟离义归宋,任至龙图阁大学士,寿享九旬。子天赐,为大宋状元。高登、高升俱仕宋朝,官至卿宰。此是后话。

且说贾昌在客中,不久回来,不见了月香小姐和那养娘。询知其故,与婆娘大闹几场。后来知得钟离相公将月香为女,一同小姐嫁与高门。贾昌无处用情,把银二十两,要赎养娘送还石小姐。那赵二恩爱夫妻,不忍分拆,情愿做一对投靠。张婆也禁他不住。贾昌领了赵二夫妻,直到德安县,禀知大尹高公。高公问了备细,进衙又问媳妇月香,所言相同。遂将赵二夫妇收留,以金帛厚酬贾昌。贾昌不受而归。从此贾昌恼恨老婆无义,立誓不与他相处;另招一婢,生下两男。——此亦作善之报也。后人有诗叹云:

  人家要娶择高门,谁肯周全孤女婚?
  试看两公阴德报,皇天不负好心人。

滕大尹鬼断家私

  玉树庭前诸谢,紫荆花下三田①;埙篪②和好弟兄贤,父母心中欢忻。 多少争财竞产,同根苦自相煎。相持鹬蚌枉垂涎,落得渔人取便。

  这首词,名为《西江月》,是劝人家弟兄和睦的。且说如今三教经典,都是教人为善的,儒教有《十三经》《六经》《五经》,释教有诸品《大藏金经》,道教有《南华冲虚经》,及诸品藏经,盈箱满案,千言万语,看来都是赘疣。依我说,要做好人,只消个两字经,是"孝弟"两个字。那两字经中,又只消

---

① 三田:古代传说,汉时田真、田庆、田广兄弟三人分家,堂前有一棵紫荆树,他们商量着也要劈分为三分。树忽然自己枯死。田氏三兄弟受到感动,决定不再分产,据说紫荆树又重复向荣。

② 埙篪(xūn chí):都是乐器的名称。常用以比喻兄弟和睦。

理会一个字,是个"孝"字。假如孝顺父母的,见父母所爱者亦爱之,父母所敬者亦敬之,何况兄弟行中,同气连枝,想到父母身上去,那有不和不睦之理?就是家私田产,总是父母挣来的,分什么尔我?较什么肥瘠?假如你生于穷汉之家,分文没得承受,少不得自家挽起眉毛,挣扎过活。见成有田有地,兀自争多嫌寡,动不动推说爹娘偏爱,分受不均。那爹娘在九泉之下,他心上必然不乐。此岂是孝子所为?所以古人说得好,道是:"难得者兄弟,易得者田地。"怎么是难得者兄弟?且说人生在世,至亲的莫如爹娘;爹娘养下我来时节,极早已是壮年了,况且爹娘怎守得我同去?也只好半世相处。再说至爱的莫如夫妇,白头相守,极是长久的了;然未做亲以前,你张我李,各门各户,也空着幼年一段。只有兄弟们,生于一家,从幼相随到老,有事共商,有难共救,真象手足一般,何等情谊!譬如良田美产,今日弃了,明日又可挣得来的;若失了个弟兄,分明割了一手,折了一足,乃终身缺陷。说到此地,岂不是"难得者兄弟,易得者田地"?若是为田地上坏了手足亲情,到不如穷汉赤光光没得承受,反为干净,省了许多是非口舌。

如今在下说一节国朝的故事,乃是"滕县尹鬼断家私"。这节故事,是劝人重义轻财,休忘了"孝弟"两字经。看官们,或是有弟兄没弟兄,都不关在下之事,各人自去摸着心头,学好做人便了。正是:

善人听说心中刺,恶人听说耳边风。

话说国朝永乐年间,北直顺天府香河县,有个倪太守,双名守谦,字益之,家累千金,肥田美宅。夫人陈氏,单生一子,名曰善继,长大婚娶之后,陈夫人身故。倪太守罢官鳏居,虽然年老,只落得精神健旺。凡收租放债之事,件件关心,不肯安闲享用。其年七十九岁,倪善继对老子说道:"'人生七十古来稀',父亲今年七十九,明年八十齐头了,何不把家事卸与孩儿掌管,吃些见成茶饭①,岂不为美?"老子摇着头,说出几句道:

"在一日,管一日。替你心,替你力,挣些利钱穿共吃。直待两脚壁立直,那时不关我事得。"

每年十月间,倪太守亲往庄上收租,整月的住下。庄户人家,肥鸡美酒,尽他受用。那一年,又去住了几日。偶然一日,午后无事,绕庄闲步,观看野景。忽然见一个女子,同着一个白发婆婆,向溪边石上捣衣。那女子虽然村妆打扮,颇有几分姿色:

发同漆黑,眼若波明。纤纤十指似栽葱,曲曲双眉如抹黛。随常布帛,俏身躯赛着绫罗;点景野花,美丰仪不须钗钿。五短身材偏有

---

① 茶饭:宋元时人往往称菜肴为茶,茶饭,指饭肴,并非茶与饭。明代亦如此。

趣,二八年纪正当时。

倪太守老兴勃发,看得呆了。那女子捣衣已毕,随着老婆婆而走。那老儿留心观看,只见他走过数家,进一个小小白篱笆门内去了。倪太守连忙转身,唤管庄的来,对他说如此如此,教他访那女子跟脚①,曾否许人,"若是没有人家时,我要娶他为妾,未知他肯否?"管庄的巴不得奉承家主,领命便走。原来那女子姓梅,父亲也是个府学秀才。因幼年父母双亡,在外婆身边居住。年一十七岁,尚未许人。管庄的访得的实了,就与那老婆婆说:"我家老爷见你女孙儿生得齐整,意欲聘为偏房。虽说是做小,老奶奶去世已久,上面并无人拘管。嫁得成时,丰衣足食,自不须说,连你老人家年常衣服、茶、米,都是我家照顾,临终还得个好断送②,只怕你老人家没福。"老婆婆听得花锦似一片说话,即时依允。也是姻缘前定,一说便成。管庄的回覆了倪太守,太守大喜。讲定财礼,讨皇历看个吉日,又恐儿子阻挡,就在庄上行聘,庄上做亲。成亲之后,一老一少,端的好看!真个是:

　　恩爱莫忘今夜好,风光不减少年时。

过了三朝,唤个轿子,抬那梅氏回宅,与儿子媳妇相见。阖宅男妇,都来磕头,称为"小奶奶"。倪太守把些布帛,赏与众人,各各欢喜。只有那倪善继,心中不美。面前虽不言语,背后夫妻两口儿议论道:"这老人忒没正经,一把年纪,风灯之烛,做事也须料个前后,知道五年十年在世,却去干这样不了不当的事?讨这花枝般的女儿,自家也得精神对付他,终不然担误他在那里,有名无实?还有一件,多少人家老汉身边,有了少妇,支持不过,那少妇熬不得,走了野路,出乖露丑,为家门之玷。还有一件,那少妇跟随老汉,分明似出外度荒年一般,等得年时成熟,他便去了。平时偷短偷长,做下私房,东三西四的寄开,又撒娇撒痴,要汉子制办衣饰与他;到得树倒鸟飞时节,他便颠作嫁人,一包儿收拾去受用。这是木中之蠹,米中之虫,人家有了这般人,最损元气的。"又说道:"这女子娇模娇样,好像个妓女,全没有良家体段③,看来是个做声分④的头儿,擒老公的太岁。在咱爹身边,只该半妾半婢,叫声姨姐,后日还有个退步,可笑咱爹不明,就叫众人唤他做'小奶奶',难道要咱们叫他娘不成?咱们只不作准他,莫要奉承透了,讨他做大起来,明日咱们颠到受他呕气。"夫妻二人,唧唧哝哝,说个不了。早有多嘴的传话出来,倪太守知道了,虽然不乐,却也藏在肚里。幸得那梅氏

---

① 跟脚:履历、出身。跟,通常写作根。
② 断送:这里指死人的发送。
③ 体段:举止。
④ 做声分:即装腔作势。

秉性温良,事上接下,一团和气,众人也都相安。

过了两个月,梅氏得了身孕,瞒着众人,只有老公知道。一日三,三日九,捱到十月满足,生下一个小孩儿出来,举家大惊。这日正是九月九日,乳名取做重阳儿。到十一日,就是倪太守生日。这年恰好八十岁了,贺客盈门。倪太守开筵管待,一来为寿诞,二来小孩儿三朝,就当个汤饼之会①。众宾客道:"老先生高年,又新添个小令郎,足见血气不衰,乃上寿之征也。"倪太守大喜。倪善继背后又说道:"男子六十而精绝,况是八十岁了,那见枯树上生出花来?这孩子不知那里来的杂种,决不是咱爹嫡血,我断然不认他做兄弟。"老子又晓得了,也藏在肚里。

光阴似箭,不觉又是一年。重阳儿周岁,整备做晬盘②故事。里亲外眷,又来作贺。倪善继到走了出门,不来陪客。老子已知其意,也不去寻他回来。自己陪着诸亲,吃了一日酒。虽然口中不语,心内未免有些不足之意。自古道"子孝父心宽",那倪善继平日做人,又贪又狠,一心只怕小孩子长大起来,分了他一股家私,所以不肯认做兄弟,预先把恶话谣言,日后好摆布他母子。那倪太守是读书做官的人,这个关窍怎不明白?只恨自家老了,等不及重阳儿成人长大,日后少不得要在大儿子手里讨针线,今日与他结不得冤家,只索忍耐。看了这点小孩子,好生疼他;又看了梅氏小小年纪,好生怜他。常时想一会,闷一会,恼一会,又懊悔一会。

再过四年,小孩子长成五岁。老子见他伶俐,又忒会顽耍,要送他馆中上学。取个学名,哥哥叫善继,他就叫善述。拣个好日,备了果酒,领他去拜师父。那师父就是倪太守请在家里教孙儿的,小叔侄两个同馆上学,两得其便。谁知倪善继与做爹的不是一条心肠,他见那孩子,取名善述,与己排行,先自不象意③了;又与他儿子同学读书,倒要儿子叫他叔叔,从小叫惯了,后来就被他欺压,不如唤了儿子出来,另从个师父罢。当日将儿子唤出,只推有病,连日不到馆中。倪太守初时只道是真病,过了几日,只听得师父说:"大令郎另聘了个先生,分做两个学堂,不知何意?"倪太守不听犹可,听了此言,不觉大怒,就要寻大儿子,问其缘故。又想道:"天生恁般逆种,与他说也没干,由他罢了。"含了一口闷气,回到房中,偶然脚慢④,绊着门槛一跌。梅氏慌忙扶起,搀到醉翁床上坐下,已自不省人事。急请医生

---

① 汤饼之会:生儿三日宴客,叫汤饼会。
② 晬(zuì)盘:旧时风俗于婴儿周岁时,用盘盛弓箭、纸笔、玩物、针线等物,让他抓取,以卜其将来的志趣,称为晬盘,也叫试儿。
③ 不象意:不满意。
④ 脚慢:慢,是疏忽的意思。脚下疏忽,叫脚慢;眼睛疏忽,叫眼慢。

来看,医生说是中风。忙取姜汤灌醒,扶他上床,虽然心下清爽,却满身麻木,动弹不得。梅氏坐在床头,煎汤煎药,殷勤伏侍。连进几服,全无功效。医生切脉道:"只好延捱日子,不能全愈了。"倪善继闻知,也来看觑了几遍,见老子病势沉重,料是不起,便呼幺喝六,打童骂仆,预先装出家主公的架子来。老子听得,愈加烦恼。梅氏只得啼哭,连小学生也不去上学,留在房中,相伴老子。

倪太守自知病笃,唤大儿子到面前,取出簿子一本,家中田地屋宅及人头帐目①总数,都在上面,分付道:"善述年方五岁,衣服尚要人照管,梅氏又年少,也未必能管家,若分家私与他,也是枉然,如今尽数交付与你。倘或善述日后长大成人,你可看做爹的面上,替他娶房媳妇,分他小屋一所,良田五六十亩,勿令饥寒足矣。这段话我都写绝在家私簿上,就当分家,把与你做个执照。梅氏若愿嫁人,听从其便。倘肯守着儿子度日,也莫强他。我死之后,你一一依我言语,这便是孝子。我在九泉,亦得瞑目。"倪善继把簿子揭开一看,果然开得细,写得明,满脸堆下笑来,连声应道:"爹休忧虑,怎儿一一依爹分付便了。"抱了家私簿子,欣然而去。梅氏见他去得远了,两眼垂泪,指着那孩子道:"这个小冤家,难道不是你嫡血?你却和盘托出,都把与大儿子了,教我母子两口,异日把什么过活?"倪太守道:"你有所不知,我看善继,不是个良善之人,若将家私平分了,连这小孩子的性命也难保。不如都把与他,象了他意,再无妒忌。"梅氏又哭道:"虽然如此,自古道,'子无嫡庶',忒杀厚薄不均,被人笑话。"倪太守道:"我也顾他不得了。你年纪正小,趁我未死,将孩子嘱付善继,待我去世后,多则一年,少则半载,尽你心中拣择个好头脑②,自去图下半世受用,莫要在他们身边讨气吃。"梅氏道:"说那里话!奴家也是儒门之女,妇人从一而终,况又有了这小孩儿,怎割舍得抛他?好歹要守在这孩子身边的。"倪太守道:"你果然肯守志终身么?莫非日久生悔?"梅氏就发起大誓来。倪太守道:"你若立志果坚,莫愁母子没得过活。"便向枕边摸出一件东西来,交与梅氏。梅氏初时只道又是一个家私簿子,却原来是一尺阔三尺长的一个小轴子。梅氏道:"要这小轴儿何用?"倪太守道:"这是我的行乐图③,其中自有奥妙。你可悄地收藏,休露人目,直待孩子年长。善继不肯看顾他,你也只含藏于心。等得个贤明有司官来,你却将此轴去诉理,述我遗命,求他细细推详,

---

① 人头帐目:别人欠贷的帐目。
② 头脑:这里是人物、主儿、对象。
③ 行乐图:画像。

自然有个处分，尽勾你母子二人受用。"梅氏收了轴子。话休絮烦，倪太守又延了数日，一夜痰厥，叫唤不醒，呜呼哀哉死了。享年八十四岁。正是：

　　三寸气在千般用，一日无常万事休。
　　早知九泉将不去，作家辛苦着何由？

且说倪善继得了家私簿，又讨了各仓各库匙钥，每日只是查点家财杂物，那有功夫走到父亲房里问安？直等呜呼之后，梅氏差丫鬟去报知凶信，夫妻两口方才跑来，也哭了几声"老爹爹"。没一个时辰，就转身去了，倒委着梅氏守尸。幸得衣衾棺椁，诸事都是预办下的，不要倪善继费心。殡殓成服后，梅氏和小孩子两口守着孝堂，早暮啼哭，寸步不离。善继只是点名应客，全无哀痛之意。七中便择日安葬，回丧之夜，就把梅氏房中，倾箱倒箧，只怕父亲存下些私房银两在内，梅氏乖巧，恐怕收去了他的行乐图，把自己原嫁来的两只箱笼，到先开了，提出几件穿旧衣裳，教他夫妻两口检看。善继见他大意，到不来看了。夫妻两口儿乱了一回，自去了。梅氏思量苦切，放声大哭。那小孩子见亲娘如此，也哀哀哭个不住。恁般光景：

　　任是泥人应堕泪，从教铁汉也酸心。

次日，倪善继又唤个做屋匠来，看这房子，要行重新改造，与自家儿子做亲。将梅氏母子，搬到后园三间杂屋内栖身，只与他四脚小床一张，和几件粗台粗凳，连好家伙都没一件。原在房中伏侍有两个丫鬟，只拣大些的又唤去了，止留下十一二岁的小使女，每日是他厨下取饭。有菜没菜，都不照管。梅氏见不方便，索性讨些饭米，堆个土灶，自炊来吃。早晚做些针黹，买些小菜，将就度日。小学生到附在邻家上学，束脩都是梅氏自出。善继又屡次教妻子劝梅氏嫁人，又寻媒妪与他说亲，见梅氏誓死不从，只得罢了。因梅氏十分忍耐，凡事不言不语，所以善继虽然凶狠，也不将他母子放在心上。

光阴似箭，善述不觉长成一十四岁。原来梅氏平生谨慎，从前之事，在儿子面前，一字也不题，只怕娃子家口滑，引出是非，无益有损。守得一十四岁时，他胸中渐渐泾渭分明，瞒他不得了。一日，向母亲讨件新绢衣穿，梅氏回他没钱买得，善述道："我爹做过太守，止生我弟兄两人，见今哥哥恁般富贵，我要一件衣服，就不能勾了，是怎地？既娘没钱时，我自与哥哥索讨。"说罢就走。梅氏一把扯住道："我儿，一件绢衣，值甚大事，也去开口求人。常言道：'惜福积福。''小来穿线，大来穿绢。'若小时穿了绢，到大来线也没得穿了。再过两年，等你读书进步，做娘的情愿卖身来做衣服与你穿着。你那哥哥不是好惹的，缠他什么？"善述道："娘说得是。"口虽答应，心下不以为然，想着："我父亲万贯家私，少不得兄弟两个大家分受。我又不是随娘晚嫁,拖来的油瓶,怎么我哥哥全不看顾?娘又是怎般说,终不然一匹绢儿,没有我分,直待娘卖身来做与我穿着,这话好生奇怪!哥哥又不是吃人的虎,怕他怎的?"心生一计,瞒了母亲,径到大宅里去,寻见了哥哥,叫声:"作揖。"善继到吃了一惊,问他来做什么。善述道:"我是个缙绅子弟,身上蓝缕,被人耻笑。特来寻哥哥讨匹绢去,做衣服穿。"善继道:"你要衣服穿,自与娘讨。"善述道:"老爹爹家私是哥哥管,不是娘管。"善继听说"家私"二字,题目来得大了,便红着脸问道:"这句话,是那个教你说的?你今日来讨衣服穿,还是来争家私?"善述道:"家私少不得有日分析,今日先要件衣服,装装体面。"善继道:"你这般野种,要什么体面!老爹爹纵有万贯家私,自有嫡子嫡孙,干你野种屁事!你今日是听了甚人撺掇,到此讨野火吃?莫要惹着我性子,教你母子二人无安身之处!"善述道:"一般是老爹爹所生,怎么我是野种?惹着你性子,便怎地?难道谋害了我娘儿两个,你就独占了家私不成?"善继大怒,骂道:"小畜生,敢挺撞我!"牵住他衣袖儿,捻起拳头,一连七八个栗暴,打得头皮都青肿了。善述挣脱了,一道烟走出,哀哀的哭到母亲面前来。一五一十,备细述与母亲知道。梅氏抱怨道:"我教你莫去惹事,你不听教训,打得你好!"口里虽如此说,扯着青布衫,替他摩那头上肿处,不觉两泪交流。有诗为证:

少年孀妇拥遗孤,食薄衣单百事无。
只为家庭缺孝友,同枝一树判荣枯。

梅氏左思右量,恐怕善继藏怒,到遣使女进去致意,说小学生不晓世事,冲撞长兄,招个不是。善继兀自怒气不息,次日侵早,邀几个族人在家,取出父亲亲笔分关①,请梅氏母子到来,公同看了,便道:"尊亲长在上,不是善继不肯养他母子,要撑他出去,只因善述昨日与我争取家私,发许多说话,诚恐日后长大,说话一发多了,今日分析他母子出外居住。东庄住房一所,田五十八亩,都是遵依老爹爹遗命,毫不敢自专,伏乞尊亲长作证。"这伙亲族,平昔晓得善继做人利害,又且父亲亲笔遗嘱,那个还肯多嘴,做闲冤家?都将好看的话儿来说。那奉承善继的说道:"'千金难买亡人笔'。照依分关,再没话了。"就是那可怜善述母子的,也只说道:"'男子不吃分时饭,女子不著嫁时衣'。多少白手成家的,如今有屋住,有田种,不算没根基了,只要自去挣持。得粥莫嫌薄,各人自有个命在。"

梅氏料道在园屋居住,不是了日,只得听凭分析,同孩儿谢了众亲长,拜别了祠堂,辞了善继夫妇,教人搬了几件旧家伙,和那原嫁来的两只箱

---

① 分关:分家的文书。

笼,雇了牲口骑坐,来到东庄屋内。只见荒草满地,屋瓦稀疏,是多年不修整的,上漏下湿,怎生住得?将就打扫一两间,安顿床铺。唤庄户来问时,连这五十八亩田,都是最下不堪的。大熟之年,一半收成还不能勾;若荒年,只好赔粮。梅氏只叫得苦。到是小学生有智,对母亲道:"我弟兄两个,都是老爹爹亲生,为何分关上如此偏向?其中必有缘故。莫非不是老爹爹亲笔?自古道:'家私不论尊卑。'母亲何不告官申理?厚薄凭官府判断,到无怨心。"梅氏被孩儿提起线索,便将十来年隐下衷情,都说出来道:"我儿休疑分关之语,这正是你父亲之笔。他道你年小,恐怕被做哥的暗算,所以把家私都判与他,以安其心。临终之日,只与我行乐图一轴,再三嘱付:其中含藏哑谜,直待贤明有司在任,送他详审,包你母子两口,有得过活,不致贫苦。"善述道:"既有此事,何不早说?行乐图在那里?快取来与孩儿一看。"梅氏开了箱儿,取出一个布包来。解开包袱,里面又有一重油纸封裹着。拆了封,展开那一尺阔三尺长的小轴儿,挂在椅上,母子一齐下拜。梅氏通陈道:"村庄香烛不便,乞恕亵慢。"善述拜罢,起来仔细看时,乃是一个坐像,乌纱白发,画得丰采如生,怀中抱着婴儿,一只手指着地下。揣摩了半晌,全然不解,只得依旧收卷包藏,心下好生烦闷。

过了数日,善述到前村要访个师父讲解,偶从关王庙前经过,只见一伙村人,抬着猪羊大礼,祭赛关圣。善述立住脚头看时,又见一个过路的老者,挂了一根竹杖,也来闲看,问着众人道:"你们今日为甚赛神?"众人道:"我们遭了屈官司,幸赖官府明白,断明了这公事。向日许下神道愿心,今日特来拜偿。"老者道:"什么屈官司?怎生断的?"内中一人道:"本县向奉上司明文,十家为甲。小人是甲首,叫做成大。同甲中,有个赵裁,是第一手针线,常在人家做夜作,整几日不归家的。忽一日出去了,月余不归。老婆刘氏,央人四下寻觅,并无踪迹。又过了数日,河内浮出一个尸首,头都打破。地方报与官府,有人认出衣服,正是那赵裁。赵裁出门前一日,曾与小人酒后争句闲话,一时发怒,打到他家,毁了他几件家私,这是有的。谁知他老婆把这桩人命告了小人,前任漆知县,听信一面之词,将小人问成死罪。同甲不行举首,连累他们都有了罪名。小人无处伸冤,在狱三载。幸遇新任滕爷,他虽乡科出身,甚是明白。小人因他热审①时节,哭诉其冤。他也疑惑道:'酒后争嚷,不是大仇,怎的就谋他一命?'准了小人状词,出牌拘人覆审。滕爷一眼看着赵裁的老婆,千不说,万不说,开口便问他曾否再

---

① 热审:明代制度。因夏月天气炎热,每年于小满后十余日,朝廷下令,命官府将在狱罪囚,审拟发落,称为热审。

醮。刘氏道：'家贫难守,已嫁人了。'又问嫁的甚人,刘氏道：'是班辈①的裁缝,叫沈八汉。'滕爷当时飞拿沈八汉来,问道：'你几时娶这妇人？'八汉道：'他丈夫死了一个多月,小人方才娶回。'滕爷道：'何人为媒？用何聘礼？'八汉道：'赵裁存日,曾借用过小人七八两银子。小人闻得赵裁死信,走到他家探问,就便催取这银子。那刘氏没得抵偿,情愿将身许嫁小人,准折这银两,其实不曾央媒。'滕爷又问道：'你做手艺的人,那里来这七八两银子？'八汉道：'是陆续凑与他的。'滕爷把纸笔,教他细开逐次借银数目。八汉开了出来,或米或银共十三次,凑成七两八钱之数。滕爷看罢,大喝道：'赵裁是你打死的,如何妄陷平人？'便用夹棍夹起。八汉还不肯认,滕爷道：'我说出情弊,教你心服：既然放本盘利,难道再没第二个人托得,恰好都借与赵裁？必是平昔间与他妻子有奸,赵裁贪你东西,知情故纵。以后想做长久夫妻,便谋死了赵裁。却又教导那妇人告状,捻在成大身上。今日你开帐的字,与旧时状纸笔迹相同,这人命不是你是谁？'再教把妇人拶指②,要他承招。刘氏听见滕爷言语,句句合拍,分明鬼谷先师一般,魂都惊散了,怎敢抵赖？拶子套上,便承认了。八汉只得也招了。原来八汉起初与刘氏密地相好,人都不知。后来往来勤了,赵裁怕人眼目,渐有隔绝之意。八汉私与刘氏商量,要谋死赵裁,与他做夫妻,刘氏不肯。八汉乘赵裁在人家做生活回来,哄他店上吃得烂醉,行到河边,将他推倒,用石块打破脑门,沉尸河底。只等事冷,便娶那妇人回去。后因尸骸浮起,被人认出,八汉闻得小人有争嚷之隙,却去唆那妇人告状。那妇人直待嫁后,方知丈夫是八汉谋死的。既做了夫妻,便不言语。却被滕爷审出真情,将他夫妻抵罪,释放小人宁家。多承列位亲邻斗出公分,替小人赛神。老翁,你道有这般冤事么？"老者道："恁般贤明官府,真个难遇！本县百姓有幸了。"倪善述听到那里,便回家学与母亲知道,如此如此,这般这般,"有恁地好官府,不将行乐图去告诉,更待何时？"母子商议已定,打听了放告③日期,梅氏起个黑早,领着十四岁的儿子,带了轴儿,来到县中叫喊。大尹见没有状词,只有一个小小轴儿,甚是奇怪。问其缘故,梅氏将倪善继平昔所为,及老子临终遗嘱,备细说了。滕知县收了轴子,教他且去,待我进衙细看。正是：

　　一幅画图藏哑谜,千金家事仗搜寻。

---

① 班辈：同辈。
② 拶指：用拶子夹手指。拶子是一种刑具,上刑时,被拶者感到难忍的疼痛。
③ 放告：官府于一定日期受理诉讼,称为放告。

只因孀妇孤儿苦，费尽神明大尹心。

　　不题梅氏母子回家，且说滕大尹放告已毕，退归私衙，取那一尺阔三尺长的小轴，看是倪太守行乐图，一手抱个婴孩，一手指着地下。推详了半日，想道："这个婴孩就是倪善述，不消说了。那一手指地，莫非要有司官念他地下之情，替他出力么？"又想道："他既有亲笔分关，官府也难做主了。他说轴中含藏哑谜，必然还有个道理。若我断不出此事，枉自聪明一世。"每日退堂，便将画图展玩，千思万想。如此数日，只是不解。

　　也是这事合当明白，自然生出机会来。一日午饭后，又去看那轴子。丫鬟送茶来吃，将一手去接茶瓯，偶然失挫，泼了些茶，把轴子沾湿了。滕大尹放了茶瓯，走向阶前，双手扯开轴子，就日色晒干。忽然日光中照见轴子里面有些字影，滕知县心疑，揭开看时，乃是一幅字纸，托在画上，正是倪太守遗笔，上面写道：

　　"老夫官居五马，寿逾八旬；死在旦夕，亦无所恨。但孽子善述，方年周岁，急未成立。嫡善继素缺孝友，日后恐为所戕。新置大宅二所，及一切田产，悉以授继。惟左偏旧小屋，可分与述。此屋虽小，室中左壁埋银五千，作五坛；右壁埋银五千，金一千，作六坛，可以准田园之额。后有贤明有司主断者，述儿奉酬白金三百两。八十一翁倪守谦亲笔。

　　　　　　　　　　　　　　　　　　　年月日花押①"

原来这行乐图，是倪太守八十一岁上，与小孩子做周岁时，预先做下的。古人云"知子莫若父"，信不虚也。滕大尹最有机变的人，看见开着许多金银，未免垂涎之意。眉头一皱，计上心来，差人密拿倪善继来见我，自有话说。

　　却说倪善继独罢家私，心满意足，日日在家中快乐。忽见县差奉着手批拘唤，时刻不容停留，善继推阻不得，只得相随到县。正直大尹升堂理事，差人禀道："倪善继已拿到了。"大尹唤到案前问道："你就是倪太守的长子么？"善继应道："小人正是。"大尹道："你庶母梅氏，有状告你，说你逐母逐弟，占产占房。此事真么？"倪善继道："庶弟善述，在小人身边，从幼抚养大的。近日他母子自要分居，小人并不曾逐他。其家财一节，都是父亲临终，亲笔分析定的，小人并不敢有违。"大尹道："你父亲亲笔在那里？"善继道："见在家中，容小人取来呈览。"大尹道："他状词内告有家财万贯，非同小可。遗笔真伪，也未可知。念你是缙绅之后，且不难为你。明日可唤齐梅氏母子，我亲到你家查阅家私。若厚薄果然不均，自有公道，难以私情

---

① 花押：本是指草书的签名，后凡签字画押，往往都通称为花押。

而论。"喝教皂快押出善继,就去拘集梅氏母子,明日一同听审。公差得了善继的东道,放他回家去讫,自往东庄拘人去了。

再说善继听见官府口气利害,好生惊恐。论起家私,其实全未分析,单单恃着父亲分关执照,千钧之力,须要亲族见证方好。连夜将银两分送三党①亲长,嘱托他次早都到家来,若官府问及遗笔一事,求他同声相助。这伙三党之亲,自从倪太守亡后,从不曾见善继一盘一盒,岁时也不曾酒杯相及,今日大块银子送来,正是"闲时不烧香,急来抱佛脚",各各暗笑,落得受了买东西吃。明日见官,旁观动静,再作区处。时人有诗云:

休嫌庶母妄兴词,自是为兄意太私。
今日将银买三党,何如匹绢赠孤儿?

且说梅氏见县差拘唤,已知县主与他做主。过了一夜,次日侵早,母子二人,先到县中,去见滕大尹。大尹道:"怜你孤儿寡妇,自然该替你说法。但闻得善继执得有亡父亲笔分关,这怎么处?"梅氏道:"分关虽写得有,却是保全孩子之计,非出亡夫本心。恩相只看家私簿上数目,自然明白。"大尹道:"常言道:'清官难断家事。'我如今管你母子一生衣食充足,你也休做十分大望。"梅氏谢道:"若得免于饥寒足矣,岂望与善继同作富家郎乎?"

滕大尹分付梅氏母子,先到善继家伺候。倪善继早已打扫厅堂,堂上设一把虎皮交椅,焚起一炉好香。一面催请亲族,早来守候。梅氏和善述到来,见十亲九眷,都在眼前,一一相见了,也不免说几句求情的话儿。善继虽然一肚子恼怒,此时也不好发泄,各各暗自打点见官的说话。

等不多时,只听得远远喝道之声,料是县主来了,善继整顿衣帽迎接。亲族中年长知事的,准备上前见官。其幼辈怕事的,都站在照壁背后张望,打探消耗。只见一对对执事两班排立,后面青罗伞下,盖着有才有智的滕大尹。到得倪家门首,执事跪下,吆喝一声。梅氏和倪家兄弟,都一齐跪下来迎接。门子喝声:"起去!"轿夫停了五山屏风轿子。滕大尹不慌不忙,踱下轿来。将欲进门,忽然对着空中,连连打恭,口里应对,恰像有主人相迎的一般。众人都吃惊,看他做甚模样。只见滕大尹一路揖让,直到堂中。连作数揖,口中叙许多寒温的言语。先向朝南的虎皮交椅上打个恭,恰像有人看坐的一般。连忙转身,就拖一把交椅,朝北主位排下,又向空再三谦让,方才上坐。众人看他见神见鬼的模样,不敢上前,都两旁站立呆看。只见滕大尹在上坐拱揖,开谈道:"令夫人将家产事告到晚生手里,此事端的

---

① 三党:父族、母族、妻族,称为三党。

如何?"说罢,便作倾听之状。良久,乃摇首吐舌道:"长公子太不良了。"静听一会,又自说道:"教次公子何以存活?"停一会,又说道:"右偏小屋,有何活计①?"又连声道:"领教,领教。"又停一时,说道:"这项也交付次公子,晚生都领命了。"少停又拱揖道:"晚生怎敢当此厚惠?"推逊了多时,又道:"既承尊命恳切,晚生勉领,便给批照②与次公子收执。"乃起身,又连作数揖,口称:"晚生便去。"众人都看得呆了。

只见滕大尹立起身来,东看西看问道:"倪爷那里去了?"门子禀道:"没见甚么倪爷?"滕大尹道:"有此怪事!"唤善继问道:"方才令尊老先生,亲在门外相迎,与我对坐了讲这半日说话,你们谅必都听见的。"善继道:"小人不曾听见。"滕大尹道:"方才长长的身儿,瘦瘦的脸儿,高颧骨,细眼睛,长眉大耳,朗朗的三牙须,银也似白的,纱帽皂靴,红袍金带,可是倪老先生模样么?"唬得众人一身冷汗,都跪下道:"正是他生前模样。"大尹道:"如何忽然不见了?他说家中有两处大厅堂,又东边旧存下一所小屋,可是有的?"善继也不敢隐瞒,只得承认道:"有的。"大尹道:"且到东边小屋去一看,自有话说。"众人见大尹半日自言自语,说得活龙活现,分明是倪太守模样,都信道倪太守真个出现了,人人吐舌,个个惊心。谁知都是滕大尹的巧言,他是看了行乐图,照依小像说来,何曾有半句是真话?有诗为证:

　　圣贤自是空题目,惟有鬼神不敢触。
　　若非大尹假装词,逆子如何肯心服?

倪善继引路,众人随着大尹,来到东偏旧屋内。这旧屋是倪太守未得第时所居,自从造了大厅大堂,把旧屋空着,只做个仓厅,堆积些零碎米麦在内,留下一房家人。看见大尹前后走了一遍,到正屋中坐下,向善继道:"你父亲果是有灵,家中事体,备细与我说了,教我主张,这所旧宅子与善述,你意下何如?"善继叩头道:"但凭恩台明断。"大尹讨家私簿子细细看了,连声道:"也好个大家事。"看到后面遗笔分关,大笑道:"你家老先生自家写定的,方才却又在我面前,说善继许多不是,这个老先儿也是没主意的。"唤倪善继过来,"既然分关写定,这些田园帐目,一一给你,善述不许妄争。"梅氏暗暗叫苦,方欲上前哀求,只见大尹又道:"这旧屋判与善述,此屋中之所有,善继也不许妄争。"善继想道:"这屋内破家破火,不直甚事,便堆下些米麦,一月前都粜得七八了,存不多儿,我也够便宜了。"便连连答应道:"恩台所断极明。"大尹道:"你两人一言为定,各无翻悔。众人既是亲

---

① 活计:生理、生计。往往也用以泛指东西或事情,这里有何活计,就是有何东西的意思。
② 批照:执照、文凭,又叫照帖。

族,都来做个证见。方才倪老先生当面嘱咐说:'此屋左壁下埋银五千两,作五坛,当与次儿。'"善继不信,禀道:"若果然有此,即使万金,亦是兄弟的,小人并不敢争执。"大尹道:"你就争执时,我也不准。"便教手下讨锄头铁锹等器,梅氏母子作眼①,率领民壮,往东壁下掘开墙基,果然埋下五个大坛。发起来时,坛中满满的,都是光银子。把一坛银子,上秤称时,算来该是六十二斤半,刚刚一千两足数。众人看见,无不惊讶。善继益发信真了:若非父亲阴灵出现,面诉县主,这个藏银,我们尚且不知,县主那里知道?只见滕大尹教把五坛银子,一字儿摆在自家面前,又分付梅氏道:"右壁还有五坛,亦是五千之数。更有一坛金子,方才倪老先生有命,送我作酬谢之意,我不敢当,他再三相强,我只得领了。"梅氏同善述叩头说道:"左壁五千,已出望外;若右壁更有,敢不依先人之命。"大尹道:"我何以知之?据你家老先生是恁般说,想不是虚话。"再教人发掘西壁,果然六个大坛,五坛是银,一坛是金。善继看着许多黄白之物,眼里都放出火来,恨不得抢他一锭。只是有言在前,一字也不敢开口。滕大尹写个照帖,给与善述为照,就将这房家人,判与善述母子。梅氏同善述不胜之喜,一同叩头拜谢。善继满肚不乐,也只得磕几个头,勉强说句"多谢恩台主张"。大尹判几条封皮,将一坛金子封了,放在自己轿前,抬回衙内,落得受用。众人都认道真个倪太守许下酬谢他的,反以为理之当然,那个敢道个不字?这正叫做"鹬蚌相持,渔人得利"。若是倪善继存心忠厚,兄弟和睦,肯将家私平等分析,这千两黄金,弟兄大家该五百两,怎到得滕大尹之手?白白里作成了别人,自己还讨得气闷,又加个不孝不弟之名,千算万计,何曾算计得他人?只算计得自家而已。

　　闲话休题。再说梅氏母子,次日又到县拜谢滕大尹。大尹已将行乐图取去遗笔,重新裱过,给还梅氏收领。梅氏母子方悟行乐图上,一手指地,乃指地下所藏之金银也。此时有了这十坛银子,一般置买田园,遂成富室。后来善述娶妻,连生三子,读书成名。倪氏门中,只有这一枝极盛。善继两个儿子,都好游荡,家业耗废。善继死后,两所大宅子,都卖与叔叔善述管业。里中凡晓得倪家之事本末的,无不以为天报云。诗曰:
　　　　从来天道有何私?堪笑倪郎心太痴。
　　　　忍以嫡兄欺庶母,却教死父算生儿。
　　　　轴中藏字非无意,壁下埋金属有司。
　　　　何似存些公道好,不生争竞不兴词。

――――――――――

　　① 作眼:作向导、引领。

李谪仙醉草吓蛮书

堪羡当年李谪仙,吟诗斗酒有连篇;
蟠胸锦绣欺时彦,落笔风云迈古贤。
书草和番威远塞,词歌倾国媚新弦;
莫言才子风流尽,明月长悬采石边。

话说唐玄宗皇帝朝,有个才子,姓李名白,字太白,乃西梁武昭兴圣皇帝李暠九世孙,西川绵州人也。其母梦长庚入怀而生。那长庚星又名太白星,所以名字俱用之。那李白生得姿容美秀,骨格清奇,有飘然出世之表。十岁时,便精通书史,出口成章,人都夸他锦心绣口,又说他是神仙降生,以此又呼为李谪仙。有杜工部赠诗为证:

昔年有狂客,号尔谪仙人。
笔落惊风雨,诗成泣鬼神!
声名从此大,汩没一朝伸。
文采承殊渥,流传必绝伦。

李白又自称青莲居士。一生好酒,不求仕进;志欲遨游四海,看尽天下名山,尝遍天下美酒。先登峨眉,次居云梦,复隐于徂徕山竹溪,与孔巢父等六人,日夕酣饮,号为"竹溪六逸"。有人说:"湖州乌程酒甚佳。"白不远千里而往,到酒肆中,开怀畅饮,旁若无人。时有迦叶司马①经过,闻白狂歌之声,遣从者问其何人?白随口答诗四句:

"青莲居士谪仙人,酒肆逃名三十春,
湖州司马何须问,金粟如来是后身。"

迦叶司马大惊,问道:"莫非蜀中李谪仙么?闻名久矣。"遂请相见。留饮十日,厚有所赠。临别,问道:"以青莲高才,取青紫如拾芥,何不游长安应举?"李白道:"目今朝政紊乱,公道全无,请托者登高第,纳贿者获科名;非此二者,虽有孔孟之贤,晁董②之才,无自由达。白所以流连诗酒,免受盲试官之气耳。"迦叶司马道:"虽则如此,足下谁人不知,一到长安,必有人荐拔。"李白从其言,乃游长安。一日到紫极宫游玩,遇了翰林学士贺知章,通

---

① 迦叶司马:迦叶是复姓。司马是州郡的副职,等于后来的同知。
② 晁董:汉代的晁错,董仲舒。

姓道名,彼此相慕。知章遂邀李白于酒肆中,解下金貂,当酒同饮。至夜不舍,遂留李白于家中下榻,结为兄弟。次日,李白将行李搬至贺内翰宅,每日谈诗饮酒,宾主甚是相得。时光荏苒,不觉试期已迫。贺内翰道:"今春南省①试官,正是杨贵妃兄杨国忠太师;监视官,乃太尉高力士。二人都是爱财之人。贤弟却无金银买嘱他,便有冲天学问,见不得圣天子。此二人与下官皆有相识。下官写一封札子去,预先嘱托,或者看薄面一二。"李白虽则才大气高,遇了这等时势,况且内翰高情,不好违阻。贺内翰写了柬帖,投与杨太师、高力士。二人接开看了,冷笑道:"贺内翰受了李白金银,却写封空书在我这里讨白人情,到那日专记,如有李白名字卷子,不问好歹,即时批落。"时值三月三日,大开南省,会天下才人,尽呈卷子。李白才思有余,一笔挥就,第一个交卷。杨国忠见卷子上有李白名字,也不看文字,乱笔涂抹道:"这样书生,只好与我磨墨。"高力士道:"磨墨也不中,只好与我着袜脱靴。"喝令将李白推抢出去。正是:

不愿文章中天下,只愿文章中试官!

李白被试官屈批卷子,怨气冲天,回至内翰宅中,立誓:"久后吾若得志,定教杨国忠磨墨,高力士与我脱靴,方才满愿。"贺内翰劝白:"且休烦恼,权在舍下安歇,待三年,再开试场,别换试官,必然登第。"终日共李白饮酒赋诗。日往月来,不觉一载。

忽一日,有番使赍国书到。朝廷差使命急宣贺内翰陪接番使,在馆驿安下。次日阁门舍人②,接得番使国书一道。玄宗敕宣翰林学士,拆开番书,全然不识一字,拜伏金阶启奏:"此书皆是鸟兽之迹,臣等学识浅短,不识一字。"天子闻奏,将与南省试官杨国忠开读。杨国忠开看,双目如盲,亦不晓得。天子宣问满朝文武,并无一人晓得,不知书上有何吉凶言语。龙颜大怒,喝骂朝臣:"枉有许多文武,并无一个饱学之士与朕分忧。此书识不得,将何回答,发落番使?却被番邦笑耻,欺侮南朝,必动干戈,来侵边界,如之奈何!敕限三日,若无人识此番书,一概停俸;六日无人,一概停职;九日无人,一概问罪。别选贤良,共扶社稷。"圣旨一出,诸官默默无言,再无一人敢奏。天子转添烦恼。贺内翰朝散回家,将此事述于李白。白微微冷笑:"可惜我李某去年不曾及第为官,不得与天子分忧。"贺内翰大惊道:"想必贤弟博学多能,辨识番书,下官当于驾前保奏。"次日,贺知章入

---

① 南省:古代称尚书省为南省,因为他在宫廷的南边。尚书省所属的礼部,是职掌贡举取士的机关,所以后来称赴京应试叫做赴南省,或赴南宫,又称省试。

② 阁门舍人:就是通事舍人,职掌通报、宣旨,接纳四方(外国使者)的官。

朝,越班奏道:"臣启陛下,臣家有一秀才,姓李名白,博学多能,要辨番书,非此人不可。"天子准奏,即遣使命,赍诏前去内翰宅中,宣取李白。李白告天使道:"臣乃远方布衣,无才无识,今朝中有许多官僚,都是饱学之儒,何必问及草莽,臣不敢奉诏,恐得罪于朝贵。"说这句"恐得罪于朝贵",隐隐刺着杨高二人。使命回奏。天子初问贺知章:"李白不肯奉诏,其意云何?"知章奏道:"臣知李白文章盖世,学问惊人。只为去年试场中,被试官屈批了卷子,羞抢出门,今日教他白衣入朝,有愧于心。乞陛下赐以恩典,遣一位大臣再往,必然奉诏。"玄宗道:"依卿所奏。钦赐李白进士及第,着紫袍金带,纱帽象简见驾。就烦卿自往迎取,卿不可辞!"贺知章领旨回家,请李白开读,备述天子惓惓求贤之意。李白穿了御赐袍服,望阙拜谢。遂骑马随贺内翰入朝。玄宗于御座专待李白。李白至金阶拜舞,山呼谢恩,躬身而立。天子一见李白,如贫得宝,如暗得灯,如饥得食,如旱得云。开金口,动玉音,道:"今有番国赍书,无人能晓,特宣卿至,为朕分忧。"白躬身奏道:"臣因学浅,被太师批卷不中,高太尉将臣推抢出门。今有番书,何不令试官回答,却乃久滞番官在此。臣是批黜秀才,不能称试官之意,怎能称皇上之意?"天子道:"朕自知卿,卿其勿辞!"遂命侍臣捧番书赐李白观看。李白看了一遍,微微冷笑,对御座前将唐音译出,宣读如流。番书云:

  "渤海国大可毒书达唐朝官家。自你占了高丽,与俺国逼近,边兵屡屡侵犯吾界,想出自官家之意。俺如今不可耐者,差官来讲和,可将高丽一百七十六城,让与俺国。俺有好物事相送:太白山之菟,南海之昆布,栅城之鼓,扶余之鹿,郑颉之豕,率宾之马,沃州之绵,湄沱河之鲫,九都之李,乐游之梨;你官家都有分。若还不肯,俺起兵来厮杀,且看那家胜败?"

众官听得读罢番书,不觉失惊,面面相觑,尽称"难得。"天子听了番书,龙情不悦。沉吟良久,方问两班文武:"今被番家要兴兵抢占高丽,有何策可以应敌?"两班文武,如泥塑木雕,无人敢应。贺知章启奏道:"自太宗皇帝三征高丽,不知杀了多少生灵,不能取胜,府库为之虚耗。天幸盖苏文死了,其子男生兄弟争权,为我乡导。高宗皇帝遣老将李勣、薛仁贵统百万雄兵,大小百战,方才殄灭。今承平日久,无将无兵,倘干戈复动,难保必胜。兵连祸结,不知何时而止?愿吾皇圣鉴!"天子道:"似此如何回答他?"知章道:"陛下试问李白,必然善于辞命。"天子乃召白问之。李白奏道:"臣启陛下,此事不劳圣虑,来日宣番使入朝,臣当面回答番书,与他一般字迹,书中言语,羞辱番家,须要番国可毒拱手来降。"天子问:"可毒何人也?"李白奏道:"渤海风俗,称其王曰可毒。犹回纥称可汗,吐番称赞普,六诏称诏,诃陵①称悉莫威,各从其俗。"天子见其应对不穷,圣心大悦,即日拜为翰林学士。遂设宴于金銮殿,宫商迭奏,琴瑟喧阗②,嫔妃进酒,彩女传杯。御音传示:"李卿,可开怀畅饮,休拘礼法。"李白尽量而饮,不觉酒浓身软。天子令内官扶于殿侧安寝。次日五鼓,天子升殿。

  净鞭③三下响,文武两班齐。

李白宿醒犹未醒,内官催促进朝。百官朝见已毕,天子召李白上殿,见其面尚带酒容,两眼兀自有朦胧之意。天子分付内侍,教御厨中造三分醒酒酸鱼羹来。须臾,内侍将金盘捧到鱼羹一碗。天子见羹气太热,御手取牙箸调之良久,赐与李学士。李白跪而食之,顿觉爽快。是时百官见天子恩幸李白,且惊且喜;惊者怪其破格,喜者喜其得人。惟杨国忠、高力士愀然有不乐之色。圣旨宣番使入朝,番使山呼见圣已毕。李白紫衣纱帽,飘飘然有神仙凌云之态,手捧番书立于左侧柱下,朗声而读。一字无差,番使大骇。李白道:"小邦失礼,圣上洪度如天,置而不较,有诏批答,汝宜静听!"番官战战兢兢,跪于阶下。天子命设七宝床于御座之傍,取于阗白玉砚,象管兔毫笔,独草龙香墨,五色金花笺,排列停当。赐李白近御榻前,坐锦墩草诏。李白奏道:"臣靴不净,有污前席,望皇上宽恩,赐臣脱靴结袜而登。"天子准奏,命一小内侍:"与李学士脱靴。"李白又奏道:"臣有一言,乞陛下赦臣狂妄,臣方敢奏。"天子道:"任卿失言,朕亦不罪。"李白奏道:"臣前入试春闱,被杨太师批落,高太尉赶逐,今日见二人押班,臣之神气不旺。乞玉音分付杨国忠与臣捧砚磨墨,高力士与臣脱靴结袜。臣意气始得自豪,举笔草诏,口代天言,方可不辱君命。"天子用人之际,恐拂其意,只得传旨,教"杨国忠捧砚,高力士脱靴。"二人心里暗暗自揣,前日科场中轻薄了他,"这样书生,只好与我磨墨脱靴。"今日恃了天子一时宠幸,就来还话,报复前仇。出于无奈,不敢违背圣旨,正是敢怒而不敢言。常言道:

  冤家不可结,结了无休歇。

  侮人还自侮,说人还自说。

  李白此时昂昂得意,蹴袜登褥,坐于锦墩。杨国忠磨得墨浓,捧砚侍立。论来爵位不同,怎么李学士坐了,杨太师到侍立?因李白口代天言,天子宠以殊礼。杨太师奉旨磨墨,不曾赐坐,只得侍立。李白左手将须一拂,右手举起中山兔颖,向五花笺上,手不停挥,须臾,草就"吓蛮书"。字画齐

---

① 诃陵:唐代的一个小国,约当现在越南南部,曾和唐发生朝贡关系。
② 阗(tián):填塞,充满。
③ 净鞭:就是静鞭,在皇帝上朝时,挥响它使官员们肃静守序的一种仪仗。

整,并无差落,献于龙案之上。天子看了大惊,都是照样番书,一字不识。传与百官看了,各各骇然。天子命李白诵之。李白就御座前朗诵一遍:

"大唐开元皇帝,诏谕渤海可毒:自昔石卵不敌,蛇龙不斗。本朝应运开天,抚有四海,将勇卒精,甲坚兵锐。颉利①背盟而被擒,弄赞铸鹅而纳誓。新罗奏织锦之颂,天竺致能言之鸟,波斯献捕鼠之蛇,拂菻②进曳马之狗,白鹦鹉来自诃陵,夜光珠贡于林邑③,骨利干④有名马之纳,泥婆罗⑤有良酢之献。无非畏威怀德,买静求安。高丽拒命,天讨再加,传世九百,一朝殄灭,岂非逆天之咎徵,衡大之明鉴与!况尔海外小邦,高丽附国,比之中国,不过一郡,士马刍粮,万分不及。若螳怒⑥是逞,鹅骄不逊,天兵一下,千里流血,君同颉利之俘,国为高丽之续。方今圣度汪洋,恕尔狂悖,急宜悔祸,勤修岁事;毋取诛僇,为四夷笑。尔其三思哉! 故谕。"

天子闻之大喜,再命李白对番官面宣一通,然后用宝入函。李白仍叫高太尉着靴,方才下殿,唤番官听诏。李白重读一遍,读得声韵铿锵,番使不敢则声,面如土色,不免山呼拜舞辞朝。贺内翰送出都门,番官私问道:"适才读诏者何人?"内翰道:"姓李名白,官拜翰林学士。"番使道:"多大的官,使太师捧砚,太尉脱靴。"内翰道:"太师大臣,太尉亲臣,不过人间之极贵。那李学士乃天上神仙下降,赞助天朝,更有何人可及。"番使点头而别,归至本国,与国王述之。国王看了国书,大惊,与国人商议,天朝有神仙赞助,如何敌得。写了降表,愿年年进贡,岁岁来朝。此是后话。

话分两头,却说天子深敬李白,欲重加官职。李白启奏:"臣不愿受职,愿得逍遥散诞,供奉御前,如汉东方朔故事。"天子道:"卿既不受职,朕所有黄金白璧,奇珍异宝,惟卿所好。"李白奏道:"臣亦不愿受金玉,愿得从陛下游幸,日饮美酒三千觞,足矣!"天子知李白清高,不忍相强。从此时时赐宴,留宿于金銮殿中,访以政事,恩幸日隆。一日,李白乘马游长安街,忽听得锣鼓齐鸣,见一簇刀斧手,拥着一辆囚车行来。白停骖问之,乃是并州解到失机将官,今押赴东市处斩。那囚车中,囚着个美丈夫,生得甚是英伟,

---

① 颉利:即突厥的颉利可汗,在唐李世民(太宗)时被擒。
② 拂菻:就是大秦,也就是东罗马帝国。
③ 林邑:即今越南。
④ 骨利干:西域大戈壁以北的一个部落。
⑤ 泥婆罗:唐代在吐蕃西面的一个小国,曾经发生朝贡关系。
⑥ 螳怒:《庄子》中曾有螳螂怒臂以当车,是必然不能胜任的讽喻,后来便作为不自量力的形容词。

叩其姓名,声如洪钟,答道:"姓郭名子仪。"李白相他容貌非凡,他日必为国家柱石,遂喝住刀斧手:"待我亲往驾前保奏。"众人知是李谪仙学士,御手调羹的,谁敢不依。李白当时回马,直叩宫门,求见天子,讨了一道赦敕,亲往东市开读,打开囚车,放出子仪,许他带罪立功。子仪拜谢李白活命之恩,异日衔环结草,不敢忘报。此事阁过不题。

是时,宫中最重木芍药,是扬州贡来的。——如今叫做牡丹花,唐时谓之木芍药。——宫中种得四本,开出四样颜色,那四样?

  大红　　深紫　　浅红　　通白

玄宗天子移植于沉香亭前,与杨贵妃娘娘赏玩,诏梨园子弟奏乐。天子道:"对妃子,赏名花,新花安用旧曲?"遽命梨园长李龟年召李学士入宫。有内侍说道:"李学士往长安市上酒肆中去了。"龟年不往九街,不走三市,一径寻到长安市去。只听得一个大酒楼上,有人歌云:

  "三杯通大道,一斗合自然;
  但得酒中趣,勿为醒者传。"

李龟年道:"这歌的不是李学士是谁?"大踏步上楼梯来,只见李白独占一个小小座头,桌上花瓶内供一枝碧桃花,独自对花而酌,已吃得酩酊大醉,手执巨觥,兀自不放。龟年上前道:"圣上在沉香亭宣召学士,快去!"众酒客闻得有圣旨,一时惊骇,都站起来闲看。李白全然不理,张开醉眼,向龟年念一句陶渊明的诗,道是:

  "我醉欲眠君且去。"

念了这句诗,就瞑然欲睡。李龟年也有三分主意,向楼窗往下一招,七八个从者,一齐上楼,不由分说,手忙脚乱,抬李学士到于门前,上了玉花骢,众人左扶右持,龟年策马在后相随,直跑到五凤楼前。天子又遣内侍来催促了。敕赐"走马入宫。"龟年遂不扶李白下马,同内侍帮扶,直至后宫,过了兴庆池,来到沉香亭。天子见李白在马上双眸紧闭,兀自未醒,命内侍铺紫氍毹①于亭侧,扶白下马,少卧。亲往省视,见白口流涎沫,天子亲以龙袖拭之。贵妃奏道:"妾闻冷水沃面,可以解醒。"乃命内侍汲兴庆池水,使宫女含而喷之。白梦中惊醒,见御驾,大惊,俯伏道:"臣该万死!臣乃酒中之仙,幸陛下恕臣!"天子御手挽起道:"今日同妃子赏名花,不可无新词,所以召卿,可作《清平调》三章。"李龟年取金花笺授白。白带醉一挥,立成三首。其一曰:

  "云想衣裳花想容,春风拂槛露华浓;

---

① 氍毹(qú shū):纯毛或毛麻混织的毛布、毛毯。

若非群玉山头见，会向瑶台月下逢。"

其二曰：

"一枝红艳露凝香，云雨巫山枉断肠。
借问汉宫谁得似？可怜飞燕倚新妆！"

其三曰：

"名花倾国两相欢，长得君王带笑看。
解释春风无限恨，沉香亭北倚栏杆。"

天子览词，称美不已："似此天才，岂不压倒翰林院许多学士。"即命龟年按调而歌，梨园众子弟丝竹并进，天子自吹玉笛以和之。歌毕，贵妃敛绣巾，再拜称谢。天子道："莫谢朕，可谢学士也！"贵妃持玻璃七宝杯，亲酌西凉葡萄酒，命宫女赐李学士饮。天子敕赐李白遍游内苑，令内侍以美酒随后，恣其酣饮。自是宫中内宴，李白每每被召，连贵妃亦爱而重之。高力士深恨脱靴之事，无可奈何。一日，贵妃重吟前所制《清平调》三首，倚栏叹羡。高力士见四下无人，乘间奏道："奴婢初意娘娘闻李白此词，怨入骨髓，何反拳拳如是？"贵妃道："有何可怨？"力士奏道："'可怜飞燕倚新妆。'那飞燕姓赵，乃西汉成帝之后。——则今画图中，画着一个武士，手托金盘，盘中有一女子，举袖而舞，那个便是赵飞燕。——生得腰肢细软，行步轻盈，若人手执花枝颤颤然，成帝宠幸无比。谁知飞燕私与燕赤凤相通，匿于复壁之中。成帝入宫，闻壁衣内有人咳嗽声，搜得赤凤杀之。欲废赵后，赖其妹合德力救而止，遂终身不入正宫。今日李白以飞燕比娘娘，此乃谤毁之语，娘娘何不熟思！"原来贵妃那时以胡人安禄山为养子，出入宫禁，与之私通，满宫皆知，只瞒得玄宗一人。高力士说飞燕一事，正刺其心。贵妃于是心下怀恨，每于天子前说李白轻狂使酒，无人臣之礼。天子见贵妃不乐李白，遂不召他内宴，亦不留宿殿中。李白情知被高力士中伤，天子存疏远之意，屡次告辞求去，天子不允。乃益纵酒自废，与贺知章、李适之、汝阳王琎、崔宗之、苏晋、张旭、焦遂为酒友，时人呼为"饮中八仙"。

却说玄宗天子心下实是爱重李白，只为宫中不甚相得，所以疏了些儿。见李白屡次乞归，无心恋阙，乃向李白道："卿雅志高蹈，许卿暂还，不日再来相召。但卿有大功于朕，岂可白手还山？卿有所需，朕当一一给与。"李白奏道："臣一无所需，但得杖头有钱，日沾一醉足矣。"天子乃赐金牌一面，牌上御书："敕赐李白为天下无忧学士，逍遥落托秀才，逢坊吃酒，遇库支钱，府给千贯，县给五百贯。文武官员军民人等，有失敬者，以违诏论。"又赐黄金千两，锦袍玉带，金鞍龙马，从者二十人。白叩头谢恩，天子又赐金花二朵，御酒三杯，于驾前上马出朝，百官俱给假，携酒送行，自长安街直接到十里长亭,樽罍①不绝。只有杨太师、高太尉二人怀恨不送。内中惟贺内翰等酒友七人,直送至百里之外,流连三日而别。李白集中有《还山别金门知己诗》,略云:

"恭承丹凤诏,欻起烟萝中;
一朝去金马,飘落成飞蓬。
闲来东武吟,曲尽情未终。
书此谢知己,扁舟寻钓翁。"

李白锦衣纱帽,上马登程,一路只称锦衣公子。果然逢坊饮酒,遇库支钱。不一日,回至绵州,与许氏夫人相见。官府闻李学士回家,都来拜贺,无日不醉。日往月来,不觉半载。一日白对许氏说,要出外游玩山水,打扮做秀才模样,身边藏了御赐金牌,带一个小仆,骑一健驴,任意而行。府县酒资,照牌供给。忽一日,行到华阴界上,听得人言华阴县知县贪财害民,李白生计,要去治他。来到县前,令小仆退去。独自倒骑着驴子,于县门首连打三回。那知县在厅上取问公事,观见了,连声:"可恶,可恶!怎敢调戏父母官!"速令公吏人等拿至厅前取问。李白微微诈醉,连问不答。知县令狱卒押入牢中,待他酒醒,着他好生供状,来日决断。狱卒将李白领入牢中,见了狱官,掀髯长笑。狱官道:"想此人是风颠的?"李白道:"也不风,也不颠。"狱官道:"既不风颠,好生供状。你是何人?为何到此骑驴,搪突县主?"李白道:"要我供状,取纸笔来。"狱卒将纸笔置于案上,李白扯狱官在一边说道:"让开一步待我写。"狱官笑道:"且看这风汉写出甚么来!"李白写道:

"供状绵州人,姓李单名白。弱冠广文章,挥毫神鬼泣。长安列八仙,竹溪称六逸,曾草吓蛮书,声名播绝域。玉辇每趋陪,金銮为寝室。啜羹御手调,流涎御袍拭。高太尉脱靴,杨太师磨墨。天子殿前尚容乘马行,华阴县里不许我骑驴入?请验金牌,便知来历。"

写毕,递与狱官看了,狱官吓得魂惊魄散,低头下拜道:"学士老爷,可怜小人蒙官发遣,身不由己,万望海涵赦罪!"李白道:"不干你事,只要你对知县说,我奉金牌圣旨而来,所得何罪,拘我在此?"狱官拜谢了,即忙将供状呈与知县,并述有金牌圣旨。知县此时如小儿初闻霹雳,无孔可钻,只得同狱官到牢中参见李学士,叩头哀告道:"小官有眼不识泰山,一时冒犯,乞赐怜悯!"在职诸官,闻知此事,都来拜求,请学士到厅上正面坐下,众官庭参已毕。李白取出金牌,与众官看,牌上写道:"学士所到,文武官员军民人等有

---

① 罍(léi):同"櫑"。盛酒、水的器皿。

不敬者以违诏论。"——"汝等当得何罪?"众官看罢圣旨,一齐低头礼拜,"我等都该万死。"李白见众官苦苦哀求,笑道:"你等受国家爵禄,如何又去贪财害民?如若改过前非,方免汝罪。"众官听说,人人拱手,个个遵依,不敢再犯。就在厅上大排筵宴,管待学士饮酒三日方散。自是知县洗心涤虑,遂为良牧。此事闻于他郡,都猜道朝廷差李学士出外私行,观风考政,无不化贪为廉,化残为善。

　　李白遍历赵、魏、燕、晋、齐、梁、吴、楚,无不流连山水,极诗酒之趣。后因安禄山反叛,明皇车驾幸蜀,诛国忠于军中,缢贵妃于佛寺。白避乱隐于庐山。永王璘时为东南节度使,阴有乘机自立之志。闻白大才,强逼下山,欲授伪职,李白不从,拘留于幕府。未几,肃宗即位于灵武,拜郭子仪为天下兵马大元帅,克复两京。有人告永王璘谋叛,肃宗即遣子仪移兵讨之。永王兵败,李白方得脱身,逃至浔阳江口,被守江把总①擒拿,把做叛党,解到郭元帅军前。子仪见是李学士,即喝退军士,亲解其缚,置于上位,纳头便拜道:"昔日长安东市,若非恩人相救,焉有今日?"即命治酒压惊,连夜修本,奏上天子,为李白辨冤,且追叙其吓蛮书之功,荐其才可以大用,此乃施恩而得报也。正是:

　　　　两叶浮萍归大海,人生何处不相逢。

　　时杨国忠已死,高力士亦远贬他方,玄宗皇帝自蜀迎归,为太上皇,亦对肃宗称李白奇才。肃宗乃征白为左拾遗。白叹宦海沉迷,不得逍遥自在,辞而不受。别了郭子仪,遂泛舟游洞庭岳阳,再过金陵,泊舟于采石江边。是夜,月明如昼。李白在江头畅饮,忽闻天际乐声嘹亮,渐近舟次,舟人都不闻,只有李白听得。忽然江中风浪大作,有鲸鱼数丈,奋鬣②而起,仙童二人,手持旌节,到李白面前,口称:"上帝奉迎星主还位。"舟人都惊倒,须臾苏醒。只见李学士坐于鲸背,音乐前导,腾空而去。明日将此事告于当涂县令李阳冰,阳冰具表奏闻。天子敕建李谪仙祠于采石山上,春秋二祭。到宋太平兴国年间,有书生于月夜渡采石江,见锦帆西来,船头上有白牌一面,写"诗伯"二字。书生遂朗吟二句道:

　　　　"谁人江上称诗伯?锦绣文章借一观!"

舟中有人和云:

　　　　"夜静不堪题绝句,恐惊星斗落江寒。"

---

① 把总:把总是明代下级军官的名称,这里,话本的编者没有注意到所叙的是唐代的故事。

② 鬣(liè):鱼类颔旁的鳍。

书生大惊,正欲傍舟相访,那船泊于采石之下。舟中人紫衣纱帽,飘然若仙,径投李谪仙祠中。书生随后求之祠中,并无人迹,方知和诗者即李白也。至今人称"酒仙""诗伯",皆推李白为第一云。

　　吓蛮书草见天才,天子调羹亲赐来。
　　一自骑鲸天上去,江流采石有余哀。

灌园叟晚逢仙女

　　连宵风雨闭柴门,落尽深红只柳存。
　　欲扫苍苔且停帚,阶前点点是花痕。
　　这首诗为惜花而作。昔唐时有一处士姓崔,名玄微,平昔好道,不娶妻室,隐于洛东。所居庭院宽敞,遍植花卉竹木。构一室在万花之中,独处于内。童仆都居苑外,无故不得辄入。如此三十余年,足迹不出园门。时值春日,院中花木盛开,玄微日夕徜徉其间。一夜,风清月朗,不忍舍花而睡。乘着月色,独步花丛中。忽见月影下,一青衣冉冉而来。玄微惊讶道:"这时节那得有女子到此行动?"心下虽然怪异,又想道:"且看他到何处去?"那青衣不往东,不往西,径至玄微面前,深深道个万福。玄微还了礼,问道:"女郎是谁家宅眷?因何深夜至此?"那青衣启一点朱唇,露两行碎玉道:"儿家与处士相近。今与女伴过上东门,访表姨,欲借处士院中暂憩,不知可否?"玄微见来得奇异,欣然许之。青衣称谢,原从旧路转去。不一时,引一队女子,分花约柳而来,与玄微一一相见。玄微就月下仔细看时,一个个姿容媚丽,体态轻盈,或浓或淡,妆束不一。随从女郎,尽皆妖艳。正不知从那里来的。相见毕,玄微邀进室中,分宾主坐下。开言道:"请问诸位女娘姓氏。今访何姻戚,乃得光降敝园?"一衣绿裳者答道:"妾乃杨氏。"指一穿白的道:"此位李氏。"又指一衣绛服的道:"此位陶氏。"遂逐一指示。最后到一绯衣小女,乃道:"此位姓石,名阿措。我等虽则异姓,俱是同行姊妹。因封家十八姨,数日云欲来相看,不见其至。今夕月色甚佳,故与姊妹们同往候之。二来素蒙处士爱重,妾等顺便相谢。"玄微方待酬答,青衣报道:"封家姨①至。"众皆惊喜出迎。玄微闪过半边观看。众女子相见毕,说道:"正要来看十八姨;为主人留坐,不意姨至;足见同心。"各向前致礼。十

----
① 封家姨:神话故事中管刮风的女神;也叫作"封家十八姨"或"风姨"。

八姨道:"屡欲来看卿等,俱为使命所阻。今乘间至此。"众女道:"如此良夜,请姨宽坐,当以一尊为寿。"遂授旨青衣去取。十八姨问道:"此地可坐否?"杨氏道:"主人甚贤,地极清雅。"十八姨道:"主人安在?"玄微趋出相见。举目看十八姨,体态飘逸,言词泠泠有林下风气①。近其傍,不觉寒气侵肌,毛骨辣然。逊入堂中,侍女将桌椅已是安排停当。请十八姨居于上席。众女挨次而坐。玄微末位相陪。不一时,众青衣取到酒肴,摆设上来。佳肴异果,罗列满案。酒味醇浓,其甘如饴,俱非人世所有。此时月色倍明,室中照耀,如同白日。满坐芳香,馥馥袭人。宾主酬酢,杯觥交杂。酒至半酣,一红裳女子满斟大觥,送与十八姨道:"儿有一歌,请为歌之。"歌云:

绛衣披拂露盈盈,淡染胭脂一朵轻。
自恨红颜留不住,莫怨春风道薄情。

歌声清婉,闻者皆凄然。又一白衣女子送酒道:"儿亦有一歌。"歌云:

皎洁玉颜胜白雪,况乃当年对芳月。
沉吟不敢怨春风,自叹容华暗消歇。

其音更觉惨切。那十八姨性颇轻佻,却又好酒。多了几杯,渐渐狂放。听了二歌,乃道:"值此芳辰美景,宾主正欢,何遽作伤心语!歌旨又深刺予②,殊为慢客。须各罚以大觥,当另歌之。"遂手斟一杯递来。酒醉手软,持不甚牢,杯才举起,不想袖在箸上一兜,扑碌的连杯打翻。这酒若翻在别个身上,却也罢了,恰恰里尽泼在阿措身上。阿措年娇貌美,性爱整齐,穿的却是一件大红簇花绯衣。那红衣最忌的是酒,才沾滴点,其色便败,怎经得这一大杯酒!况且阿措也有七八分酒意,见污了衣服,作色道:"诸姊便有所求,吾不畏尔!"即起身往外就走。十八姨也怒道:"小女弄酒,敢与吾为抗耶?"亦拂衣而起。众女子留之不住,齐劝道:"阿措年幼,醉后无状,望勿记怀。明日当率来请罪!"相送下阶。十八姨忿忿向东而去。众女子与玄微作别,向花丛中四散而走。玄微欲观其踪迹,随后送之。步急苔滑,一交跌倒。挣起身来看时,众女子俱不见了。心中想道:"是梦却又未曾睡卧。若是鬼,又衣裳楚楚,言语历历。是人,如何又倏然无影?"胡猜乱想,惊疑不定。回入堂中,桌椅依然,摆设杯盘,一毫已无;惟觉余馨满室。虽异其事,料非祸祟,却也无惧。

到次晚,又往花中步玩。见诸女子已在,正劝阿措往十八姨处请罪。

---

① 林下风气:古时形容妇女态度优美、高尚,举动不庸俗的样子。
② 刺予:刺,讽刺;予,我,自称。

阿措怒道:"何必更恳此老妪?有事只求处士足矣。"众皆喜道:"妹言甚善。"齐向玄微道:"吾姊妹皆住处士苑中,每岁多被恶风所挠,居止不安。常求十八姨相庇。昨阿措误触之,此后应难取力。处士倘肯庇护,当有微报耳。"玄微道:"某有何力,得庇诸女?"阿措道:"只求处士每岁元旦,作一朱幡,上图日月五星之文,立于苑东,吾辈则安然无恙矣。今岁已过,请于此月二十一日平旦①,微有东风,即立之,可免本日之难。"玄微道:"此乃易事,敢不如命。"齐声谢道:"得蒙处士慨允,必不忘德。"言讫而别,其行甚疾。玄微随之不及。忽一阵香风过处,各失所在。玄微欲验其事,次日即制办朱幡。候至廿一日,清早起来,果然东风微拂。急将幡竖立苑东。少顷,狂风振地,飞沙走石,自洛南一路,摧林折树;惟苑中繁花不动。玄微方晓诸女者,众花之精也。绯衣名阿措,即安石榴也。封十八姨,乃风神也。到次晚,众女各裹桃李花数斗来谢道:"承处士脱某等大难,无以为报。饵此花英,可延年却老。愿长如此卫护,某等亦可致长生。"玄微依其言服之,果然容颜转少,如三十许人。后得道仙去。有诗为证:

　　洛中处士爱栽花,岁岁朱幡绘采茶。
　　学得餐英堪不老,何须更觅枣如瓜②。

　　列位莫道小子说风神与花精往来,乃是荒唐之语。那九州四海之中,目所未见,耳所未闻,不载史册,不见经传,奇奇怪怪,跷跷蹊蹊的事,不知有多多少少。就是张华的《博物志》,也不过志其一二;虞世南的行书厨,也包藏不得许多。此等事甚是平常,不足为异。然虽如此,又道是子不语怪③,且阁过一边。只那惜花致福,损花折寿,乃见在功德,须不是乱道。列位若不信时,还有一段《灌园叟晚逢仙女》的故事,待小子说与列位看官们听。若平日爱花的,听了自然将花分外珍重。内中或有不惜花的,小子就将这话劝他,惜花起来。虽不能得道成仙,亦可以消闲遣闷。

　　你道这段话文出在那个朝代?何处地方?就在大宋仁宗年间,江南平江府东门外长乐村中。这村离城只有二里之远。村上有个老者,姓秋名先,原是庄家出身,有数亩田地,一所草房。妈妈水氏已故,别无儿女。那秋先从幼酷好栽花种果,把田业都撇弃了,专于其事。若偶觅得种异花,就是拾着珍宝,也没有这般欢喜。随你极紧要的事出外,路上逢着人家有树

---

① 平旦:天刚亮。
② 枣如瓜:据《汉武内传》,仙境冥海出产的枣像瓜一样大,人吃了就可成仙。又见《史记·封禅书》载,海上仙人安期生吃的枣如瓜一样大。
③ 子不语怪:《论语》中全句是:"子不语怪力乱神。"就是说:孔子平常不讲怪异等事。

花儿,不管他家容不容,便陪着笑脸,捱进去求玩。若平常花木,或家里也在正开,还转身得快。倘然是一种名花,家中没有的,虽或有,已开过了,便将正事撇在半边,依依不舍,永日忘归。人都叫他是花痴。或遇见卖花的有株好花,不论身边有钱无钱,一定要买。无钱时便脱身上衣服去解当。也有卖花的知他僻性,故高其价,也只得忍贵买回。又有那破落户晓得他是爱花的,各处寻觅好花折来,把泥假捏个根儿哄他,少不得也买。有恁般奇事! 将来①种下,依然肯活。日积月累,遂成了一个大园。那园周围编竹为篱,篱上交缠蔷薇、荼蘼、木香、刺梅、木槿、棣棠、金雀,篱边遍下蜀葵、凤仙、鸡冠、秋葵、莺粟等种。更有那金萱、百合、剪春罗、剪秋罗、满池娇、十样锦、美人蕉、山踯躅、高良姜、白蛱蝶、夜落金钱、缠枝牡丹等类,不可枚举。遇开放之时,烂如锦屏。远篱数步,尽植名花异卉。一花未谢,一花又开。向阳设两扇柴门,门内一条竹径,两边都结柏屏遮护。转过柏屏,便是三间草堂。房虽草创,却高爽宽敞,窗棂明亮。堂中挂一幅无名小画,设一张白木卧榻。桌凳之类,色色洁净。打扫得地下无纤毫尘垢。堂后精舍数间,卧室在内。那花卉无所不有,十分繁茂。真个四时不谢,八节②长春。但见:

  梅标清骨,兰挺幽芳。茶呈雅韵,李谢浓妆。杏娇疏雨,菊傲严霜。水仙冰肌玉骨,牡丹国色天香。玉树亭亭阶砌,金莲冉冉池塘。芍药芳姿少比,石榴丽质无双。丹桂飘香月窟,芙蓉冷艳寒江。梨花溶溶夜月,桃花灼灼朝阳。山茶花宝珠称贵,蜡梅花磬口方香。海棠花西府为上,瑞香花金边最良。玫瑰杜鹃,烂如云锦,绣球郁李,点缀风光。说不尽千般花卉,数不了万种芬芳。

篱门外,正对着一个大湖,名为朝天湖,俗名荷花荡。这湖东连吴淞江,西通震泽,南接庞山湖。湖中景致,四时晴雨皆宜。秋先于岸傍堆土作堤,广植桃柳。每至春时,红绿间发,宛似西湖胜景。沿湖遍插芙蓉,湖中种五色莲花。盛开之日,满湖锦云烂熳,香气袭人,小舟荡桨采菱,歌声泠泠。遇斜风微起,偎船竞渡,纵横如飞。柳下渔人,舣船晒网。也有戏儿的,结网的,醉卧船头的,没水赌胜的,欢笑之音不绝。那赏莲游人,画船箫管鳞集,至黄昏回棹,灯火万点,间以星影萤光,错落难辨。深秋时,霜风初起,枫林渐染黄碧,野岸衰柳芙蓉,杂间白苹红蓼,掩映水际;芦苇中鸿雁群集,嘹唳干云③,哀声动人。隆冬天气,彤云密布,六花飞舞,上下一色。那

---

① 将来:拿来。
② 四时、八节:四时:春夏秋冬。八节:立春、春分、立夏、夏至、立秋、秋分、立冬、冬至。
③ 干云:形容声音响亮,上达天空的意思。

四时景致,言之不尽。有诗为证:
>朝天湖畔水连天,不唱渔歌即采莲。
>小小茅堂花万种,主人日日对花眠。

按下散言,且说秋先每日清晨起来,扫净花底落叶,汲水逐一灌溉。到晚上又浇一番。若有一花将开,不胜欢跃。或暖壶酒儿,或烹瓯茶儿,向花深深作揖,先行浇奠,口称花万岁三声,然后坐于其下,浅斟细嚼。酒酣兴到,随意歌啸。身子倦时,就以石为枕,卧在根傍。自半含至盛开,未尝暂离。如见日色烘烈,乃把棕拂蘸水沃之。遇着月夜,便连宵不寐。倘值了狂风暴雨,即披蓑顶笠,周行花间检视。遇有欹枝,以竹扶之。虽夜间,还起来巡看几次。若花到谢时,则累日叹息,常至堕泪。又不舍得那些落花,以棕拂轻轻拂来,置于盘中,时尝观玩。直至干枯,装入净瓮。满瓮之日,再用茶酒浇奠,惨然若不忍释。然后亲捧其瓮,深埋长堤之下,谓之"葬花"。倘有花片,被雨打泥污的,必以清水再四涤净,然后送入湖中,谓之"浴花"。

平昔最恨的是攀枝折朵。他也有一段议论,道:"凡花一年只开得一度,四时中只占得一时,一时中又只占得数日。他熬过了三时的冷淡,才讨得这数日的风光。看他随风而舞,迎人而笑,如人正当得意之境,忽被摧残,巴此数日甚难,一朝折损甚易。花若能言,岂不嗟叹。况就此数日间,先犹含蕊,后复零残。盛开之时,更无多了。又有蝶攒,蜂采,鸟啄虫钻,日炙风吹,雾迷雨打,全仗人去护惜他,却反恣意拗折,于心何忍!且说此花自芽生根,自根生本,强者为干,弱者为枝。一干一枝,不知养成了多少年月。及候至花开,供人清玩,有何不美,定要折他!花一离枝,再不能上枝,枝一去干,再不能附干,如人死不可复生,刑不可复赎,花若能言,岂不悲泣!又想他折花的,不过择其巧干,爱其繁枝,插之瓶中,置之席上,或供宾客片时侑酒之欢,或助婢妾一日梳妆之饰,不思客觞可饱玩于花下,闺妆可借巧于人工。手中折了一枝,树上就少了一枝。今年伐了此干,明年便少了此干。何如延其性命,年年岁岁,玩之无穷乎?还有未开之蕊,随花而去,此蕊竟槁①灭枝头,与人之童夭何异?又有原非爱玩,趁兴攀折。既折之后,拣择好歹,逢人取讨,即便与之。或随路弃掷,略不顾惜。如人横祸枉死,无处申冤。花若能言,岂不痛恨!"他有了这段议论,所以生平不折一枝,不伤一蕊。就是别人家园上,他心爱着那一种花儿,宁可终日看玩。假饶那花主人要取一枝一朵来赠他,他连称罪过,决然不要。若有傍人要来

---

① 槁(gǎo):干枯。

折花者,只除他不看见罢了;他若见时,就把言语再三劝止。人若不从其言,他情愿低头下拜,代花乞命。人虽叫他是花痴,多有可怜他一片诚心,因而住手者。他又深深作揖称谢。又有小厮们要折花卖钱的,他便将钱与之,不教折损。或他不在时,被人折损,他来见了损处,必凄然伤感,取泥封之,谓之"医花"。为这件上,所以自己园中不轻易放人游玩。偶有亲戚邻友要看,难好回时,先将此话讲过,才放进去。又恐秽气触花,只许远观,不容亲近。倘有不达时务的,捉空摘了一花一蕊,那老儿便要面红颈赤,大发喉急①。下次就打骂他,也不容进去看了。后来人都晓得了他的性子,就一叶儿也不敢摘动。

　　大凡茂林深树,便是禽鸟的巢穴。有花果处,越发千百为群。如单食果实,到还是小事。偏偏只拣花蕊啄伤。惟有秋先却将米谷置于空处饲之,又向禽鸟祈祝。那禽鸟却也有知觉,每日食饱,在花间低飞轻舞,宛啭娇啼,并不损一朵花蕊,也不食一个果实。故此产的果品最多,却又大而甘美。每熟时就先望空祭了花神,然后敢尝。又遍送左近邻家试新,余下的方鬻②。一年到有若干利息。那老者因得了花中之趣,自少至老,五十余年,略无倦怠。筋骨愈觉强健。粗衣淡饭,悠悠自得。有得赢余,就把来周济村中贫乏。自此合村无不敬仰,又呼为秋公。他自称为灌园叟。有诗为证:

　　　　朝灌园兮暮灌园,灌成园上百花鲜。
　　　　花开每恨看不足,为爱看园不肯眠。

　　话分两头。却说城中有一人姓张,名委,原是个宦家子弟;为人奸狡诡谲,残忍刻薄。恃了势力,专一欺邻吓舍,扎害良善。触着他的,风波立至,必要弄得那人破家荡产,方才罢手。手下用一班如狼似虎的奴仆,又有几个助恶的无赖子弟,日夜合做一块,到处闯祸生灾,受其害者无数。不想却遇了一个又狠似他的,轻轻捉去,打得个臭死。及至告到官司,又被那人弄了些手脚,反问输了。因妆了幌子,自觉无颜,带了四五个家人,同那一班恶少,暂在庄上遣闷。那庄正在长乐村中,离秋公家不远。一日早饭后,吃得半酣光景,向村中闲走,不觉来到秋公门首。只见篱上花枝鲜媚,四围树木繁翳,齐道:"这所在到也幽雅!是那家的?"家人道:"此是种花秋公园上,有名叫做花痴。"张委道:"我常闻得说庄边有什么秋老儿,种得异样好花。原来就住在此。我们何不进去看看?"家人道:"这老儿有些古怪,不许

---

①　喉急:着急,生气的意思。
②　鬻(yù):卖的意思。

人看的。"张委道："别人或者不肯,难道我也是这般?快去敲门!"那时园中牡丹盛开,秋公刚刚浇灌完了,正将着一壶酒儿,两碟果品,在花下独酌,自取其乐。饮不上三杯,只听得砰砰的敲门响,放下酒杯,走出来开门一看,见站着五六个人,酒气直冲。秋公料道必是要看花的,便拦住门口,问道："列位有甚事到此?"张委道："你这老儿不认得我么?我乃城里有名的张衙内。那边张家庄便是我家的。闻得你园中好花甚多,特来游玩。"秋公道："告衙内,老汉也没种甚好花,不过是桃杏之类,都已谢了。如今并没别样花卉。"张委睁起双眼道："这老儿恁般可恶!看看花儿打甚紧,却便回我没有。难道吃了你的?"秋公道："不是老汉说谎,果然没有。"张委那里肯听,向前叉开手,当胸一扠,秋公站立不牢,跟跟跄跄,直撞过半边。众人一齐拥进。秋公见势头凶恶,只得让他进去,把篱门掩上,随着进来,向花下取过酒果,站在傍边。众人看那四边花草甚多,惟有牡丹最盛。那花不是寻常玉楼春之类,乃五种有名异品。那五种?

  黄楼子 绿蝴蝶 西瓜穰 舞青猊 大红狮头①

  这牡丹乃花中之王,惟洛阳为天下第一。有"姚黄""魏紫"②名色,一本价值五千。你道因何独盛于洛阳?只为昔日唐朝有个武则天皇后,淫乱无道,宠幸两个官儿,名唤张易之、张昌宗,于冬月之间,要游后苑,写出四句诏来,道:

  来朝游上苑,火速报春知。

  百花连夜发,莫待晓风吹。

不想武则天原是应运之主,百花不敢违旨,一夜发蕊开花。次日驾幸后苑,只见千红万紫,芳菲满目,单有牡丹花有些志气,不肯奉承女主幸臣,要一根叶儿也没有。则天大怒,遂贬于洛阳。故此洛阳牡丹冠于天下。有一只《玉楼春》词,单赞牡丹花的好处。词云:

  名花绰约东风里,占断韶华都在此。芳心一片可人怜,春色三分愁雨洗。 玉人尽日恹恹地,猛被笙歌惊破睡。起临妆镜似娇羞,近日伤春输与你。

那花正种在草堂对面,周遭以湖石栏之,四边竖个木架子,上覆布幔,遮蔽日色。花本高有丈许,最低亦有六七尺,其花大如丹盘,五色灿烂,光华夺目。众人齐赞："好花!"张委便踏上湖石去嗅那香气。秋先极怪的是这节。乃道："衙内站远些看,莫要上去。"张委恼他不容进来,心下正要寻

---

① 黄楼子、绿蝴蝶、西瓜穰、舞青猊、大红狮头:都是牡丹不同品种的别名。
② 姚黄、魏紫:宋代牡丹花中两种名贵的品种。

事,又听了这话,喝道:"你那老儿住在我庄边,难道不晓得张衙内名头么?有恁样好花,故意回说没有。不计较就勾了,还要多言,那见得闻一闻就坏了花?你便这般说,我偏要闻。"遂把花逐朵攀下来,一个鼻子凑在花上去嗅。那秋老在傍,气得敢怒而不敢言。也还道略看一回就去;谁知这厮故意卖弄道:"有恁样好花,如何空过?须把酒来赏玩。"分付家人快去取。秋公见要取酒来赏,更加烦恼,向前道:"所在蜗窄①,没有坐处。衙内止看看花儿,酒还到贵庄上去吃。"张委指着地上道:"这地下尽好坐。"秋公道:"地上龌龊,衙内如何坐得?"张委道:"不打紧,少不得有毡条遮衬。"不一时,酒肴取到,铺下毡条,众人团团围坐,猜拳行令,大呼小叫,十分得意。只有秋公骨笃了嘴②,坐在一边。

那张委看见花木茂盛,就起个不良之念,思想要吞占他的。斜着醉眼,向秋公道:"看你这蠢老儿不出,到会种花,却也可取。赏你一杯酒。"秋公那里有好气答他,气忿忿的道:"老汉天性不会饮酒。衙内自请。"张委又道:"你这园可卖么?"秋公见口声来得不好,老大惊讶,答道:"这园是老汉的性命,如何舍得卖?"张委道:"什么性命不性命!卖与我罢了。你若没去处,一发连身归在我家。又不要做别事,单单替我种些花木,可不好么?"众人齐道:"你这老儿好造化,难得衙内恁般看顾。还不快些谢恩?"秋公看见逐步欺负上来,一发气得手足麻软,也不去睬他。张委道:"这老儿可恶!肯不肯,如何不答应我?"秋公道:"说过不卖了,怎的只管问?"张委道:"放屁!你若再说句不卖,就写帖儿,送到县里去。"秋公气不过,欲要抢白几句,又想一想,他是有势力的人,却又醉了,怎与他一般样见识?且哄了去再处。忍着气答道:"衙内总要买,必须从容一日,岂是一时急骤的事。"众人道:"这话也说得是。就在明日罢。"此时都已烂醉,齐立起身。家人收拾家伙先去。秋公恐怕折花,预先在花边防护。那张委真个走向前,便要蹿上湖石去采。秋先扯住道:"衙内,这花虽是微物,但一年间不知废多少工夫,才开得这几朵。不争折损了,深为可惜。况折去不过二三日就谢的,何苦作这样罪过!"张委喝道:"胡说!有甚罪过!你明日卖了,便是我家之物。就都折尽,与你何干!"把手去推开。秋公揪住死也不放,道:"衙内便杀了老汉,这花决不与你摘的。"众人道:"这老儿其实可恶!衙内采朵花儿,值什么大事,妆出许多模样!难道怕你就不摘了?"遂齐走上前乱摘。把那老儿急得叫屈连天,舍了张委,拚命去拦阻。扯了东边,顾不得西首。

---

① 蜗窄:形容自己住的房屋狭窄,好像蜗牛壳一样。
② 骨笃了嘴:噘着嘴生气的样子。

顷刻间摘下许多。秋老心疼肉痛,骂道:"你这班贼男女,无事登门,将我欺负,要这性命何用!"赶向张委身边,撞个满怀。去得势猛,张委又多了几杯酒,把脚不住,翻筋斗跌倒。众人都道:"不好了!衙内打坏也!"齐将花撇下,一赶过来,要打秋公。内中有一个老成些的,见秋公年纪已老,恐打出事来,劝住众人,扶起张委。张委因跌了这交,心中转恼,赶上前打得个只蕊不留,撒作遍地,意犹未足,又向花中践踏一回。可惜好花,正是:

老拳毒手交加下,翠叶娇花一旦休。
好似一番风雨恶,乱红零落没人收。

当下只气得个秋公怆地呼天,满地乱滚。邻家听得秋公园中喧嚷,齐跑进来。看见花枝满地狼籍,众人正在行凶,邻里尽吃一惊,上前劝住。问知其故,内中到有两三个是张委的租户,齐替秋公陪个不是,虚心冷气,送出篱门。张委道:"你们对那老贼说,好好把园送我,便饶了他。若说半个不字,须教他仔细着。"恨恨而去。邻里们见张委醉了,只道酒话,不在心上。覆身转来,将秋公扶起,坐在阶沿上。那老儿放声号恸。众邻里劝慰了一番,作别出去,与他带上篱门,一路行走。内中也有怪秋公平日不容看花的,便道:"这老官儿真个忒煞①古怪,所以有这样事,也得他经一遭儿,警戒下次。"内中又有直道的道:"莫说这没天理的话!自古道:种花一年,看花十日。那看的但觉好看,赞声好花罢了,怎得知种花的烦难。只这几朵花,正不知费了许多辛苦,才培植得恁般茂盛。如何怪得他爱惜!"

不题众人,且说秋公不舍得这些残花,走向前将手去检起来看,见践踏得凋残零落,尘垢沾污,心中凄惨,又哭道:"花阿!我一生爱护,从不曾损坏一瓣一叶,那知今日遭此大难!"正哭之间,只听得背后有人叫道:"秋公为何恁般痛哭?"秋公回头看时,乃是一个女子,年约二八,姿容美丽,雅淡梳妆,却不认得是谁家之女。乃收泪问道:"小娘子是那家?至此何干?"那女子道:"我家居在左近。因闻你园中牡丹花茂盛,特来游玩,不想都已谢了。"秋公题起牡丹二字,不觉又哭起来。女子道:"你且说有甚苦情,如此啼哭?"秋公将张委打花之事说出。那女子笑道:"原来为此缘故。你可要这花原上枝头么?"秋公道:"小娘子休得取笑!那有落花返枝的理?"女子道:"我祖上传得个落花返枝的法术,屡试屡验。"秋公听说,化悲为喜道:"小娘子真个有这法术么?"女子道:"怎的不真?"秋公倒身下拜道:"若得小娘子施此妙术,老汉无以为报,但每一种花开,便来相请赏玩。"女子道:"你且莫拜,去取一碗水来。"秋公慌忙跳起去取水,心下又转道:"如何有

---

① 忒(tuī)煞:太,过甚的意思。

这样妙法？莫不是见我哭泣，故意取笑？"又想道："这小娘子从不相认，岂有耍我之理。还是真的。"急舀了一碗清水出来。抬头不见了女子，只见那花都已在枝头，地下并无一瓣遗存。起初每本一色，如今却变做红中间紫，淡内添浓，一本五色俱全，比先更觉鲜妍。有诗为证：

  曾闻湘子将花染①，又见仙姬会返枝。
  信是至诚能动物，愚夫犹自笑花痴。

  当下秋公又惊又喜道："不想这小娘子果然有此妙法。"只道还在花丛中，放下水，前来作谢。园中团团寻遍，并不见影。乃道："这小娘子如何就去了？"又想道："必定还在门口。须上去求他，传了这个法儿。"一径赶至门边，那门却又掩着。拽开看时，门首坐着两个老者，就是左近邻家，一个唤做虞公，一个叫做单老，在那里看渔人晒网。见秋公出来，齐立起身拱手道："闻得张衙内在此无理，我们恰往田头，没有来问得。"秋公道："不要说起，受了这班泼男女的殴气。亏着一位小娘子走来，用个妙法，救起许多花朵，不曾谢得他一声，径出来了。二位可看见往那一边去的？"二老闻言，惊讶道："花坏了，有甚法儿救得？这女子去几时了？"秋公道："刚方出来。"二老道："我们坐在此好一回，并没个人走动，那见什么女子？"秋公听说，心下恍悟道："怎般说，莫不这位小娘子是神仙下降？"二老问道："你且说怎的救起花儿？"秋公将女子之事叙了一遍。二老道："有如此奇事！待我们去看看。"秋公将门拴上，一齐走至花下，看了连声称异道："这定然是个神仙。凡人那有此法力！"秋公即焚起一炉好香，对天叩谢。二老道："这也是你平日爱花心诚，所以感动神仙下降。明日索性到教张衙内这几个泼男女看看，羞杀了他。"秋公道："莫要！莫要！此等人即如恶犬，远远见了就该避之，岂可还引他来。"二老道："这话也有理。"秋公此时非常欢喜，将先前那瓶酒热将起来，留二老在花下玩赏，至晚而别。二老回去一传，合村人都晓得，明日俱要来看，还恐秋公不许。谁知秋公原是有意思的人，因见神仙下降，遂有出世之念，一夜不寐，坐在花下存想。想至张委这事，忽地开悟道："此皆是我平日心胸褊窄，故外侮得至。若神仙汪洋度量，无所不容，安得有此！"至次早，将园门大开，任人来看。先有几个进来打探，见秋公对花而坐，但分付道："任凭列位观看，切莫要采便了。"众人得了这话，互相传开。那村中男子妇女，无有不至。

  按下此处，且说张委至次早，对众人道："昨日反被那老贼撞了一交，难

---

  ① 湘子将花染：这是一则神仙故事。韩湘子在筵席间聚一堆土，用盆盖着，过一会，就长出碧牡丹来。

道轻恕了不成？如今再去要他这园。不肯时，多教些人从，将花木尽打个希烂，方出这气。"众人道："这园在衙内庄边，不怕他不肯。只是昨日不该把花都打坏，还留几朵，后日看看，便是。"张委道："这也罢了。少不得来年又发。我们快去，莫要使他停留长智①。"众人一齐起身，出得庄门，就有人说："秋公园上神仙下降，落下的花，原都上了枝头，却又变做五色。"张委不信道："这老贼有何好处，能感神仙下降？况且不前不后，刚刚我们打坏，神仙就来？难道这神仙是养家的不成？一定是怕我们又去，故此诌这话来央人传说。见得他有神仙护卫，使我们不摆布他。"众人道："衙内之言极是。"顷刻，到了园门口，见两扇柴门大开，往来男女络绎不绝，都是一般说话。众人道："原来真有这等事！"张委道："莫管他，就是神仙见坐着，这园少不得要的。"弯弯曲曲，转到草堂前，看时，果然话不虚传。这花却也奇怪，见人来看，姿态愈艳，光采倍生，如对人笑的一般。张委心中虽十分惊讶，那吞占念头，全然不改。看了一回，忽地又起一个恶念，对众人道："我们且去。"齐出了园门。众人问道："衙内如何不与他要园？"张委道："我想得个好策在此，不消与他说得，这园明日就归于我。"众人道："衙内有何妙算？"张委道："见今贝州王则谋反，专行妖术。枢密府行下文书来，普天下军州严禁左道，捕缉妖人。本府见出三千贯赏钱，募人出首。我明日就将落花上枝为由，教张霸到府，首②他以妖术惑人。这个老儿熬刑不过，自然招承下狱。这园必定官卖。那时谁个敢买他的？少不得让与我。还有三千贯赏钱哩。"众人道："衙内好计！事不宜迟，就去打点起来。"当时即进城，写下首状。次早，教张霸到平江府出首。这张霸是张委手下第一出尖的人，衙门情熟，故此用他。大尹正在缉访妖人，听说此事，合村男女都见的，不繇不信。即差缉捕使臣带领几个做公的，押张霸作眼③，前去捕获。张委将银布置停当，让张霸与缉捕使臣先行，自己与众子弟随后也来。缉捕使臣一径到秋公园上。那老儿还道是看花的，不以为意。众人发一声喊，赶上前一索捆翻。秋公吃这一吓不小。问道："老汉有何罪犯？望列位说个明白。"众人口口声声，骂做妖人反贼，不繇分诉，拥出门来。邻里看见，无不失惊，齐上前询问。缉捕使臣道："你们还要问么？他所犯的事也不小，只怕连村上人都有分哩。"那些愚民，被这大话一寒，心中害怕，尽皆洋洋走开，惟恐累及。只有虞公、单老，同几个平日与秋公相厚的，远远跟

---

① 停留长智：时间久了，对方就会想出对付的办法；就是迟则生变的意思。
② 首：出头认罪或揭发。
③ 作眼：做眼线、牵线；带领人去捉拿人，探消息。

来观看。

且说张委俟秋公去后，便与众子弟来锁园门。恐还有人在内，又检点一过，将门锁上。随后赶上府前。缉捕使臣已将秋公解进，跪在月台上，见傍边又跪着一人，却不认得是谁。那些狱卒都得了张委银子，已备下诸般刑具伺候。大尹喝道："你是何处妖人，敢在此地方上将妖术煽惑百姓？有几多党羽？从实招来！"秋公闻言，恰如黑暗中闻个火炮，正不知从何处起的。禀道："小人家世住于长乐村中，并非别处妖人，也不晓得什么妖术。"大尹道："前日你用妖术使落花上枝，还敢抵赖！"秋公见说到花上，情知是张委的缘故。即将张委要占园打花，并仙女下降之事，细诉一遍。不想那大尹性是偏执的，那里肯信，乃笑道："多少慕仙的，修行至老，尚不能得遇神仙；岂有因你哭，花仙就肯来？既来了，必定也留个名儿，使人晓得，如何又不别而去？这样话哄那个！不消说得，定然是个妖人。快夹起来！"狱卒们齐声答应，如狼虎一般，蜂拥上来，揪翻秋公，扯腿拽脚，刚要上刑，不想大尹忽然一个头晕，险些儿跌下公座。自觉头目森森，坐身不住。分付上了枷扭，发下狱中监禁，明日再审。狱卒押着，秋公一路哭泣出来。看见张委，道："张衙内，我与你前日无怨，往日无仇，如何下此毒手，害我性命！"张委也不答应，同了张霸，和那一班恶少，转身就走。虞公、单老，接着秋公，问知其细，乃道："有这等冤枉的事！不打紧，明日同合村人，具张连名保结，管你无事。"秋公哭道："但愿得如此，便好。"狱卒喝道："这死囚还不走！只管哭什么！"秋公含着眼泪进狱。邻里又寻些酒食，送至门上。那狱卒谁个拿与他吃，竟接来自去受用。到夜间，将他上了囚床，就如活死人一般，手足不能少展。心中苦楚，想道："不知那位神仙救了这花，却又被那厮借此陷害。神仙呵！你若怜我秋先，亦来救拔性命，情愿弃家入道。一头正想，只见前日那仙女，冉冉而至。秋公急叫道："大仙救拔弟子秋先则个①！"仙女笑道："汝欲脱离苦厄么？"上前把手一指，那枷扭纷纷自落。秋先爬起来，向前叩头道："请问大仙姓氏。"仙女道："吾乃瑶池王母座下司花女，怜汝惜花志诚，故令诸花返本。不意反资奸人谗口。然亦汝命中合有此灾，明日当脱。张委损花害人，花神奏闻上帝，已夺其算②。助恶党羽，俱降大灾。汝宜笃志修行，数年之后，吾当度汝。"秋先又叩首道："请问上仙修行之道。"仙女道："修仙径路甚多，须认本源。汝原以惜花有功，今亦当以花成道。汝但饵百花，自能身轻飞举。"遂教其服食之法。秋先稽首叩

---

① 则个：加重语气、表示希望的语助词，"着"或"者"。

② 算：寿数，寿命。

谢起来,便不见了仙子。抬头观看,却在狱墙之上,以手招道:"汝亦上来,随我出去。"秋先便向前攀援了一大回,还只到得半墙,甚觉吃力。渐渐至顶,忽听得下边一棒锣声,喊道:"妖人走了,快拿下!"秋公心下惊慌,手酥脚软,倒撞下来,撒然惊觉,元在囚床之上。想起梦中言语,历历分明,料必无事,心中稍宽。正是:

　　但存方寸无私曲,料得神明有主张。

且说张委见大尹已认做妖人,不胜欢喜。乃道:"这老儿许多清奇古怪,今夜且请在囚床上受用一夜,让这园儿与我们乐罢。"众人都道:"前日还是那老儿之物,未曾尽兴。今日是大爷的了,须要尽情欢赏。"张委道:"言之有理!"遂一齐出城,教家人整备酒肴,径至秋公园上,开门进去。那邻里看见是张委,心下虽然不平,却又惧怕,谁敢多口。且说张委同众子弟走至草堂前,只见牡丹枝头一朵不存,原如前日打下时一般,纵横满地。众人都称奇怪。张委道:"看起来,这老贼果系有妖法的。不然,如何半日上倐尔又变了?难道也是神仙打的?"有一个子弟道:"他晓得衙内要赏花,故意弄这法儿来羞我们。"张委道:"他便弄这法儿,我们就赏落花。"当下依原铺设毡条,席地而坐,放开怀抱恣饮。也把两瓶酒赏张霸到一边去吃。看看饮至月色挫西①,俱有半酣之意,忽地起一阵大风。那风好利害!

　　善聚庭前草,能开水上萍。
　　腥闻群虎啸,响合万声松。

那阵风却把地下这些花朵吹得都直竖起来,眨眼间俱变做一尺来长的女子。众人大惊,齐叫道:"怪哉!"言还未毕,那些女子迎风一幌,尽已长大,一个个姿容美丽,衣服华艳,团团立做一大堆。众人因见恁般标致,通看呆了。内中一个红衣女子却又说起话来,道:"吾姊妹居此数十余年,深蒙秋公珍重护惜。何意蓦遭狂奴,俗气熏炽,毒手摧残,复又诬陷秋公,谋吞此地。今仇在目前,吾姊妹曷不戮力击之!上报知己之恩,下雪摧残之耻,不亦可乎?"众女郎齐声道:"阿妹之言有理!须速下手,毋使潜遁!"说罢,一齐举袖扑来。那袖似有数尺之长,如风翻乱飘,冷气入骨。众人齐叫有鬼,撇了家伙,望外乱跑。彼此各不相顾。也有被石块打脚的,也有被树枝抓面的,也有跌而复起,起而复跌的,乱了多时,方才收脚。点检人数都在,单不见了张委、张霸二人。此时风已定了,天色已昏。这班子弟各自回家,恰像捡得性命一般,抱头鼠窜而去。家人喘息定了,唤几个生力庄客,打起火把,覆身去抓寻。直到园上,只听得大梅树下有呻吟之声。举火看

————
① 挫西:渐渐往西边下坠。

时,却是张霸被梅根绊倒,跌破了头,挣扎不起。庄客着两个先扶张霸归去。众人周围走了一遍,但见静悄悄的万籁无声。牡丹棚下,繁花如故,并无零落。草堂中杯盘狼籍,残酒淋漓。众人莫不吐舌称奇。一面收拾家火,一面重复照看。这园子又不多大,三回五转,毫无踪影。——难道是大风吹去了?女鬼吃去了?正不知躲在那里。延捱了一会,无可奈何,只索回去过夜,再作计较。方欲出门,只见门外又有一伙人,提着行灯进来。不是别人,却是虞公、单老,闻知众人遇鬼之事,又闻说不见了张委,在园上抓寻,不知是真是假,合着三邻四舍,进园观看。问明了众庄客,方知此事果真,二老惊诧不已。教众庄客且莫回去,"老汉们同列位还去抓寻一遍。"众人又细细照看了一下,正是兴尽而归,叹了口气,齐出园门。二老道:"列位今晚不来了么?老汉们告过,要把园门落锁。没人看守得,也是我们邻里的干系。"此时庄客们,蛇无头而不行,已不似先前声势了,答应道:"但凭,但凭。"两边人犹未散,只见一个庄客在东边墙角下叫道:"大爷有了!"众人蜂拥而前。庄客指道:"那槐枝上挂的,不是大爷的软翅纱巾么①?"众人道:"既有了巾儿,人也只在左近。"沿墙照去,不多几步,只叫得声:"苦也!"原来东角转弯处,有个粪窖,窖中一人,两脚朝天,不歪不斜,刚刚倒种在内。庄客认得鞋袜衣服,正是张委。顾不得臭秽,只得上前打捞起来。虞单二老暗暗念佛,和邻舍们自回。众庄客抬了张委,在湖边洗净。先有人报去庄上。合家大小,哭哭啼啼,准备棺衣入殓,不在话下。其夜,张霸破头伤重,五更时亦死。此乃作恶的见报。正是:

　　两个凶人离世界,一双恶鬼赴阴司。

次日,大尹病愈升堂,正欲吊审秋公之事,只见公差禀道:"原告张霸同家长张委,昨晚都死了。"如此如此,这般这般。大尹大惊,不信有此异事。须臾间,又见里老乡民,共有百十人,连名具呈前事。诉说秋公平日惜花行善,并非妖人。张委设谋陷害,神道报应,前后事情,细细分剖。大尹因昨日头晕一事,亦疑其枉。到此心下豁然。还喜得不曾用刑。即于狱中吊出秋公,当堂释放。又给印信告示②,与他园门张挂,不许闲人损坏他花木。众人叩谢出府。秋公向邻里作谢,一路同回。虞单二老,开了园门,同秋公进去。秋公见牡丹茂盛如初,伤感不已。众人治酒,与秋公压惊。秋公又答席。一连吃了数日酒席。闲话休题。自此之后,秋公日饲百花,渐渐习

---

① 软翅纱巾:古时官员戴的一种头巾。
② 印信告示:盖有官印的布告。

惯,遂谢绝了烟火之物。所鬻果实钱钞,悉皆布施①。不数年间,发白更黑,颜色转如童子。一日正值八月十五,丽日当天,万里无瑕。秋公正在房中趺坐,忽然祥风微拂,彩云如蒸,空中音乐嘹亮,异香扑鼻,青鸾白鹤,盘旋翔舞,渐至庭前。云中正立着司花女,两边幢幡宝盖,仙女数人,各奏乐器。秋公看见,扑翻身便拜。司花女道:"秋先,汝功行圆满,吾已奏闻上帝,有旨封汝为护花使者,专管人间百花。令汝拔宅上升。但有爱花惜花的,加之以福,残花毁花的,降之以灾。"秋公向空叩首谢恩讫,随着众仙登云。草堂花木,一齐冉冉升起,向南而去。虞公、单老和那合村之人都看见的,一齐下拜。还见秋公在云中举手谢众人,良久方没。此地遂改名升仙里,又谓之百花村。

园公一片惜花心,道感仙姬下界临。

草木同升随拔宅,淮南②不用炼黄金。

转运汉遇巧洞庭红

日日深杯酒满,朝朝小圃花开。自歌自舞自开怀,且喜无拘无碍。

青史几番春梦,红尘多少奇材?不须计较与安排,领取而今见在。

这首词乃宋朱希真③所作,词寄《西江月》,单道着人生功名富贵,总有天数,不如图一个见前快活。试看往古来今,一部十七史中,多少英雄豪杰,该富的不得富,该贵的不得贵。能文的倚马千言,用不着时,几张纸盖不完酱瓿④;能武的穿杨百步,用不着时,几簳箭煮不熟饭锅。极至那痴呆懵懂、生来有福分的,随他文学低浅,也会发科发甲⑤;随他武艺庸常,也会大请大受⑥。真所谓时也,运也,命也!俗语有两句道得好:"命若穷,掘着黄金化做铜;命若富,拾着白纸变成布。"总来只听掌命司颠之倒之。所以吴彦高⑦又有词云:"造化小儿无定据。翻来覆去,倒横直竖,眼见都如

---

① 布施:施舍,给人以恩惠。
② 淮南:汉淮南王刘安服食求仙,相传:他白天里全家升天,都成了仙。
③ 朱希真:南宋初期词人朱敦儒,字希真,河南人,著有词集《樵歌》。
④ 瓿(bù):陶制坛罐一类的器物。此句喻文章不受世人尊重。
⑤ 发科发甲:指科举登第。隋唐进士分甲乙等科,后世因称科举为科甲。
⑥ 大请大受:"请""受"同义,都是领受的意思,这里是指领受薪给、俸禄。
⑦ 吴彦高:金代文人吴激,字彦高,建州(今福建建瓯)人。

许。"僧晦庵①亦有词云:"谁不愿,黄金屋?谁不愿,千钟粟?算五行不是,这般题目。枉使心机闲计较,儿孙自有儿孙福。"苏东坡亦有词云:"蜗角虚名,蝇头微利,算来着甚干忙?事皆前定,谁弱又谁强?"这几位名人,说来说去,都是一个意思,总不如古语云:"万事分已定,浮生空自忙。"

说话的②,依你说来,不须能文善武,懒惰的也只消天掉下前程;不须经商立业,败坏的也只消天挣与家缘;却不把人间向上的心都冷了?看官有所不知,假如人家出了懒惰的人,也就是命中该贱;出了败坏的人,也就是命中该穷:自是常理。却又自有转眼贫富,出人意外,把眼前事分毫算不得准的哩!

且听说一人,乃是宋朝汴京③人氏,姓金,双名维厚,乃是经纪行④中人。少不得朝晨起早,晚夕眠迟;睡醒来千思想,万算计,拣有便宜的才做。后来家事挣得从容了,他便思想一个久远方法:手头用来用去的,只是那散碎银子;若是上两块头好银,便存着不动,约得百两,便熔成一大锭,把一综红线结成一绦,系在锭腰,放在枕边,夜来摩弄一番,方才睡下。积了一生,整整熔成八锭。以后也就随来随去,再积不成百两,他也罢了。

金老生有四子。一日,是他七十寿旦,四子置酒上寿。金老见了四子跻跻跄跄⑤,心中喜欢,便对四子说道:"我靠皇天覆庇,虽则劳碌一生,家事尽可度日。况我平日留心,有熔成八大锭银子永不动用的,在我枕边,见将绒线做对儿结着。今将拣个好日子,分与尔等,每人一对,做个镇家之宝。"四子喜谢,尽欢而散。

是夜,金老带些酒意,点灯上床,醉眼模糊望去,八个大锭,白晃晃排在枕边,摸了几摸,哈哈地笑了一声,睡下去了。睡未安稳,只听得床前有人行走脚步响,心疑有贼,又细听看,恰像欲前不前相让一般。床前灯火微明,揭帐一看,只见八个大汉,身穿白衣,腰系红带,曲躬而前,曰:"某等兄弟,天数派定,宜在君家听令。今蒙我翁过爱,抬举成人,不烦役使,珍重多年,冥数将满,待翁归天后,再觅去向。今闻我翁目下将以我等分役诸郎君,我等与郎君辈原无前缘,故此先来告别,往某县某村王姓某者投托。后缘未尽,还可一面。"语毕,回身便走。金老不知何事,吃了一惊。翻身下

---

① 晦庵:南宋时僧人。文中所引词句为《满江红》。
② 说话的:话本、拟话本小说中经常保留一些说书艺人的用语,听众称说书艺人为"说话的",说书艺人称听众为"看官"。
③ 汴京:北宋都城,今河南省开封市。
④ 经纪行:即生意行。
⑤ 跻跻跄跄:形容四子"上寿"时排列有序,衣冠端正,礼貌周全的样子。

床,不及穿鞋,赤脚赶去,远远见八人出了房门。金老赶得性急,绊了房槛,扑的跌倒,飒然惊醒,乃是南柯一梦。急起挑灯明亮,点照枕边,已不见了八个大锭。细思梦中所言,句句是实。叹了一口气,哽咽了一会,道:"不信我苦积一世,却没分与儿子每①受用,倒是别人家的!明明说有地方姓名,且慢慢跟寻下落则个。"一夜不睡。

次早起来,与儿子每说知。儿子中也有惊骇的,也有疑惑的。惊骇的道:"不该是我们手里东西,眼见得作怪。"疑惑的道:"老人家欢喜中说话,失许了我们,回想转来,一时间就不割舍得分散了,造此鬼话,也不见得。"金老看见儿子们疑信不等,急急要验个实话。遂访至某县某村,果有王姓某者。叩门进去,只见堂前灯烛荧煌,三牲福物,正在那里献神。金老便开口问道:"宅上有何事如此?"家人报知,请主人出来。主人王老,见金老揖坐了,问其来因。金老道:"老汉有一疑事,特造上宅来问消息。今见上宅正在此献神,必有所谓,敢乞明示。"王老道:"老拙偶因寒荆②小恙,买卜,先生道:'移床即好。'昨寒荆病中,恍惚见八个白衣大汉,腰系红束,对寒荆道:'我等本在金家,今在彼缘尽,来投身宅上。'言毕,俱钻入床下。寒荆惊出了一身冷汗,身体爽快了。及至移床,灰尘中得银八大锭,多用红绒系腰,不知是那里来的。此皆神天福祐,故此买福物酬谢。今我丈来问,莫非晓得些来历么?"金老跌跌脚道:"此老汉一生所积,因前日也做了一梦,就不见了。梦中也道出老丈姓名居址的确,故得访寻到此。可见天数已定,老汉也无怨处。但只求取出一看,也完了老汉心事。"王老道:"容易!"笑嘻嘻地走进去,叫安童③四人,托出四个盘来,每盘两锭,多是红绒系束,正是金家之物。金老看了,眼睁睁无计可奈,不觉扑簌簌吊下泪来。抚摩一番道:"老汉直如此命薄,消受不得!"王老虽然叫安童仍旧拿了进去,心里见金老如此,老大不忍,另取三两零银封了,送与金老作别。金老道:"自家的东西尚无福,何须尊惠!"再三谦让,必不肯受。王老强纳在金老袖中。金老欲待摸出还了,一时摸个不着,面儿通红;又被王老央不过,只得作揖别了。直至家中,对儿子们一一把前事说了,大家叹息了一回。因言王老好处,临行送银三两,满袖摸遍,并不见有,只说路中掉了。却元来金老推逊时,王老往袖里乱塞,落在着外面一层袖中。袖有断线处,在王老家摸时,已自在脱线处落出在门槛边了。客去扫门,仍旧是王老拾得。可见一

---

① 每:宋元时人称代词的复数,同"们"。
② 寒荆:谦辞,称自己的妻子。荆,指折荆为钗,喻清贫。
③ 安童:随身伺候的童仆、小厮。

饮一啄,莫非前定。不该是他的东西,不要说八百两,就是三两也得不去;该是他的东西,不要说八百两,就是三两也推不出。原有的倒无了,原无的倒有了,并不由人计较。

而今说一个人,在实地上行,步步不着,极贫极苦的;却在渺渺茫茫做梦不到的去处,得了一主没头没脑钱财,变成巨富。从来希有,亘古新闻。有诗为证。诗曰:

分内功名匣里财,不关聪慧不关呆。
果然命是财官格①,海外犹能送宝来。

话说国朝成化②年间,苏州府长洲县阊门外,有一人,姓文,名实,字若虚,生来心思慧巧,做着便能,学着便会,琴棋书画,吹弹歌舞,件件粗通。幼年间,曾有人相他有巨万之富。他亦自恃才能,不十分去营求生产,坐吃山空,将祖上遗下千金家事,看看消下来。以后晓得家业有限,看见别人经商图利的,时常获利几倍,便也思量做些生意,却又百做百不着。

一日,见人说北京扇子好卖,他便合了一个伙计,置办扇子起来。上等金面精巧的,先将礼物求了名人诗画,免不得是沈石田、文衡山、祝枝山,拓了几笔,便直上两数银子。中等的,自有一样乔人③,一只手学写了这几家字画,也就哄得人过,将假当真的买了,他自家也兀自④做得来的。下等的,无金无字画,将就卖几十钱,也有对合⑤利钱,是看得见的。拣个日子,装了箱儿,到了北京。岂知北京那年自交夏来,日日淋雨不晴,并无一毫暑气,发市甚迟。交秋早凉,虽不见及时,幸喜天色却晴,有妆晃⑥子弟,要买把苏做的扇子,袖中笼着摇摆。来买时,开箱一看,只叫得苦。元来北京历涔⑦却在七八月,更加日前雨湿之气,斗着扇上胶墨之性,弄做了个合而言之,揭不开了。用力揭开,东粘一层,西缺一片,但是有字有画值价钱者,一毫无用。止剩下等没字白扇,是不坏的,能值几何?将就卖了,做盘费回家,本钱一空。

频年做事,大概如此。不但自己折本,但是搭他做伴,连伙计也弄坏了。故此人起他一个混名,叫做"倒运汉"。不数年,把个家事干圆洁净了,

---

① 财官格:谓生来就是升官发财的命。格,星相术语,含有属类之意。
② 成化:明宪宗朱见深的年号,1465—1487年。
③ 乔人:此处指弄虚作假的人。
④ 兀自:尚且、还是。
⑤ 对合:对本。指利钱与本钱相等。
⑥ 妆晃:装模作样,假冒斯文。
⑦ 历涔(lí):口语所谓的"入梅(霉)"。北京黄梅天气比南方晚,七八月才入梅,正好霉变。涔,恶气、灾气。

连妻子也不曾娶得，终日间靠着些东涂西抹，东挨西撞，也济不得甚事。但只是嘴头子诌得来，会说会笑，朋友家喜欢他有趣，游耍去处，少他不得，也只好趁口①，不是做家②的。况且他是大模大样过来的，帮闲行里又不十分入得队。有怜他的，要荐他坐馆教学，又有诚实人家嫌他是个杂板令③。高不凑，低不就，打从帮闲的、处馆的两项人见了他，也就做鬼脸，把"倒运"两字笑他，不在话下。

　　一日，有几个走海泛货的邻近，做头的无非是张大、李二、赵甲、钱乙一班人，共四十余人，合了伙将行。他晓得了，自家思忖道："一身落魄，生计皆无，便附了他们航海，看看海外风光，也不枉人生一世。况且他们定是不却我的，省得在家忧柴忧米，也是快活。"正计较间，恰好张大踱将来。元来这个张大，名唤张乘运，专一做海外生意，眼里认得奇珍异宝，又且秉性爽慨，肯扶持好人，所以乡里起他一个混名，叫"张识货"。文若虚见了，便把此意一一与他说了。张大道："好！好！我们在海船里头，不耐烦寂寞，若得兄去，在船中说说笑笑，有甚难过的日子？我们众兄弟，料想多是喜欢的。只是一件，我们多有货物将去，兄并无所有，觉得空了一番往返，也可惜了。待我们大家计较，多少凑些出来助你，将就置些东西去也好。"文若虚便道："多谢厚情，只怕没人如兄肯周全小弟。"张大道："且说说看。"一竟自去了。

　　恰遇一个瞽目先生，敲着"报君知"④走将来。文若虚伸手顺袋里摸了一个钱，扯他一卦，问问财气看。先生道："此卦非凡，有百十分财气，不是小可。"文若虚自想道："我只要搭去海外耍耍，混过日子罢了，那里是我做得着的生意！要甚么赍助；就赍助得来，能有多少，便直恁地⑤财爻⑥动？这先生也是混帐！"

　　只见张大气忿忿走来，说道："说着钱，便无缘。这些人好笑！说道你去，无不喜欢；说到助银，没一个则声。今我同两个好的弟兄，拼凑得一两银子在此，也办不成甚货，凭你买些果子船里吃罢。口食之类，是在我们身上。"若虚称谢不尽，接了银子。张大先行道："快些收拾，就要开船了！"若虚道："我没甚收拾，随后就来。"手中拿了银子，看了又笑，笑了又看，道：

---

① 趁口：吃白食、蹭酒饭。
② 做家：即勤俭持家，会过日子。
③ 杂板令：指杂学甚多又都不精通的人。
④ 报君知：旧时算命盲人用以招徕顾客的一种响器。
⑤ 恁地：如此、这样。
⑥ 财爻（yáo）：生财的卦象。爻，指卜卦的爻象。

"置得甚货么!"信步走去,只见满街上篚篮内盛着卖的:

> 红如喷火,巨若悬星。皮未皱,尚有余酸;霜未降,不可多得。元殊苏井诸家树①,亦非李氏千头奴②。较广似曰难兄,比福亦云具体。

乃是太湖中有一洞庭山,地暖土肥,与闽广无异,所以广橘、福橘播名天下,洞庭有一样橘树,绝与他相似,颜色正同,香气亦同,止是初出时味略少酢③,后来熟了,却也甜美,比福橘之价,十分之一,名曰"洞庭红"。若虚看见了,便思想道:"我一两银子买得百斤有余,在船可以解渴,又可分送一二,答众人助我之意。"买成装上竹篓,雇一闲的,并行李挑了下船。众人都拍手笑道:"文先生宝货来也!"文若虚羞惭无地,只得吞声上船,再也不敢提起买橘的事。

开得船来,渐渐出了海口。只见银涛卷雪,雪浪翻银,湍转则日月似惊,浪动则星河如覆。三五日间,随风漂去,也不觉过了多少路程。忽至一个地方,舟中望去,人烟凑聚,城郭巍峨,晓得是到了甚么国都了。舟人把船撑入藏风避浪的小港内,钉了桩橛,下了铁锚,缆好了。船中人多上岸,打一看,元来是来过的所在,名曰吉零国。元来这边中国货物,拿到那边,一倍就有三倍价;换了那边货物,带到中国,也是如此。一往一回,却不便有八九倍利息!所以人都拚死走这条路。众人多是做过交易的,各有熟识经纪、歇家、通事人等,各自上岸找寻,发货去了。只留文若虚在船中看船,路径不熟,也无走处。正闷坐间,猛可想起道:"我那一篓红橘,自从到船中不曾开看,莫不人气蒸烂了?趁着众人不在,看看则个。"叫那水手在舱板底下翻将起来,打开了篓看时,面上多是好好的。放心不下,索性搬将出来,都摆在艎板④上面。也是合该发迹,时来福凑,摆得满船红焰焰的,远远望来,就是万点火光,一天星斗。岸上走的人都拢将来,问道:"是甚么好东西呀?"文若虚只不答应。看见中间有个把一点头的,拣了出来,掐破就吃。岸上看的一发多了,惊笑道:"元来是吃得的!"就中有个好事的,便来问价:"多少一个?"文若虚不省得他们说话,船上人却晓得,就扯个谎哄他,竖起一个指头,说:"要一钱一颗。"那问的人揭开长衣,露出那兜罗绵红裹肚来,

---

① 苏井诸家树:据《神仙传·苏仙公》载,汉朝苏耽凿井种橘,用此井水送服一片橘叶可以治病。

② 李氏千头奴:据《襄阳耆旧传》载,三国时吴丹阳太守李衡,暗中派人种橘树千株,临终时告其子说有"千头木奴"作为遗产。

③ 少酢(cù 醋):略有酸味。"酢"即"醋"的本字。

④ 艎板:船板。艎,大船名。

一手摸出银钱一个来道:"买一个尝尝。"文若虚接了银钱,手中等等①看,约有两把重。心下想道:"不知这些银子要买多少,也不见秤秤,且先把一个与他看样。"拣个大些的,红得可爱的,递一个上去。只见那个人接上手,撷了一撷道:"好东西呀!"扑地就劈开来,香气扑鼻,连旁边闻着的许多人,大家喝一声采。那买的不知好歹,看见船上吃法,也学他去了皮,却不分囊,一块塞在口里,甘水满咽喉,连核都不吐,吞下去了。哈哈大笑道:"妙哉!妙哉!"又伸手到裹肚里,摸出十个银钱来,说:"我要买十个进奉去。"文若虚喜出望外,拣十个与他去了。那看的人见那人如此买去了,也有买一个的,也有买两个三个的,都是一般银钱。买了的,都千欢万喜去了。元来彼国以银为钱,上有文采。有等龙凤文的最贵重,其次人物,又次禽兽,又次树木,最下通用的是水草,却都是银铸的,分两不异。适才买橘的都是一样水草纹的,他道是把下等钱买了好东西去了,所以欢喜,也只是要小便宜肚肠,与中国人一样。

须臾之间,三停②里卖了二停。有的不带钱在身边的,老大懊悔,急忙取了钱转来。文若虚已此剩不多了,拿一个班③道:"而今要留着自家用,不卖。"其人情愿再增一个钱,四个钱买了二颗,口中哓哓说:"悔气!来得迟了。"傍边人见他增了价,就埋怨道:"我每还要买个,如何把价钱增长了他的?"买的人道:"你不听得他方才说,兀自不卖了。"

正在议论间,只见首先买十颗的那一个人,骑了一匹青骢马,飞也似奔到船边,下了马,分开人丛,对船上大喝道:"不要零卖!不要零卖!是有的俺多要买。俺家头目要买去进克汗④哩!"看的人听见这话,便远远走开,站住了看。文若虚是个伶俐的人,看见来势,已此瞧科⑤在眼里,晓得是个好主顾了。连忙把篓里尽数倾出来,止剩五十余颗,数了一数,又拿起班来,说道:"适间讲过,要留着自用,不得卖了。今肯加些价钱,再让几颗去罢!适间已卖出两个钱一颗了。"其人在马背上拖下一大囊,摸出钱来,另是一样树木纹的,说道:"如此钱一个罢了。"文若虚道:"不情愿,只照前样罢了。"那人笑了一笑,又把手去摸出一个龙凤纹的来道:"这样的一个如何?"文若虚又道:"不情愿,只要前样的。"那人又笑道:"此钱一个抵百个,料也没得与你,只是与你耍。你不要俺这一个,却要那等的,是个傻子。你

---

① 等等:掂量掂量。
② 停:指总数中的部分,犹如说"成""份"。
③ 拿一个班:摆架子。拿班,故作姿态的意思。
④ 克汗:一作"可汗",用指异邦之君主,这里是借用。
⑤ 瞧科:看出苗头。

那东西肯都与俺了,俺再加你一个那等的,也不打紧。"文若虚数了一数,有五十二颗,准准的要了他一百五十六个水草银钱。那人连竹篓都要了,又丢了一个钱,把篓拴在马上,笑吟吟地一鞭去了。看的人见没得卖了,一哄而散。

文若虚见人散了,到舱里把一个钱秤一秤,有八钱七分多重。秤过数个,都是一般。总数一数,共有一千个差不多。把两个赏了船家,其余收拾在包里了。笑一声道:"那盲子好灵卦也!"欢喜不尽,只等同船人来对他说笑则个。

说话的,你说错了!那国里银子这样不值钱,如此做买卖,那久惯漂洋的带去多是绫罗段匹,何不多卖了些银钱回来?一发百倍了。看官有所不知,那国里见了绫罗等物,都是以货交兑。我这里人也只是要他货物,才有利钱。若是卖他银钱时,他都把龙凤人物的来交易,作了好价钱,分两也只得如此,反不便宜。如今是买吃口东西,他只认做把低钱交易,我却只管分两,所以得利了。说话的,你又说错了!依你说来,那航海的何不只买吃口东西,只换他低钱,岂不有利?用着重本钱置他货物怎地?看官,又不是这话。也是此人偶然有此横财,带去着了手。若是有心第二遭再带去,三五日不遇巧,等得希烂。那文若虚运未通时,卖扇子就是榜样。扇子还是放得起的,尚且如此,何况果品?是这样执一论不得的。

闲话休题。且说众人领了经纪主人到船发货,文若虚把上头事说了一遍,众人都惊喜道:"造化!造化!我们同来,倒是你没本钱的先得了手也。"张大便拍手道:"人都道他倒运,而今想是运转了。"便对文若虚道:"你这些银钱,此间置货,作价不多。除是转发在伙伴中,回他几百两中国货物,上去打换些土产珍奇,带转去有大利钱,也强如虚藏此银钱在身边,无个用处。"文若虚道:"我是倒运的,将本求财,从无一遭不连本送的。今承诸公挈带,做此无本钱生意,偶然侥幸一番,真是天大造化了,如何还要生利钱,妄想甚么?万一如前再做折了,难道再有'洞庭红'这样好卖不成?"众人多道:"我们用得着的是银子,有的是货物,彼此通融,大家有利,有何不可?"文若虚道:"一年吃蛇咬,三年怕草索。说着货物,我就没胆气了。只是守了这些银钱回去罢!"众人齐拍手道:"放着几倍利钱不取,可惜!可惜!"随同众人一齐上去,到了店家,交货明白,彼此兑换。约有半月光景,文若虚眼中看过了若干好东好西,他已自志得意满,不放在心上。众人事体完了,一齐上船,烧了神福,吃了酒,开洋①。

----

① 开洋:指开船,因行海洋上,故称。

行了数日,忽然间天变起来。但见:

乌云蔽日,黑浪掀天。蛇龙戏舞起长空,鱼鳖惊惶潜水底。艨艟①泛泛,只如栖不定的数点寒鸦;岛屿浮浮,便似没不煞的几双水鹚。舟中是方扬的米簸,舷外是正熟的饭锅。总因风伯太无情,以致篙师多失色!

那船上人见风起了,扯起半帆,不问东西南北,随风势漂去。隐隐望见一岛,便带住篷脚,只看着岛边驶来。看看渐近,恰是一个无人的空岛。但见:

树木参天,草莱遍地。荒凉径界,无非些兔迹狐踪;坦迤土壤,料不是龙潭虎窟。混茫内,未识应归何国辖,开辟来、不知曾否有人登。

船上人把船后抛了铁锚,将桩橛泥犁上岸去,钉停当了,对舱里道:"且安心坐一坐,候风势则个。"

那文若虚身边有了银子,恨不得插翅飞到家里,巴不得行路,却如此守风呆坐,心里焦躁。对众人道:"我且上岸,去岛上望望则个。"众人道:"一个荒岛,有何好看!"文若虚道:"总是闲着,何碍?"众人都被风颠得头晕,个个是呵欠连天的,不肯同去。文若虚便自一个抖擞精神,跳上岸来。只因此一去,有分交②:千年败壳精灵显,一介穷神富贵来。若是说话的同年生、并时长,有个未卜先知的法儿,便双脚走不动,也拄个拐儿随他同去一番,也不枉的。

却说文若虚见众人不去,偏要发个狠,扳藤附葛,直走到岛上绝顶。那岛也苦③不甚高,不费甚大力,只是荒草蔓延,无好路径。到得上边,打一看时,四望漫漫,身如一叶,不觉凄然,吊下泪来。心里道:"想我如此聪明,一生命蹇,家业消亡,剩得只身。直到海外,虽然侥幸,有得千来个银钱在囊中,知他命里是我的不是我的?今在绝岛中间,未到实地,性命也还是与海龙王合着的哩!"正在感怆,只见望去远远草丛中一物突高。移步往前一看,却是床大一个败龟壳。大惊道:"不信天下有如此大龟!世上人那里曾看见?说也不信的。我自到海外一番,不曾置得一件海外物事,今我带了此物去,也是一件希罕的东西,与人看看,省得空口说着,道是苏州人会调谎。又且一件,锯将开来,一盖一板,各置四足,便是两张床,却不奇怪?"遂脱下两只裹脚接了,穿在龟壳中间,打个扣儿,拖了便走。

走至船边,船里人见他这等模样,都笑道:"文先生那里又跎了纤④

---

① 艨艟(chōng):古时战船,这里泛指大海船。
② 有分交:旧小说惯用语,意指事态下一步发展的趋势。
③ 苦:古代小说、戏曲常用语。表幸亏的意思。
④ 跎了纤:拉纤。这里将龟壳比作船。

来?"文若虚道:"好教列位得知,这就是我海外的货了。"众人抬头一看,却便似一张无柱有底的硬脚床,吃惊道:"好大龟壳!你拖来何干?"文若虚道:"也是罕见的,带了他去。"众人笑道:"好货不置一件,要此何用!"有的道:"也有用处。有甚么天大的疑心事,灼他一卦,只没有这样大龟药。"又有的道是:"医家要煎龟膏,拿去打碎了,煎起来,也当得几百个小龟壳。"文若虚道:"不要管有用没用,只是希罕,又不费本钱,便带了回去。"当时叫个船上水手,一抬抬下舱来。初时山下空阔,还只如此;舱中看来,一发大了。若不是海船,也着不得这样狼犺①东西。众人大家笑了一回,说道:"到家时有人问,只说文先生做了偌大的乌龟买卖来了!"文若虚道:"不要笑,我好歹有一个用处,决不是弃物。"随他众人取笑,文若虚只是得意,取些水来,内外洗一洗净,抹干了,却把自己钱包、行李都揾在龟壳里面,两头把绳一绊,却当了一个大皮箱子。自笑道:"兀的不眼前就有用起了?"众人都笑将起来,道:"好算计!好算计!文先生到底是个聪明人。"当夜无词。

　　次日风息了,开船一走。不数日,又到了一个去处,却是福建地方了。才住定了船,就有一伙惯伺候接海客的小经纪牙人②,攒将拢来。你说张家好,我说李家好,拉的拉,扯的扯,嚷个不住。海船上众人拣一个一向熟识的跟了去,其余的也就住了。

　　众人到了一个波斯胡大店中坐定。里面主人见说海客到了,连忙先发银子,唤厨户包办酒席几十桌,分付停当,然后踱将出来。这主人是个波斯国里人,姓个古怪姓,是玛瑙的玛字,叫名玛宝哈,专一与海客兑换珍宝货物,不知有多少万数本钱。众人走海过的,都是熟主熟客,只有文若虚不曾认得。抬眼看时,元来波斯胡住得在中华久了,衣帽言动都与中华不大分别,只是剃眉剪须,深目高鼻,有些古怪。出来见了众人,行宾主礼坐定了。两杯茶罢,站起身来,请到一个大厅上,只见酒筵都完备了,且是摆得济楚。元来旧规,海船一到,主人家先折过这一番款待,然后发货讲价的。

　　主人家手执着一付法浪菊花盘盏,拱一拱手道:"请列位货单一看,好定坐席。"看官,你道这是何意?元来波斯胡以利为重,只看货单上有奇珍异宝值得上万者,就送在先席,余者看货轻重,挨次坐去,不论年纪,不论尊卑,一向做下的规矩。船上众人,货物贵的贱的,多的少的,你知我知,各自心照,差不多领了酒杯,各自坐了。单单剩得文若虚一个,呆呆站在那里。主人道:"这位老客长不曾会面,想是新出海外的,置货不多了。"众人大家

---

① 狼犺(kàng):吴方言,形容物体大而笨重,难以安置。
② 牙人:为买卖双方说合交易的人。

说道:"这是我们好朋友,到海外耍去的,身边有银子,却不曾肯置货。今日没奈何,只得屈他在末席坐了。"文若虚满面羞惭,坐了末位。主人坐在横头。饮酒中间,这一个说道我有猫儿眼①多少,那一个说道我有祖母绿多少,你夸我逞。文若虚一发嘿嘿无言,自心里也微微有些懊悔道:"我前日该听他们劝,置些货来的是。今枉有几百银子在囊中,说不得一句说话。"又自叹了口气道:"我原是一些本钱没有的,今已大幸,不可不知足。"自思自忖,无心发兴吃酒。众人却猜拳行令,吃得狼藉。主人是个积年,看出文若虚不快活的意思来,不好说破,虚劝了他几杯酒。众人都起身道:"酒勾了。天晚了,趁早上船去,明日发货罢!"别了主人去了。

主人撤了酒席,收拾睡了。明日起个清早,先走到海岸船边,来拜这伙客人。主人登舟,一眼瞅去,那舱里狼狼犺犺这件东西早先看见了,吃了一惊道:"这是那一位客人的宝货?昨日席上并不曾见说起,莫不是不要卖的?"众人都笑指道:"此敝友文兄的宝货。"中有一人衬道:"又是滞货。"主人看了文若虚一看,满面挣得通红,带有怒色,埋怨众人道:"我与诸公相处多年,如何恁地作弄我?教我得罪于新客,把一个末坐屈了他,是何道理!"一把扯住文若虚,对众客道:"且慢发货!容我上岸,谢过罪着。"众人不知其故,有几个与文若虚相知些的,又有几个喜事的,觉得有些古怪,共十余人,赶了上来,重到店中,看是如何。

只见主人拉了文若虚,把交椅整一整,不管众人好歹,纳他头一位坐下了,道:"适间得罪!得罪!且请坐一坐。"文若虚也心中镬铎②,忖道:"不信此物是宝贝,这等造化不成?"主人走了进去,须臾出来,又拱众人到先前吃酒去处,又早摆下几桌酒,为首一桌比先更齐整。把盏向文若虚一揖,就对众人道:"此公正该坐头一席。你每枉自一船的货,也还赶他不来。先前失敬!失敬!"众人看见,又好笑,又好怪,半信不信的,一带儿坐了。

酒过三杯,主人就开口道:"敢问客长,适间此宝可肯卖否?"文若虚是个乖人,趁口答应道:"只要有好价钱,为甚不卖?"那主人听得肯卖,不觉喜从天降,笑逐颜开,起身道:"果然肯卖,但凭分付价钱,不敢吝惜。"文若虚其实不知值多少:讨少了,怕不在行;讨多了,怕吃笑。忖了一忖,面红耳热,颠倒讨不出价钱来。张大便与文若虚丢个眼色,将手放在椅子背后,竖着三个指头,再把第二个指空中一撇,道:"索性讨他这些!"文若虚摇头,竖一指道:"这些我还讨不出口在这里。"却被主人看见道:"果是多少价钱?"

---

① 猫儿眼:名贵的宝石。
② 镬(huò获)铎:吴方言,糊涂、疑惑。

张大捣一个鬼道:"依文先生手势,敢像要一万哩。"主人呵呵大笑,道:"这是不要卖,哄我而已。此等宝物,岂止此价钱?"

众人见说,大家目睁口呆,都立起了身来,扯文若虚去商议,道:"造化!造化!想是值得多哩,我们实实不知如何定价。文先生不如开个大口,凭他还罢。"文若虚终是碍口识羞,待说又止。众人道:"不要不老气①。"主人又催道:"实说说何妨?"文若虚只得讨了五万两。主人还摇头道:"罪过,罪过,没有此话!"扯着张大私问他道:"老客长们海外往来,不是一番了,人都叫你是'张识货',岂有不知此物就里的?必是无心卖他,奚落小肆罢了。"张大道:"实不瞒你说,这个是我的好朋友,同了海外顽耍的,故此不曾置货。适间此物,乃是避风海岛,偶然得来,不是出价置办的,故此不识得价钱。若果有这五万与他,勾他富贵一生,他也心满意足了。"主人道:"如此说,要你做个大大保人,当有重谢!万万不可翻悔。"遂叫店小二拿出文房四宝来,主人家将一张供单绵料纸折了一折,拿笔递与张大道:"有烦老客长做主,写个合同文书,好成交易。"张大指着同来一人道:"此位客人褚中颖写得好。"把纸笔让与他。褚客磨得墨浓,展好纸,提起笔来写道:

> 立合同议单张乘运等。今有苏州客人文实,海外带来大龟壳一个,投至波斯玛宝哈店,愿出银五万两买成。议定立契之后,一家交货,一家交银,各无翻悔。有翻悔者,罚契上加一。合同为照。

一样两纸,后边写了年月日,下写张乘运为头,一连把在坐客人十来个写去。褚中颖因自己执笔,写了落末。年月前边空行中间,将两纸凑着,写了骑缝一行,两边各半,乃是"合同议约"四字。下写客人文实,主人玛宝哈,各押了花押。单上有名,从后头写起。写到张乘运,道:"我们押字钱重些,这买卖才弄得成。"主人笑道:"不敢轻!不敢轻!"

写毕,主人进内,先将银一箱抬出来道:"我先交明白了用钱,还有说话。"众人攒将拢来。主人开箱,却是五十两一包,共总二十包,整整一千两,双手交与张乘运道:"凭老客长收明,分与众位罢。"众人初然吃酒写合同,大家撺哄鸟乱,心下还有些不信的意思,如今见他拿出精晃晃白银来做用钱,方知是实。文若虚恰像梦里醉里,话都说不出来,呆呆地看。张大扯他一把,道:"这用钱如何分散,也要文兄主张。"文若虚方说一句道:"且完了正事慢处。"

只见主人笑嘻嘻的,对文若虚说道:"有一事要与客长商议。价银现在里面阁儿上,都是向来兑过的,一毫不少。只消请客长一两位进去,将一包

---

① 不老气:意指胆怯、稚嫩。

过一过目,兑一兑为准,其余多不消兑得。却又一说:此银数不少,搬动也不是一时功夫,况且文客官是个单身,如何好将下船去?又要泛海回还,有许多不便处。"文若虚想了一想道:"见教得极是!而今却待怎么?"主人道:"依着愚见,文客官月下回去未得。小弟此间有一个段匹铺,有本三千两在内。其前后大小厅屋楼房,共百余间,也是个大所在,价值二千两,离此半里之地。愚见就把本店货物及房屋文契,作了五千两,尽行交与文客官,就留文客官在此住下了,做此生意。其银也做几遭搬了过去,不知不觉。日后文客官要回去,这里可以托心腹伙计看守,便可轻身往来。不然,小店交出不难,文客官收贮却难也。愚意如此。"说了一遍,说得文若虚与张大跌足道:"果然是客纲客纪,句句有理。"文若虚道:"我家里元无家小,况且家业已尽了,就带了许多银子回去,没处安顿。依了此说,我就在这里立起个家缘①来,有何不可?此番造化,一缘一会,都是上天作成的,只索随缘做去。便是货物房产价钱未必有五千,总是落得的。"便对主人说:"适间所言,诚是万全之算,小弟无不从命。"

主人便领文若虚进去阁上看,又叫张、褚二人:"一同来看看。其余列位不必了,请略坐一坐。"他四人去了。众人不进去的,个个伸头缩颈,你三我四,说道:"有此异事!有此造化!早知这样,懊悔岛边泊船时节,也不去走走,或者还有宝贝也不见得!"有的道:"这是天大的福气,撞将来的,如何强得!"正欣羡间,文若虚已同张、褚二客出来了。众人都问:"进去如何了?"张大道:"里边高阁是个土库,放银两的所在,都是桶子盛着。适间进去,看了十个大桶,每桶四千;又五个小匣,每个一千。共是四万五千。已将文兄的封皮记号封好了,只等交了货,就是文兄的了。"主人出来道:"房屋文书,段匹帐目,俱已在此,凑足五万之数了。且到船上取货去。"一拥都到海船来。

文若虚于路对众人说:"船上人多,切勿明言,小弟自有厚报。"众人也只怕船上人知道,要分了用钱去,各各心照。文若虚到了船上,先向龟壳中把自己包裹被囊取出了,手摸一摸壳,口里暗道:"侥幸!侥幸!"主人便叫店内后生二人来抬此壳,分付道:"好生抬进去,不要放在外边。"船上人见抬了此壳去,便道:"这个滞货也脱手了,不知卖了多少?"文若虚只不做声,一手提了包裹,往岸上就走。这起初同上来的几个,又赶到岸上,将龟壳从头至尾细细看了一遍,又向壳内张了一张,挼②了一挼,面面相觑道:"好处

---

① 家缘:指家业。
② 挼:同"捞",用手摸索搅动之意。

在那里？"

　　主人仍拉了这十来个一同上去，到店里，说道："而今且同文客官看了房屋铺面来。"众人与主人一同走到一处，正是闹市中间，一所好大房子。门前正中是个铺子。傍有一衖，走进转个湾，是两扇大石板门。门内大天井，上面一所大厅，厅上有一匾，题曰"来琛堂"。堂旁有两楹侧屋，屋内三面有橱，橱内都是绫罗各色段匹。以后内房，楼房甚多。文若虚暗道："得此为住居，王侯之家不过如此矣！况又有段铺营生，利息无尽，便做了这里客人罢了，还思想家里做甚！"就对主人道："好却好，只是小弟是个孤身，毕竟还要寻几房使唤的人才住得。"主人道："这个不难，都在小店身上。"

　　文若虚满心欢喜，同众人走归本店来。主人讨茶来吃了，说道："文客官今晚不消船里去，就在铺中下了。使唤的人，铺中现有，逐渐再讨便是。"众客人多道："交易事已成，不必说了。只是我们毕竟有些疑心：此壳有何好处，值价如此？还要主人见教一个明白。"文若虚道："正是，正是。"主人笑道："诸公枉于海上走了多遭，这些也不识得。列位岂不闻说龙有九子乎？内有一种是鼍龙，其皮可以幔鼓，声闻百里，所以谓之鼍鼓。鼍龙万岁，到底蜕下此壳成龙。此壳有二十四肋，按天上二十四气。每肋中间节内，有大珠一颗。若是肋未完全时节，成不得龙，蜕不得壳。也有生捉得他来，只好将皮幔鼓，其肋中也未有东西。直待二十四肋肋肋完全，节节珠满，然后蜕了此壳，变龙而去。故此是天然蜕下，气候俱到，肋节俱完的，与生擒活捉、寿数未满的不同，所以有如此之大。这个东西，我们肚中虽晓得，知他几时蜕下，又在何处地方守得他着？壳不值钱，其珠皆有夜光，乃无价宝也。今天幸遇巧，得之无心耳。"

　　众人听罢，似信不信。只见主人走将进去了一会，笑嘻嘻的走出来，袖中取出一西洋布的包来，说道："请诸公看看。"解开来，只见一团绵裹着寸许大一颗夜明珠，光彩夺目。讨个黑漆的盘，放在暗处，其珠滚一个不定，闪闪烁烁，约有尺余亮处。众人看了，惊得目睁口呆，伸了舌头，收不进来。主人回身转来，对众逐个致谢道："多蒙列位作成①了。只这一颗，拿到咱国中，就值方才的价钱了。其余多是尊惠。"众人个个心惊，却是说过的话，又不好翻悔得。主人见众人有些变色，收了珠子，急急走到里边，又叫抬出一个段箱来。除了文若虚，每人送与段子二端，说道："烦劳了列位，做两件道袍穿穿，也见小肆中薄意。"袖中又摸出细珠十数串，每送一串，道："轻

----
① 作成：吴方言，照顾、成全。

鲜①,轻鲜,备归途一茶罢了。"文若虚处另是粗些的珠子四串,段子八匹,道是权且做几件衣服。文若虚同众人欢喜作谢了。

　　主人就同众人送了文若虚到段铺中,叫铺里伙计后生们都来相见,说道:"今番是此位主人了。"主人自别了去,道:"再到小店中去去来。"只见须臾间,数十个脚夫扛了好些扛来,把先前文若虚封记的十桶五匣都发来了。文若虚搬在一个深密谨慎的卧房里头去处,出来对众人道:"多承列位挈带,有此一套意外富贵,感谢不尽。"走进去把自家包裹内所卖洞庭红的银钱倒将出来,每人送他十个。止有张大与先前出银助他的两三个,分外又是十个,道:"聊表谢意。"此时文若虚把这些银钱看得不在眼里了,众人却是快活,称谢不尽。文若虚又拿出几十个来,对张大说道:"有烦老兄,将此分与船上同行的人,每位一个,聊当一茶。小弟住在此间,有了头绪,慢慢到本乡来。此时不得同行,就此为别了。"张大道:"还有一千两用钱未曾分得,却是如何？须得文兄分开,方没得说。"文若虚道:"这倒忘了。"就与众人商议,将一百两散与船上众人,余九百两,照现在人数另外添出两股,派了股数,各得一股;张大为头的,褚中颖执笔的,多分一股。众人千欢万喜,没有说话。内中一人道:"只是便宜了这回回! 文先生还该起个风,要他些不敷才是。"文若虚道:"不要不知足。看我一个倒运汉,做着便折本的,造化到来,平空地有此一主财爻。可见人生分定,不必强求。我们若非这主人识货,也只当得废物罢了,还亏他指点晓得,如何还好昧心争论？"众人都道:"文先生说得是。存心忠厚,所以该有此富贵。"大家千恩万谢,各各赍了所得东西,自到舡上发货。

　　从此,文若虚做了闽中一个富商,就在那边取了妻小,立起家业。数年之间,才到苏州走一遭,会会旧相识,依旧去了。至今子孙繁衍,家道殷富不绝。正是:

　　　　运退黄金失色,时来顽铁生辉。
　　　　莫与痴人说梦,思量海外寻龟。

吴保安弃家赎友

　　古人结交惟结心,今人结交惟结面。结心可以同死生,结面那堪

---

　　① 轻鲜:此处用作谦辞,微薄之意。

共贫贱？九衢鞍马日纷纭，追攀送谒无晨昏。座中慷慨出妻子，酒边拜舞犹弟兄。一关微利已交恶，况复大难肯相亲？君不见当年羊左称死友，至今史传高其人。

这篇词，名为《结交行》，是叹末世人心险薄，结交最难。平时酒杯往来，如兄若弟；一遇虱大的事，才有些利害相关，便尔我不相顾了。真个是：酒肉弟兄千个有，落难之中无一人。还有朝兄弟，暮仇敌，才放下酒杯，出门便弯弓相向的。所以陶渊明欲息交，嵇叔夜欲绝交①，刘孝标又做下《广绝交论》，都是感慨世情，故为忿激之谭耳。如今我说的两个朋友，却是从无一面的。只因一点意气上相许，后来患难之中，死生相救，这才算做心交至友。正是：

　　说来贡禹冠尘动，道破荆卿剑气寒。

话说大唐开元年间，宰相代国公郭震，字元振，河北武阳人氏，有侄儿郭仲翔，才兼文武，一生豪侠尚气，不拘绳墨，因此没人举荐。他父亲见他年长无成，写了一封书，教他到京参见伯父，求个出身之地。元振谓曰："大丈夫不能掇巍科②，登上第，致身青云，亦当如班超、傅介子，立功异域，以博富贵。若但借门第为阶梯，所就岂能远大乎？"仲翔唯唯。

适边报到京：南中洞蛮作乱。原来武则天娘娘革命之日，要买嘱人心归顺，只这九溪十八洞蛮夷，每年一小犒赏，三年一大犒赏。到玄宗皇帝登极，把这犒赏常规都裁革了。为此群蛮一时造反，侵扰州县。朝廷差李蒙为姚州都督，调兵进讨。李蒙领了圣旨，临行之际，特往相府辞别，因而请教。郭元振曰："昔诸葛武侯七擒孟获，但服其心，不服其力。将军宜以慎重行之，必当制胜。舍侄郭仲翔颇有才干，今遣与将军同行。俟③破贼立功，庶可附骥尾以成名耳。"即呼仲翔出，与李蒙相见。李蒙见仲翔一表非俗，又且当朝宰相之侄，亲口嘱托，怎敢推委？即署仲翔为行军判官之职。仲翔别了伯父，跟随李蒙起程。

行至剑南地方，有同乡一人，姓吴，名保安，字永固，见任东川遂州方义尉。虽与仲翔从未识面，然素知其为人义气深重，肯扶持济拔人的。乃修书一封，特遣人驰送于仲翔。仲翔拆书读之，书曰：

　　"吴保安不肖，幸与足下生同乡里，虽缺展拜，而慕仰有日。以足下大才，辅李将军以平小寇，成功在旦夕耳。保安力学多年，仅官一

---

① 嵇叔夜欲绝交：嵇康，字叔夜，三国魏时人。山涛为选曹郎，想举嵇康自代，嵇康去书和他绝交。

② 掇巍科：巍科，就是最高的科第。掇巍科，是擢高第、名列前茅的意思。

③ 俟：等待。

尉。僻在剑外,乡关梦绝。况此官已满,后任难期,恐厄选曹①之格限也。稔闻足下分忧急难,有古人风。今大军征进,正在用人之际。傥垂念乡曲,录及细微,使保安得执鞭从事,树尺寸于幕府,足下丘山之恩,敢忘衔结②?"

仲翔玩其书意,叹曰:"此人与我素昧平生,而骤以缓急相委,乃深知我者。大丈夫遇知己而不能与之出力,宁不负愧乎?"遂向李蒙夸奖吴保安之才,乞征来军中效用。李都督听了,便行下文帖,到遂州去,要取方义尉吴保安为管记。

才打发差人起身,探马报蛮贼猖獗,逼近内地。李都督传令,星夜趱行③。来到姚州,正遇着蛮兵抢掳财物,不做准备,被大军一掩,都四散乱窜,不成队伍,杀得他大败全输。李都督恃勇,招引大军,乘势追逐五十里。天晚下寨,郭仲翔谏曰:"蛮人贪诈无比,今兵败远遁,将军之威已立矣,宜班师回州,遣人宣播威德,招使内附,不可深入其地,恐堕诈谋之中。"李蒙大喝曰:"群蛮今已丧胆,不乘此机扫清溪洞,更待何时?汝勿多言,看我破贼!"

次日,拔寨都起。行了数日,直到乌蛮界上。只见万山叠翠,草木蒙茸,正不知那一条是去路。李蒙心中大疑,传令暂退平衍处屯扎,一面寻觅土人,访问路径。忽然山谷之中,金鼓之声四起,蛮兵满山遍野而来。洞主姓蒙,名细奴逻,手执木弓药矢,百发百中。驱率各洞蛮酋穿林渡岭,分明似鸟飞兽奔,全不费力。唐兵陷于伏中,又且路生力倦,如何抵敌?李都督虽然骁勇,奈英雄无用武之地。手下爪牙看看将尽,叹曰:"悔不听郭判官之言,乃为犬羊所侮。"找出靴中短刀,自刺其喉而死,全军皆没于蛮中。后人有诗云:

马援铜柱④标千古,诸葛旗台镇九溪。

何事唐师皆覆没?将军姓李数偏奇。

又有一诗,专咎李都督不听郭仲翔之言,以自取败。诗云:

不是将军数独奇,悬军深入总堪危。

当时若听还师策,总有群蛮谁敢窥?

其时郭仲翔也被掳去,细奴逻见他丰神不凡,叩问之,方知是郭元振之侄,遂给与本洞头目乌罗部下。原来南蛮从无大志,只贪图中国财物。掳

---

① 选曹:指吏部。
② 衔结:衔环结草,这里是感激图报的意思。
③ 趱行:赶路、催行。
④ 马援铜柱:东汉时马援征服交趾,在边界上立铜柱,以夸耀战功。

掠得汉人，都分给与各洞头目。功多的，分得多；功少的，分得少。其分得人口，不问贤愚，只如奴仆一般，供他驱使，斫柴割草，饲马牧羊。若是人口多的，又可转相买卖。汉人到此，十个九个只愿死，不愿生。却又有蛮人看守，求死不得，有恁般苦楚。这一阵厮杀，掳得汉人甚多。其中多有有职位的，蛮酋一一审出，许他寄信到中国去，要他亲戚来赎，获其厚利。你想被掳的人，那一个不思想还乡的？一闻此事，不论富家贫家，都寄信到家乡来了。就是各人家属，十分没法处置的，只得罢了。若还有亲有眷，挪移补凑得来，那一家不想借贷去取赎？那蛮酋忍心贪利，随你孤身穷汉，也要勒取好绢三十匹，方准赎回。若上一等的，凭他索诈。乌罗闻知郭仲翔是当朝宰相之侄，高其赎价，索绢一千匹。

仲翔想道："若要千绢，除非伯父处可办。只是关山迢递，怎得寄个信去？"忽然想着："吴保安是我知己，我与他从未会面，只为见他数行之字，便力荐于李都督，召为管记。我之用情，他必谅之。幸他行迟，不与此难，此际多应已到姚州。诚央他附信于长安，岂不便乎？"乃修成一书，径致保安。书中具道苦情，及乌罗索价详细："倘永固不见遗弃，传语伯父，早来见赎，尚可生还。不然，生为俘囚，死为蛮鬼，永固其忍之乎？"永固者，保安之字也。书后附一诗云：

"箕子为奴①仍异域，苏卿受困在初年。
知君义气深相悯，愿脱征骖学古贤。"

仲翔修书已毕，恰好有个姚州解粮官，被赎放回。仲翔乘便就将此书付之，眼盱盱看着他人去了，自己不能奋飞，万箭攒心，不觉泪如雨下。正是：

眼看他鸟高飞去，身在笼中怎出头？

不题郭仲翔蛮中之事。且说吴保安奉了李都督文帖，已知郭仲翔所荐，留妻房张氏和那新生下未周岁的孩儿在遂州住下，一主一仆飞身上路，赶来姚州赴任。闻知李都督阵亡消息，吃了一惊。尚未知仲翔生死下落，不免留身打探。恰好解粮官从蛮地放回，带得有仲翔书信。吴保安拆开看了，好生凄惨。便写回书一纸，书中许他取赎，留在解粮官处，嘱他觑便寄到蛮中，以慰仲翔之心。忙整行囊，便望长安进发。这姚州到长安三千余里，东川正是个顺路。保安径不回家，直到京都，求见郭元振相公。谁知一月前元振已薨，家小都扶柩而回了。

吴保安大失所望，盘缠罄尽，只得将仆马卖去，将来使用。覆身回到遂州，见了妻儿，放声大哭。张氏问其缘故，保安将郭仲翔失陷南中之事，说

---
① 箕子为奴：箕子，商代人。纣暴虐无道，箕子谏劝不听，于是佯狂为奴。

了一遍，"如今要去赎他，争奈自家无力，使他在穷乡悬望，我心何安？"说罢又哭。张氏劝止之曰："常言'巧媳妇煮不得没米粥'，你如今力不从心，只索付之无奈了。"保安摇首曰："吾向者偶寄尺书，即蒙郭君垂情荐拔；今彼在死生之际，以性命托我，我何忍负之？不得郭回，誓不独生也。"

于是倾家所有，估计来也值得绢二百匹。遂撇了妻儿，欲出外为商。又怕蛮中不时有信寄来，只在姚州左近营运。朝驰暮走，东趁西奔；身穿破衣，口吃粗粝。虽一钱一粟，不敢妄费，都积来为买绢之用。得一望十，得十望百；满了百匹，就寄放姚州府库。眼里梦里只想着"郭仲翔"三字，连妻子都忘记了。整整的在外过了十个年头，刚刚的凑得七百匹绢，还未足千匹之数。正是：

离家千里逐锥刀①，只为相知意气饶。
十载未偿蛮洞债，不知何日慰心交？

话分两头。却说吴保安妻张氏，同那幼年孩子，孤孤凄凄的住在遂州，初时还有人看县尉面上，小意儿周济他，一连几年不通音耗，就没人理他了。家中又无积蓄，捱到十年之外，衣单食缺，万难存济，只得并迭②几件破家火，变卖盘缠，领了十一岁的孩儿，亲自问路，欲往姚州，寻取丈夫吴保安。夜宿朝行，一日只走得三四十里。比到得戎州界上，盘费已尽，计无所出。欲待求乞前去，又含羞不惯。思量薄命，不如死休；看了十一岁的孩儿，又割舍不下。左思右想，看看天晚，坐在乌蒙山下，放声大哭，惊动了过往的官人。那官人姓杨名安居，新任姚州都督，正顶着李蒙的缺。从长安驰驿到任，打从乌蒙山下经过，听得哭声哀切，又是个妇人，停了车马，召而问之。张氏手搀着十一岁的孩儿，上前哭诉曰："妾乃遂州方义尉吴保安之妻，此孩儿即妾之子也。妾夫因友人郭仲翔陷没蛮中，欲营求千匹绢往赎，弃妾母子，久住姚州，十年不通音信。妾贫苦无依，亲往寻取。粮尽路长，是以悲泣耳。"安居暗暗叹异道："此人真义士，恨我无缘识之。"乃谓张氏曰："夫人休忧，下官忝③任姚州都督，一到彼郡，即差人寻访尊夫。夫人行李之费，都在下官身上。请到前途馆驿中，当与夫人设处。"张氏收泪拜谢。虽然如此，心下尚怀惶感。杨都督车马如飞去了。

张氏母子相扶，一步步捱到驿前。杨都督早已分付驿官伺候，问了来历，请到空房饭食安置。次日五鼓，杨都督起马先行。驿官传杨都督之命，

---

① 锥刀：用来比喻微小的利润。
② 并迭：即打并、打迭（叠），收拾的意思。
③ 忝：谦词。愧，有愧于。

将十千钱赠为路费,又备下一辆车儿,差人夫送至姚州普溯驿中居住。张氏心中感激不尽。正是:

　　好人还遇好人救,恶人自有恶人磨。

且说杨安居一到姚州,便差人四下寻访吴保安下落。不三四日,便寻着了。安居请到都督府中,降阶迎接,亲执其手,登堂慰劳。因谓保安曰:"下官常闻古人有死生之交,今亲见之足下矣。尊夫人同令嗣远来相觅,见在驿舍。足下且往,暂叙十年之别。所需绢匹若干,吾当为足下图之。"保安曰:"仆为友尽心,固其分内,奈何累及明公乎?"安居曰:"慕公之义,欲成公之志耳。"保安叩首曰:"既蒙明公高谊,仆不敢固辞。所少尚三分之一,如数即付,仆当亲往蛮中,赎取吾友。然后与妻孥相见,未为晚也。"时安居初到任,乃于库中撮借官绢四百匹,赠与保安,又赠他全副鞍马,保安大喜,领了这四百匹绢,并库上七百匹,共一千一百之数,骑马直到南蛮界。只寻个熟蛮,往蛮中通话,将所余百匹绢,尽数托他使费。只要仲翔回归,心满意足。正是:

　　应时还得见,胜是岳阳金。

却说郭仲翔在乌罗部下,乌罗指望他重价取赎,初时好生看待,饮食不缺。过了一年有余,不见中国人来讲话,乌罗心中不悦,把他饮食都裁减了,每日一餐,着他看养战象。仲翔打熬不过,思乡念切,乘乌罗出外打围,拽开脚步,望北而走。那蛮中都是险峻的山路,仲翔走了一日一夜,脚底都破了,被一般看象的蛮子,飞也似赶来,捉了回去。乌罗大怒,将他转卖与南洞主新丁蛮为奴,离乌罗部二百里之外。那新丁最恶,差使小不遂意,整百皮鞭,鞭得背都青肿,如此已非一次。仲翔熬不得痛苦,捉个空,又想逃走。争奈路径不熟,只在山凹内盘旋,又被本洞蛮子追着了,拿去献与新丁。新丁不用了,又卖到南方一洞去,一步远一步了。那洞主号菩萨蛮,更是利害。晓得郭仲翔屡次逃走,乃取木板两片,各长五六尺厚三四寸,教仲翔把两只脚立在板上,用铁钉钉其脚面,直透板内,日常带着二板行动。夜间纳土洞中,洞口用厚木板门遮盖。本洞蛮子就睡在板上看守,一毫转动不得。两脚被钉处,常流脓血,分明是地狱受罪一般。有诗为证:

　　身卖南蛮南更南,土牢木锁苦难堪。
　　十年不达中原信,梦想心交不敢谭。

却说熟蛮领了吴保安言语,来见乌罗,说知求赎郭仲翔之事。乌罗晓得绢足千匹,不胜之喜,便差人往南洞转赎郭仲翔回来。南洞主新丁,又引至菩萨蛮洞中,交割了身价,将仲翔两脚钉板,用铁钳取出钉来。那钉头入肉已久,脓水干后,如生成一般,今番重复取出,这疼痛比初钉时,更自难忍,血流满地,仲翔登时闷绝。良久方醒,寸步难移。只得用皮袋盛了,两个蛮子扛抬着,直送到乌罗帐下。乌罗收足了绢匹,不管死活,把仲翔交付熟蛮,转送吴保安收领。

吴保安接着,如见亲骨肉一般,这两个朋友,到今日方才识面。未暇叙话,各睁眼看了一看,抱头而哭,皆疑以为梦中相逢也。郭仲翔感谢吴保安,自不必说。保安见仲翔形容憔悴,半人半鬼,两脚又动弹不得,好生凄惨,让马与他骑坐,自己步行随后,同到姚州城内,回复杨都督。

原来杨安居曾在郭元振门下做个幕僚,与郭仲翔虽未厮认,却有通家之谊;又且他是个正人君子,不以存亡易心,一见仲翔,不胜之喜,教他洗沐过了,将新衣与他更换,又教随军医生医他两脚疮口。好饮好食将息,不勾一月,平复如故。

且说吴保安从蛮界回来,方才到普溯驿中,与妻儿相见。初时分别,儿子尚在襁褓,如今十一岁了。光阴迅速,未免伤感于怀。杨安居为吴保安义气上,十分敬重。他每对人夸奖,又写书与长安贵要,称他弃家赎友之事;又厚赠资粮,送他往京师补官。凡姚州一郡官府,见都督如此用情,无不厚赠。仲翔仍留为都督府判官。保安将众人所赠,分一半与仲翔,留下使用。仲翔再三推辞,保安那里肯依,只得受了。吴保安谢了杨都督,同家小往长安进发。仲翔送出姚州界外,痛哭而别。保安仍留家小在遂州,单身到京,升补嘉州彭山丞之职。那嘉州仍是西蜀地方,迎接家小又方便,保安欢喜赴任去讫,不在话下。

再说郭仲翔在蛮中日久,深知款曲。蛮中妇女,尽有姿色,价反在男子之下。仲翔在任三年,陆续差人到蛮洞购求年少美女,共有十人,自己教成歌舞,鲜衣美饰,特献与杨安居伏侍,以报其德。安居笑曰:"吾重生高义,故乐成其美耳。言及相报,得无以市井见待耶?"仲翔曰:"荷明公仁德,微躯再造,特求此蛮口奉献,以表区区。明公若见辞,仲翔死不瞑目矣。"安居见他诚恳,乃曰:"仆有幼女,最所钟爱,勉受一小口为伴,余则不敢如命。"仲翔把那九个美女,赠与杨都督帐下九个心腹将校,以显杨公之德。

时朝廷正追念代国公军功,要录用其子侄。杨安居表奏:"故相郭震嫡侄仲翔,始进谏于李蒙,预知胜败;继陷身于蛮洞,备著坚贞。十年复返于故乡,三载效劳于幕府。荫既可叙,功亦宜酬。"于是郭仲翔得授蔚州录事参军。自从离家到今,共一十五年了,他父亲和妻子在家闻得仲翔陷没蛮中,杳无音信,只道身故已久,忽见亲笔家书,迎接家小临蔚州任所,举家欢喜无限。

仲翔在蔚州做官两年,大有声誉,升迁代州户曹参军。又经三载,父亲一病而亡,仲翔扶柩回归河北。丧葬已毕,忽然叹曰:"吾赖吴公见赎,得有余生。因老亲在堂,方谋奉养,未暇图报私恩;今亲殁服除,岂可置恩人于度外乎?"访知吴保安在宦所未回,乃亲到嘉州彭山县看之。

不期保安任满家贫,无力赴京听调,就便在彭山居住;六年之前,患了疫症,夫妇双亡,藁葬在黄龙寺后隙地。儿子吴天祐从幼母亲教训,读书识字,就在本县训蒙度日。仲翔一闻此信,悲啼不已。因制缞麻之服,腰绖执杖,步至黄龙寺内,向冢号泣,具礼祭奠。奠毕,寻吴天祐相见,即将自己衣服,脱与他穿了,呼之为弟,商议归葬一事。乃为文以告于保安之灵,发开土堆,止存枯骨二具。仲翔痛哭不已,旁观之人,莫不堕泪。仲翔预制下练囊①二个,装保安夫妇骸骨。又恐失了次第,敛葬时一时难认,逐节用墨记下,装入练囊,总贮一竹笼之内,亲自背负而行。吴天祐道是他父母的骸骨,理合他驮,来夺那竹笼。仲翔那肯放下,哭曰:"永固为我奔走十年,今我暂时为之负骨,少尽我心而已。"一路且行且哭,每到旅店,必置竹笼于上坐,将酒饭浇奠过了,然后与天祐同食。夜间亦安置竹笼停当,方敢就寝。自嘉州到魏郡,凡数千里,都是步行。他两脚曾经钉板,虽然好了,终是血脉受伤,一连走了几日,脚面都紫肿起来,内中作痛。看看行走不动,又立心不要别人替力,勉强捱去。有诗为证:

酬恩无地只奔丧,负骨徒行日夜忙。
遥望平阳数千里,不知何日到家乡?

仲翔思想:前路正长,如何是好?天晚就店安宿,乃设酒饭于竹笼之前,含泪再拜,虔诚哀恳:"愿吴永固夫妇显灵,保祐仲翔脚患顿除,步履方便,早到武阳,经营葬事。"吴天祐也从旁再三拜祷。到次日起身,仲翔便觉两脚轻健,直到武阳县中,全不疼痛。此乃神天护佑吉人,不但吴保安之灵也。

再说仲翔到家,就留吴天祐同居。打扫中堂,设立吴保安夫妇神位,买办衣衾棺椁,重新殡敛。自己戴孝,一同吴天祐守幕受吊,雇匠造坟。凡一切葬具,照依先葬父亲一般。又立一道石碑,详纪保安弃家赎友之事,使往来读碑者,尽知其善。又同吴天祐庐墓三年。那三年中,教训天祐经书,得他学问精通,方好出仕。三年后,要到长安补官,念吴天祐无家未娶,择宗族中侄女有贤德者,替他纳聘,割东边宅院子,让他居住成亲,又将一半家财,分给天祐过活。正是:

昔年为友抛妻子,今日孤儿转受恩。

---

① 练囊:绢囊。

正是投瓜还得报,善人不负善心人。
　仲翔起服①到京,补岚州长史,又加朝散大夫。仲翔思念保安不已,乃上疏,其略曰:
　　"臣闻有善必劝者,固国家之典;有恩必酬者,亦匹夫之义。臣向从故姚州都督李蒙进御蛮寇,一战奏捷。臣谓深入非宜,尚当持重;主帅不听,全军覆没。臣以中华世族,为绝域穷困。蛮贼贪利,责绢还俘。谓臣宰相之侄,索至千匹。而臣家绝万里,无信可通。十年之中,备尝艰苦,肌肤毁剔,靡刻不泪。牧羊有志,射雁无期。而遂州方义尉吴保安,适至姚州,与臣虽系同乡,从无一面,徒以意气相慕,遂谋赎臣。经营百端,撒家数载,形容憔悴,妻子饥寒。拔臣于垂死之中,赐臣以再生之路。大恩未报,遽尔淹殁。臣今幸沾朱绂,而保安子天祐,食薑悬鹑②,臣窃愧之。且天祐年富学深,足堪任使,愿以臣官,让之天祐。庶几国家劝善之典,与下臣酬恩之义,一举两得。臣甘就退闲,没齿无怨。谨昧死披沥以闻。"
　时天宝十二年也。疏入,下礼部详议。此一事,哄动了举朝官员。虽然保安施恩在前,也难得郭仲翔义气,真不愧死友者矣。礼部为此覆奏,盛夸郭仲翔之品,宜破格俯从,以励浇俗。吴天祐可试岚谷县尉,仲翔原官如故。这岚谷县与岚州相邻。使他两个朝夕相见,以慰其情,这是礼部官的用情处。朝廷依允,仲翔领了吴天祐告身一道,谢恩出京,回到武阳县,将告身付与天祐。备下祭奠,拜告两家坟墓。择了吉日,两家宅眷,同日起程,向西京到任。
　那时做一件奇事,远近传说,都道吴郭交情,虽古之管鲍、羊左,不能及也。后来郭仲翔在岚州,吴天祐在岚谷县,皆有政绩,各升迁去。岚州人追慕其事,为立双义祠,祀吴保安、郭仲翔。里中凡有约誓,都在庙中祷告,香火至今不绝。有诗为证:
　　频频握手未为亲,临难方知意气真。
　　试看郭吴真义气,原非平日结交人。

---

　① 起服:服,应当写作复。古代官吏遭丧守孝,服未满而起用,称为起复。后来服满起用,一般也称为起复。
　② 食薑悬鹑:穷苦的意思。食薑,以豆叶为食。悬鹑,形容衣衫褴褛,好像鹑鸟的秃尾悬垂着。

羊角哀舍命全交

　　背手为云覆手雨,纷纷轻薄何须数?
　　君看管鲍贫时交,此道今人弃如土。

　　昔时齐国有管仲,字夷吾;鲍叔,字宣子,两个自幼时以贫贱结交。后来鲍叔先在齐桓公门下,信用显达,举荐管仲为首相,位在己上。两人同心辅政,始终如一。管仲曾有几句言语道:"吾尝三战三北,鲍叔不以我为怯,知我有老母也;吾尝三仕三见逐,鲍叔不以我为不肖,知我不遇时也;吾尝与鲍叔谈论,鲍叔不以我为愚,知时有利不利也;吾尝与鲍叔为贾,分利多,鲍叔不以我为贪,知我贫也。生我者父母,知我者鲍叔。"所以古今说知心结交,必曰"管鲍"。今日说两个朋友,偶然相见,结为兄弟,各舍其命,留名万古。

　　春秋时,楚元王崇儒重道,招贤纳士。天下之人闻其风而归者,不可胜计。西羌积石山,有一贤士,姓左,双名伯桃,幼亡父母,勉力攻书,养成济世之才,学就安民之业。年近四旬,因中国诸侯互相吞并,行仁政者少,恃强霸者多,未尝出仕。后闻得楚元王慕仁好义,遍求贤士,乃携书一囊,辞别乡中邻友,径奔楚国而来。迤逦来到雍地,时值隆冬,风雨交作。有一篇《西江月》词,单道冬天雨景:

　　　　习习悲风割面,濛濛细雨侵衣。催冰酿雪逞寒威,不比他时和气。
　　　　山色不明常暗,日光偶露还微。天涯游子尽思归,路上行人应悔。

　　左伯桃冒雨荡风①,行了一日,衣裳都沾湿了。看看天色昏黄,走向村间,欲觅一宵宿处②。远远望见竹林之中,破窗透出的灯光。径奔那个去处,见矮矮篱笆围着一间草屋。乃推开篱障,轻叩柴门。中有一人,启户而出。左伯桃立在檐下,慌忙施礼曰:"小生西羌人氏,姓左,双名伯桃。欲往楚国,不期中途遇雨,无觅旅邸之处,求借一宵,来早便行,未知尊意肯容否?"那人闻言,慌忙答礼,邀入屋内。伯桃视之,止有一榻。榻上堆积书卷,别无他物。伯桃已知亦是儒人,便欲下拜。那人云:"且未可讲礼,容取火烘干衣服,却当会话。"当夜烧竹为火,伯桃烘衣。那人炊办酒食,以供伯桃,意甚勤厚。伯桃乃问姓名。其人曰:"小生姓羊,双名角哀,幼亡父母,独居于此。平生酷爱读书,农业尽废。今幸遇贤士远来,但恨家寒,乏物为款,伏

---

① 荡风:即冒着风。
② 宵宿处:指过夜的处所。

乞恕罪。"伯桃曰:"阴雨之中,得蒙遮蔽,更兼一饮一食,感佩何忘!"当夜二人抵足而眠,共话胸中学问,终夕不寐。

比及天晓,淋雨不止。角哀留伯桃在家,尽其所有相待;结为昆仲,伯桃年长角哀五岁,角哀拜伯桃为兄。一住三日,雨止道干。伯桃曰:"贤弟有王佐之才,抱经纶之志;不图竹帛,甘老林泉,深为可惜。"角哀曰:"非不欲仕,奈未得其便耳。"伯桃曰:"今楚王虚心求士,贤弟既有此心,何不同往?"角哀曰:"愿从兄长之命。"遂收拾些小路费粮米,弃其茅屋,二人同望南方而进。

行不两日,又值阴雨,羁身旅店中,盘费罄①尽。止有行粮一包,二人轮换负之,冒雨而走。其雨未止,风又大作,变为一天大雪。怎见得?你看:

风添雪冷,雪趁风威。纷纷柳絮狂飘,片片鹅毛乱舞。团空搅阵,不分南北西东;遮地漫天,变尽青黄赤黑。探梅诗客多清趣,路上行人欲断魂。

二人行过岐阳,道经梁山路,问及樵夫,皆说:从此去百余里,并无人烟,尽是荒山旷野,狼虎成群,只好休去。伯桃与角哀曰:"贤弟心下如何?"角哀曰:"自古道:'死生有命。'既然到此,只顾前进,休生退悔。"又行了一日,夜宿古墓中。衣服单薄,寒风透骨。

次日,雪越下得紧,山中仿佛盈尺。伯桃受冻不过,曰:"我思此去百余里,绝无人家,行粮不敷,衣单食缺。若一人独往,可到楚国;二人俱去,纵然不冻死,亦必饿死于途中。与草木同朽,何益之有?我将身上衣服,脱与贤弟穿了,贤弟可独赍此粮,于途强挣而去。我委的行不动了,宁可死于此地。待贤弟见了楚王,必当重用,那时却来葬我未迟。"角哀曰:"焉有此理!我二人虽非一父母所生,义气过于骨肉,我安忍独去而求进身耶?"遂不许。扶伯桃而行,行不十里,伯桃曰:"风雪越紧,如何去得?且于道傍寻个歇处。"见一株枯桑,颇可避雪。那桑下止容得一人,角哀遂扶伯桃入去坐下。伯桃命角哀敲石取火,熱些枯枝,以御寒气。比及角哀取了柴火到来,只见伯桃脱得赤条条地,浑身衣服,都做一堆放着。角哀大惊曰:"吾兄何为如此?"伯桃曰:"吾寻思无计,贤弟勿自误了,速穿此衣服,负粮前去,我只在此守死。"角哀抱持大哭曰:"吾二人死生同处,安可分离?"伯桃曰:"若皆饿死,白骨谁埋?"角哀曰:"若如此,弟情愿解衣与兄穿了,兄可赍粮去,弟宁死于此。"伯桃曰:"我平生多病,贤弟少壮,比我甚强;更兼胸中之学,我所不及。若见楚君,必登显宦。我死何足道哉?弟勿久滞,可宜速往。"角哀曰:"今兄饿死桑中,弟独取功名,此大不义之人也,我不为之。"伯桃曰:

---

① 罄:尽,空。

"我自离积石山,至弟家中,一见如故。知弟胸次不凡,以此劝弟求进。不幸风雨所阻,此吾天命当尽。若使弟亦亡于此,乃吾之罪也。"言讫欲跳前溪觅死。角哀抱住痛哭,将衣拥护,再扶至桑中,伯桃把衣服推开。角哀再欲上前劝解时,但见伯桃神色已变,四肢厥冷,口不能言,以手挥令去。角哀寻思:"我若久恋,亦冻死矣。死后谁葬吾兄?"乃于雪中再拜伯桃而哭曰:"不肖弟此去,望兄阴力相助。但得微名,必当厚葬。"伯桃点头半答,角哀取了衣粮,带泣而去。伯桃死于桑中。后人有诗赞云:

寒来雪三尺,人去途千里。
长途苦雪寒,何况囊无米?
并粮一人生,同行两人死。
两死诚何益?一生尚有恃。
贤哉左伯桃,陨命成人美。

角哀捱着寒冷,半饥半饱,来至楚国,于旅邸中歇定。次日入城,问人曰:"楚君招贤,何由而进?"人曰:"宫门外设一宾馆,令上大夫裴仲接纳天下之士。"角哀径投宾馆前来,正值上大夫下车,角哀乃向前而揖。裴仲见角哀衣虽褴褛,器宇不凡,慌忙答礼,问曰:"贤士何来?"角哀曰:"小生姓羊,双名角哀,雍州人也。闻上国招贤,特来归投。"裴仲邀入宾馆,具酒食以进,宿于馆中。

次日,裴仲到馆中探望,将胸中疑义,盘问角哀,试他学问如何。角哀百问百答,谈论如流。裴仲大喜,入奏元王。王即时召见,问富国强兵之道,角哀首陈十策,皆切当世之急务。元王大喜,设御宴以待之,拜为中大夫,赐黄金百两,彩段百匹。角哀再拜流涕。元王大惊而问曰:"卿痛哭者何也?"角哀将左伯桃脱衣并粮之事,一一奏知。元王闻其言,为之感伤,诸大臣皆为痛惜。元王曰:"卿欲如何?"角哀曰:"臣乞告假到彼处,安葬伯桃已毕,却回来事大王。"元王遂赠已死伯桃为中大夫,厚赐葬资,仍差人跟随角哀车骑同去。

角哀辞了元王,径奔梁山地面。寻旧日枯桑之处,果见伯桃死尸尚在,颜貌如生前一般。角哀乃再拜而哭,呼左右唤集乡中父老,卜地于浦塘之原。前临大溪,后靠高崖,左右诸峰环抱,风水甚好。遂以香汤沐浴伯桃之尸,穿戴大夫衣冠,置内棺外椁,安葬起坟。四围筑墙栽树,离坟三十步建享堂①,塑伯桃仪容,立华表,柱上建牌额。墙侧盖瓦屋,令人看守。造毕,设祭于享堂,哭泣甚切。乡老从人,无不下泪。祭罢,各自散去。

角哀是夜明灯燃烛而坐,感叹不已。忽然一阵阴风飒飒,烛灭复明。

---

① 享堂:供奉神位的祭堂。

角哀视之，见一人于灯影中或进或退，隐隐有哭声。角哀叱曰："何人也？辄敢黉夜而入！"其人不言。角哀起而视之，乃伯桃也。角哀大惊，问曰："兄阴灵不远，今来见弟，必有事故。"伯桃曰："感贤弟记忆，初登仕路，奏请葬吾，更赠重爵，并棺椁衣衾之美，凡事十全。但坟地与荆轲墓相连近，此人在世时，为刺秦王不中被戮，高渐离以其尸葬于此处。神极威猛，每夜仗剑来骂吾曰：'汝是冻死饿杀之人，安敢建坟居吾上肩，夺吾风水？若不迁移他处，吾发墓取尸，掷之野外！'有此危难，特告贤弟。望改葬于他处，以免此祸。"角哀再欲问之，风起，忽然不见。角哀在享堂中一梦惊觉，尽记其事。

天明，再唤乡老，问此处有坟相近否。乡老曰："松阴中有荆轲墓，墓前有庙。"角哀曰："此人昔刺秦王不中被杀，缘何有坟于此？"乡老曰："高渐离乃此间人，知荆轲被害，弃尸野外，乃盗其尸，葬于此地。每每显灵。土人建庙于此，四时享祭，以求福利。"角哀闻其言，遂信梦中之事，引从者径奔荆轲庙，指其神而骂曰："汝乃燕邦一匹夫，受燕太子奉养，名姬重宝，尽汝受用。不思良策以副重托，入秦行事，丧身误国。却来此处惊惑乡民，而求祭祀！吾兄左伯桃，当代名儒，仁义廉洁之士，汝安敢逼之？再如此，吾当毁其庙，而发其冢，永绝汝之根本！"骂讫①，却来伯桃墓前祝曰："如荆轲今夜再来，兄当报我。"

归至享堂，是夜秉烛以待。果见伯桃哽咽而来，告曰："感贤弟如此，奈荆轲从人极多，皆土人所献。贤弟可束草为人，以彩为衣，手执器械，焚于墓前。吾得其助，使荆轲不能侵害。"言罢不见。角哀连夜使人束草为人，以彩为衣，各执刀枪器械，建数十于墓侧，以火焚之。祝曰："如其无事，亦望回报。"

归至享堂，是夜闻风雨之声，如人战敌。角哀出户观之，见伯桃奔走而来，言曰："弟所焚之人，不得其用。荆轲又有高渐离相助，不久吾尸必出墓矣。望贤弟早与迁移他处殡葬，免受此祸。"角哀曰："此人安敢如此欺凌吾兄！弟当力助以战之。"伯桃曰："弟阳人也，我皆阴鬼；阳人虽有勇烈，尘世相隔，焉能战阴鬼也？虽刍草之人，但能助喊，不能退此强魂。"角哀曰："兄且去，弟来日自有区处。"次日，角哀再到荆轲庙中大骂，打毁神像。方欲取火焚庙，只见乡老数人，再四哀求，曰："此乃一村香火，若触犯之，恐贻祸于百姓。"须臾之间，土人聚集，都来求告。角哀拗他不过，只得罢了。

回到享堂，修一道表章，上谢楚王，言："昔日伯桃并粮与臣，因此得活，以遇圣主。重蒙厚爵，平生足矣，容臣后世尽心图报。"词意甚切。表付从

---

① 讫：终止，完毕。

人,然后到伯桃墓侧,大哭一场。与从者曰:"吾兄被荆轲强魂所逼,去往无门,吾所不忍。欲焚庙掘坟,又恐拂土人之意。宁死为泉下之鬼,力助吾兄战此强魂。汝等可将吾尸葬于此墓之右,生死共处,以报吾兄并粮之义。回奏楚君,万乞听纳臣言,永保山河社稷。"言讫,掣取佩剑,自刎而死。从者急救不及,速具衣棺殡殓,埋于伯桃墓侧。

是夜二更,风雨大作,雷电交加,喊杀之声闻数十里。清晓视之,荆轲墓上,震烈如发,白骨散于墓前,墓边松柏,和根拔起。庙中忽然起火,烧做白地。乡老大惊,都往羊左二墓前,焚香展拜。从者回楚国,将此事上奏元王,元王感其义重,差官往墓前建庙,加封上大夫,敕赐庙额,曰"忠义之祠",就立碑以记其事,至今香火不断。荆轲之灵,自此绝矣。土人四时祭祀,所祷甚灵。有古诗云:

　　古来仁义包天地,只在人心方寸间。
　　二士庙前秋日净,英魂常伴月光寒。

宋金郎团圆破毡笠

　　不是姻缘莫强求,姻缘前定不须忧。
　　任从波浪翻天起,自有中流稳渡舟。

话说正德年间,苏州府昆山县大街,有一居民,姓宋名敦,原是宦家之后。浑家卢氏,夫妻二口,不做生理,靠着祖遗田地,见成收些租课为活。年过四十,并不曾生得一男半女。宋敦一日对浑家说:"自古道,'养儿待老,积谷防饥。'你我年过四旬,尚无子嗣。光阴似箭,眨眼头白。百年之事,靠着何人?"说罢,不觉泪下。卢氏道:"宋门积祖善良,未曾作恶造业;况你又是单传,老天决不绝你祖宗之嗣。招子也有早晚,若是不该招时,便是养得长成,半路上也抛撒了,劳而无功,枉添许多悲泣。"宋敦点头道:"是。"方才拭泪未干,只听得坐启①中有人咳嗽,叫唤道:"玉峰在家么?"原来苏州风俗,不论大家小家,都有个外号,彼此相称。玉峰就是宋敦的外号。宋敦侧耳而听。叫唤第二句,便认得声音,是刘顺泉。那刘顺泉双名有才,积祖驾一只大船,揽载客货,往各省交卸。趁得好些水脚银两,一个十全的家业,团团都做在船上。就是这只船本,也值几百金,浑身是香楠木

---

① 坐启:又称坐起,房屋里接近门首的小客厅。

打造的。江南一水之地，多有这行生理。那刘有才是宋敦最契之友。听得是他声音，连忙趋出坐启，彼此不须作揖，拱手相见，分坐看茶，自不必说。宋敦道："顺泉今日如何得暇？"刘有才道："特来与玉峰借件东西。"宋敦笑道："宝舟缺什么东西，到与寒家相借？"刘有才道："别的东西不来干渎，只这件，是宅上有余的，故此敢来启口。"宋敦道："果是寒家所有，决不相吝。"刘有才不慌不忙，说出这件东西来。正是：

背后并非攀诏，当前不是围胸，鹅黄细布密针缝，净手将来供奉。
还愿曾装冥钞，祈神并衬威容，名山古刹几相从，染下炉香浮动。

原来宋敦夫妻二口，因难于得子，各处烧香祈嗣，做成黄布袱、黄布袋，装裹佛马楮钱之类。烧过香后，悬挂于家中佛堂之内，甚是志诚。刘有才长于宋敦五年，四十六岁了。阿妈徐氏亦无子息。闻得徽州有盐商求嗣，新建陈州娘娘庙于苏州阊门之外，香火甚盛，祈祷不绝。刘有才恰好有个方便，要驾船往枫桥下客，意欲进一炷香。却不曾做得布袱布袋，特特与宋家告借。其时说出缘故，宋敦沉思不语。刘有才道："玉峰莫非有吝借之心么？若污坏时，一个就赔两个。"宋敦道："岂有此理！只是一件，既然娘娘庙灵显，小子亦欲附舟一往。只不知几时去？"刘有才道："即刻便行。"宋敦道："布袱布袋，拙荆另有一副，共是两副，尽可分用。"刘有才道："如此甚好。"宋敦入内，与浑家说知，欲往郡城烧香之事。卢氏也欢喜。宋敦于佛堂挂壁上取下两副布袱布袋，留下一副自用，将一副借与刘有才。刘有才道："小子先往舟中伺候，玉峰可快来。船在北门大坂桥下，不嫌怠慢时，吃些见成素饭，不消带米。"宋敦应允。当下忙忙的办下些香烛纸马阡张定段，打叠包裹，穿了一件新联就的洁白湖䌷道袍，赶出北门下船。趁着顺风，不勾半日，七十里之程，等闲到了。舟泊枫桥，当晚无话。有诗为证：

月落乌啼霜满天，江枫渔火对愁眠。
姑苏城外寒山寺，夜半钟声到客船。

次日起个黑早，在船中洗盥罢，吃了些素食，净了口手，一对儿黄布袱驮了冥财，黄布袋安插纸马文疏，挂于项上，步到陈州娘娘庙前，刚刚天晓。庙门虽开，殿门还关着。二人在两廊游绕，观看了一遍，果然造得齐整。正在赞叹，呀的一声，殿门开了。就有庙祝出来迎接进殿。其时香客未到，烛架尚虚，庙祝放下琉璃灯来，取火点烛，讨文疏替他通陈祷告。二人焚香礼拜已毕，各将几十文钱，酬谢了庙祝。化纸出门。刘有才再要邀宋敦到船，宋敦不肯。当下刘有才将布袱布袋交还宋敦，各各称谢而别。刘有才自往枫桥接客去了。宋敦看天色尚早，要往娄门趁船回家。刚欲移步，听得墙下呻吟之声。近前看时，却是矮矮一个芦席棚，搭在庙垣之侧，中间卧着个有病的老和尚，恹恹欲死，呼之不应，问之不答。宋敦心中不忍，停眸而看。傍边一人走来说道："客人，你只管看他则甚？要便做个好事了去。"宋敦道："如何做个好事？"那人道："此僧是陕西来的，七十八岁了，他说一生不曾开荤。每日只诵《金刚经》。三年前在此募化建庵，没有施主。搭这个芦席棚儿住下，诵经不辍。这里有个素饭店，每日只上午一餐，过午就不用了。也有人可怜他，施他些钱米，他就把来还了店上的饭钱，不留一文。近日得了这病，有半个月不用饮食了。两日前还开口说得话，我们问他：'如此受苦，何不早去罢？'他说：'因缘未到，还等两日。'今早连话也说不出了，早晚待死。客人若可怜他时，买一口薄薄棺材，焚化了他，便是做好事，他说'因缘未到'，或者这因缘，就在客人身上。"宋敦想道："我今日为求嗣而来，做一件好事回去，也得神天知道。"便问道："此处有棺材店么？"那人道："出巷陈三郎家就是。"宋敦道："烦足下同往一看。"那人引路到陈家来。陈三郎正在店中支分锯匠解木。那人道："三郎，我引个主顾作成你。"三郎道："客人若要看寿板，小店有真正婺源加料双解的在里面。若要见成的，就店中但凭拣择。"宋敦道："要见成的。"陈三郎指着一副道："这是头号，足价三两。"宋敦未及还价。那人道："这个客官是买来舍与那芦席棚内老和尚做好事的，你也有一半功德，莫要讨虚价。"陈三郎道："既是做好事的，我也不敢要多，照本钱一两六钱罢，分毫少不得了。"宋敦道："这价钱也是公道了。"想起汗巾角上带得一块银子，约有五六钱重，烧香剩下，不上一百铜钱，总凑与他，还不勾一半。"我有处了，刘顺泉的船在枫桥不远。"便对陈三郎道："价钱依了你，只是还要到一个朋友处借办，少顷便来。"陈三郎到罢了，说道："任从客便。"那人怫然不乐道："客人既发了个好心，却又做脱身之计。你身边没有银子，来看则甚？……"说犹未了，只见街上人纷纷而过，多有说这老和尚，可怜半月前还听得他念经之声，今早呜呼了。正是：

    三寸气在千般用，一旦无常万事休。

那人道："客人不听得说么？那老和尚已死了，他在地府睁眼等你断送哩！"宋敦口虽不语，心下覆想道："我既是看定了这具棺木，倘或往枫桥去，刘顺泉不在船上，终不然呆坐等他回来。况且常言得'价一不择主'，倘别有个主顾，添些价钱，这副棺木不去了？我就失信于此僧了。罢罢！"便取出银子，刚刚一块，讨等①来一称，叫声惭愧。原来是块元宝，看时象少，称时便多，到有七钱多重。先教陈三郎收了，将身上穿的那一件新联就的洁白湖

---

① 等：就是戥子，称金银等贵重物品的衡器。

绸道袍脱下道:"这一件衣服,价在一两之外,倘嫌不值,权时相抵,待小子取赎。若用得时,便乞收算。"陈三郎道:"小店大胆了,莫怪计较。"将银子衣服收过了。宋敦又在髻上拔下一根银簪,约有二钱之重,交与那人道:"这枝簪,相烦换些铜钱,以为殡殓杂用。"当下店中看的人都道:"难得这位做好事的客官,他担当了大事去。其余小事,我们地方上也该凑出些钱钞相助。"众人都凑钱去了。宋敦又复身到芦席边,看那老僧,果然化去,不觉双眼垂泪,分明如亲戚一般,心下好生酸楚,正不知什么缘故,不忍再看,含泪而行。到娄门时,航船已开,乃自唤一只小船,当日回家。浑家见丈夫黑夜回来,身上不穿道袍,面又带忧惨之色,只道与人争竞,忙忙的来问。宋敦摇首道:"话长哩!"一径走到佛堂中,将两副布袱布袋挂起,在佛前磕了个头,进房坐下,讨茶吃了,方才开谈,将老和尚之事备细说知。浑家道:"正该如此。"也不嗔怪。宋敦见浑家贤惠,倒也回愁作喜。是夜夫妻二口睡到五更,宋敦梦见那老和尚登门拜谢道:"檀越命合无子,寿数亦止于此矣。因檀越心田慈善,上帝命延寿半纪①。老僧与檀越又有一段因缘,愿投宅上为儿,以报盖棺之德。"卢氏也梦见一个金身罗汉走进房里,梦中叫喊起来,连丈夫也惊醒了。各言其梦,似信似疑,嗟叹不已。正是:

　　　　种瓜还得瓜,种豆还得豆。
　　　　劝人行好心,自作还自受。

　　从此卢氏怀孕,十月满足,生下一个孩儿。因梦见金身罗汉,小名金郎,官名就叫宋金。夫妻欢喜,自不必说。此时刘有才也生一女,小名宜春。各各长成,有人撺掇两家对亲。刘有才倒也心中情愿。宋敦却嫌他船户出身,不是名门旧族。口虽不语,心中有不允之意。那宋金方年六岁,宋敦一病不起,呜呼哀哉了。自古道:"家中百事兴,全靠主人命。"十个妇人,敌不得一个男子。自从宋敦故后,卢氏掌家,连遭荒歉,又里中欺他孤寡,科派户役,卢氏撑持不定,只得将田房渐次卖了,赁屋而居。初时,还是诈穷,以后坐吃山崩,不上十年,弄做真穷了。卢氏亦得病而亡。断送了毕,宋金只剩得一双赤手,被房主赶逐出屋,无处投奔。且喜从幼学得一件本事,会写会算。偶然本处一个范举人选了浙江衢州府江山县知县,正要寻个写算的人。有人将宋金说了,范公就教人引来。见他年纪幼小,又生得齐整,心中甚喜。叩其所长,果然书通真草,算善归除。当日就留于书房之中,取一套新衣与他换过,同桌而食,好生优待。择了吉日,范知县与宋金下了官船,同往任所。正是:

―――――――――
　　① 半纪:岁星十二年运行一周天为一纪。半纪指六年。

冬冬画鼓催征棹,习习和风荡锦帆。

　　却说宋金虽然贫贱,终是旧家子弟出身。今日做范公门馆,岂肯卑污苟贱,与童仆辈和光同尘,受其戏侮。那些管家们欺他年幼,见他做作,愈有不然之意。自昆山起程,都是水路,到杭州便起旱了。众人撺掇家主道:"宋金小厮家,在此写算服事老爷,还该小心谦逊,他全不知礼。老爷优待他忒过分了,与他同坐同食;舟中还可混帐,到陆路中火歇宿,老爷也要存个体面。小人们商议,不如教他写一纸靠身文书,方才妥帖。到衙门时,他也不敢放肆为非。"范举人是棉花做的耳朵,就依了众人言语。唤宋金到舱,要他写靠身文书。宋金如何肯写。逼勒了多时,范公发怒,喝教剥去衣服,喝出船去。众苍头拖拖拽拽,剥的干干净净,一领单布衫,赶在岸上。气得宋金半晌开口不得。只见轿马纷纷伺候范知县起陆。宋金噙着双泪,只得回避开去。身边并无财物,受饿不过,少不得学那两个古人:

　　伍伯吹箫于吴门,韩王寄食于漂母。

日间街坊乞食,夜时古庙栖身。还有一件,宋金终是旧家子弟出身,任你十分落泊,还存三分骨气,不肯随那叫街丐户一流,奴言婢膝,没廉没耻。讨得来便吃了,讨不来忍饿,有一顿没一顿。过了几时,渐渐面黄肌瘦,全无昔日丰神。正是:

　　好花遭雨红俱褪,芳草经霜绿尽凋。

　　时值暮秋天气,金风催冷,忽降下一场大雨。宋金食缺衣单,在北新关关王庙中担饥受冻,出头不得。这雨自辰牌直下至午牌方止。宋金将腰带收紧。挪步出庙门来,未及数步,劈面遇着一人。宋金睁眼一看,正是父亲宋敦的最契之友,叫做刘有才,号顺泉的。宋金无面目"见江东父老",不敢相认,只得垂眼低头而走。那刘有才早已看见,从背后一手挽住。叫道:"你不是宋小官么?为何如此模样?"宋金两泪交流,叉手告道:"小侄衣衫不齐,不敢为礼了,承老叔垂问。"如此如此,这般这般,将范知县无礼之事,告诉了一遍。刘翁道:"'恻隐之心,人皆有之。'你肯在我船上相帮,管教你饱暖过日。"宋金便下跪道:"若得老叔收留,便是重生父母。"当下刘翁引着宋金到于河下。刘翁先上船,对刘妪说知其事。刘妪道:"此乃两得其便,有何不美。"刘翁就在船头上招宋小官上船。于自身上脱下旧布道袍,教他穿了。引他到后艄,见了妈妈徐氏,女儿宜春在傍,也相见了。宋金走出船头。刘翁道:"把饭与宋小官吃。"刘妪道:"饭便有,只是冷的。"宜春道:"有热茶在锅内。"宜春便将瓦罐子舀了一罐滚热的茶。刘妪便在厨柜内取了些腌菜,和那冷饭,付与宋金道:"宋小官!船上买卖,比不得家里,胡乱用些罢!"宋金接得在手。又见细雨纷纷而下,刘翁叫女儿:"后艄有旧毡笠,取下与宋小官戴。"宜春取旧毡笠看时,一边已自绽开。宜春手快,就盘髻上拔下针线将绽处缝了,丢在船篷之上,叫道:"拿毡笠去戴。"宋金戴了破毡笠,吃了茶淘冷饭。刘翁教他收拾船上家火,扫抹船只,自往岸上接客,至晚方回,一夜无话。次日,刘翁起身,见宋金在船头上闲坐,心中暗想:"初来之人,莫惯了他。"便叱喝道:"个儿郎吃我家饭,穿我家衣,闲时搓些绳,打些索,也有用处。如何空坐?"宋金连忙答应道:"但凭驱使,不敢有违。"刘翁便取一束麻皮,付与宋金,教他打索子。正是:

在他矮檐下,怎敢不低头。

宋金自此朝夕小心,辛勤做活,并不偷懒。兼之写算精通,凡客货在船,都是他记帐,出入分毫不爽。别船上交易,也多有央他去拿算盘,登帐簿,客人无不敬而爱之。都夸道好个宋小官,少年伶俐。刘翁刘妪见他小心得用,另眼相待,好衣好食的管顾他。在客人面前,认为表侄。宋金亦自以为得所,心安体适,貌日丰腴。凡船户中无不欣羡。光阴似箭,不觉二年有余。刘翁一日暗想:"自家年纪渐老,止有一女,要求个贤婿以靠终身,似宋小官一般,到也十全之美。但不知妈妈心下如何?"是夜与妈妈饮酒半醺,女儿宜春在傍,刘翁指着女儿对妈妈道:"宜春年纪长成,未有终身之托,奈何?"刘妪道:"这是你我靠老的一桩大事,你如何不上紧?"刘翁道:"我也日常在念,只是难得个十分如意的。象我船上宋小官恁般本事人才,千中选一,也就不能勾了。"刘妪道:"何不就许了宋小官?"刘翁假意道:"妈妈说那里话!他无家无倚,靠着我船上吃饭。手无分文,怎好把女儿许他?"刘妪道:"宋小官是宦家之后,况系故人之子。当初他老子存时,也曾有人议过亲来,你如何忘了?今日虽然落薄①,看他一表人材,又会写,又会算,招得这般女婿,须不辱了门面。我两口儿老来也得所靠。"刘翁道:"妈妈,你主意已定否?"刘妪道:"有什么不定?"刘翁道:"如此甚好。"原来刘有才平昔是个怕婆的,久已看上了宋金,只愁妈妈不肯。今见妈妈慨然,十分欢喜。当下便唤宋金,对着妈妈面许了他这头亲事。宋金初时也谦逊不当,见刘翁夫妇一团美意,不要他费一分钱钞,只索顺从刘翁。往阴阳生家选择周堂吉日,回复了妈妈,将船驾回昆山。先与宋小官上头,做一套䌷绢衣服与他穿了,浑身新衣、新帽、新鞋、新袜,妆扮得宋金一发标致。

虽无子建才八斗,胜似潘安貌十分。

刘妪也替女儿备办些衣饰之类。吉日已到,请下两家亲戚,大设喜筵,将宋金赘入船上为婿。次日,诸亲作贺,一连吃了三日喜酒。宋金成亲之后,夫

---

① 落薄:即落魄,潦倒。

妻恩爱,自不必说。从此船上生理,日兴一日。

光阴似箭,不觉过了一年零两个月。宜春怀孕日满,产下一女。夫妻爱惜如金,轮流怀抱。期岁方过,此女害了痘疮,医药不效,十二朝身死。宋金痛念爱女,哭泣过哀,七情所伤,遂得了个痨瘵之疾。朝凉暮热,饮食渐减,看看骨露肉消,行迟走慢。刘翁刘妪初时还指望他病好,替他迎医问卜。延至一年之外,病势有加无减。三分人,七分鬼。写也写不动,算也算不动。到做了眼中之钉,巴不得他死了干净;却又不死。两个老人家懊悔不迭,互相抱怨起来。当初只指望半子靠老,如今看这货色,不死不活,分明一条烂死蛇缠在身上,摆脱不下。把个花枝般女儿,误了终身,怎生是了?为今之计,如何生个计较,送开了那冤家,等女儿另招个佳婿,方才称心。两口儿商量了多时,定下个计策。连女儿都瞒过了。只说有客货在于江西,移船往载。行至池州五溪地方,到一个荒僻的所在,但见孤山寂寂,远水滔滔,野岸荒崖,绝无人迹。是日小小逆风,刘公故意把舵使歪,船便向沙岸上阁住,却教宋金下水推舟。宋金手迟脚慢,刘公就骂道:"痨病鬼!没气力使船时,岸上野柴也砍些来烧烧,省得钱买。"宋金自觉惶愧,取了砟刀,挣扎到岸上砍柴去了。刘公乘其未回,把舵用力撑动,拨转船头,挂起满风帆,顺流而下。

　　　不愁骨肉遭颠沛,且喜冤家离眼睛。

且说宋金上岸打柴,行到茂林深处,树木虽多,那有气力去砍伐,只得拾些儿残柴,割些败棘,抽取枯藤,束做两大捆,却又没有气力背负得去。心生一计,再取一条枯藤,将两捆野柴穿做一捆,露出长长的藤头,用手挽之而行,如牧童牵牛之势。行了一时,想起忘了砟刀在地,又复身转去,取了砟刀,也插入柴捆之内,缓缓的拖下岸来,到于泊舟之处,已不见了船。但见江烟沙岛,一望无际。宋金沿江而上,且行且看,并无踪影,看看红日西沉。情知为丈人所弃。上天无路,入地无门,不觉痛切于心,放声大哭。哭得气咽喉干,闷绝于地,半晌方苏。忽见岸上一老僧,正不知从何而来,将拄杖卓地,问道:"檀越伴侣何在?此非驻足之地也!"宋金忙起身作礼,口称姓名:"被丈人刘翁脱赚[①],如今孤苦无归,求老师父提挈,救取微命。"老僧道:"贫僧茅庵不远,且同往暂住一宵,来日再做道理。"宋金感谢不已,随着老僧而行。约莫里许,果见茅庵一所。老僧敲石取火,煮些粥汤,把与宋金吃了。方才问道:"令岳与檀越有何仇隙?愿闻其详。"宋金将入赘船上,及得病之由,备细告诉了一遍。老僧道:"老檀越怀恨令岳乎?"宋金道:

---

① 脱赚:脱空、欺骗。

"当初求乞之时,蒙彼收养婚配,今日病危见弃,乃小生命薄所致,岂敢怀恨他人?"老僧道:"听子所言,真忠厚之士也。尊恙乃七情所伤,非药饵可治。惟清心调摄可以愈之。平日间曾奉佛法诵经否?"宋金道:"不曾。"老僧于袖中取出一卷相赠,道:"此乃《金刚般若经》,我佛心印。贫僧今教授檀越,若日诵一遍,可以息诸妄念,却病延年,有无穷利益。"宋金原是陈州娘娘庙前老和尚转世来的,前生专诵此经。今日口传心受,一遍便能熟诵,此乃是前因不断。宋金和老僧打坐,闭眼诵经,将次天明,不觉睡去。及至醒来,身坐荒草坡间,并不见老僧及茅庵在那里。《金刚经》却在怀中,开卷能诵。宋金心下好生诧异,遂取池水净口,将经朗诵一遍。觉万虑消释,病体顿然健旺。方知圣僧显化相救,亦是夙因所致也。宋金向空叩头,感谢龙天保佑。然虽如此,此身如大海浮萍,没有着落,信步行去,早觉腹中饥馁。望见前山林木之内,隐隐似有人家,不免再温旧稿,向前乞食。只因这一番,有分教宋小官凶中化吉,难过福来。正是:

路逢尽处还开径,水到穷时再发源。

宋金走到前山一看,并无人烟,但见枪刀戈戟,遍插林间。宋金心疑不决,放胆前去,见一所败落土地庙,庙中有大箱八只,封锁甚固。上用松茅遮盖。宋金暗想:"此必大盗所藏,布置枪刀,乃惑人之计。来历虽则不明,取之无碍。"心生一计,乃折取松枝插地,记其路径,一步步走出林来,直至江岸。也是宋金时亨运泰。恰好有一只大船,因逆浪冲坏了舵,停泊于岸下修舵。宋金假作慌张之状,向船上人说道:"我陕西钱金也。随吾叔父走湖广为商,道经于此,为强贼所劫。叔父被杀,我只说是跟随的小郎,久病乞哀,暂容残喘。贼乃遣伙内一人,与我同住土地庙中,看守货物,他又往别处行劫去了。天幸同伙之人,昨夜被毒蛇咬死,我得脱身在此。幸方便载我去。"舟人闻言,不甚信。宋金又道:"见有八巨箱在庙内,皆我家财物。庙去此不远,多央几位上岸,抬归舟中,愿以一箱为谢,必须速往。万一贼徒回转,不惟无及于事,且有祸患。"众人都是千里求财的,闻说有八箱货物,一个个欣然愿往。当时聚起十六筹后生,准备八副绳索杠棒,随宋金往土地庙来。果见巨箱八只,其箱甚重。每二人抬一箱,恰好八杠。宋金将林子内枪刀收起藏于深草之内,八个箱子都下了船,舵已修好了。舟人问宋金道:"老客今欲何往?"宋金道:"我且往南京省亲。"舟人道:"我的船正要往瓜州,却喜又是顺便。"当下开船,约行五十余里,方歇。众人奉承陕西客有钱,到凑出银子,买酒买肉,与他压惊称贺。次日西风大起,挂起帆来,不几日,到了瓜州停泊。那瓜州到南京只隔十来里江面。宋金另唤了一只渡船,将箱笼只拣重的抬下七个,把一个箱子送与舟中众人以践其言。众人自去开箱分用。不在话下。宋金渡到龙江关口,寻了店主人家住下,唤铁匠对了匙钥。打开箱看时,其中充牣,都是金玉珍宝之类。原来这伙强盗积之有年,不是取之一家,获之一时的。宋金先把一箱所蓄,鬻之于市,已得数千金。恐主人生疑,迁寓于城内,买家奴伏侍,身穿罗绮,食用膏粱。余六箱,只拣精华之物留下,其他都变卖,不下数万金。就于南京仪凤门内买下一所大宅,改造厅堂园亭,制办日用家火,极其华整。门前开张典铺,又置买田庄数处,家僮数十房,出色管事者千人。又畜美童四人,随身答应。满京城都称他为钱员外,出乘舆马,入拥金资。自古道:"居移气,养移体。"宋金今日财发身发,肌肤充悦,容采光泽,绝无向来枯瘠之容,寒酸之气。正是:

人逢运至精神爽,月到秋来光彩新。

话分两头。且说刘有才那日哄了女婿上岸,拨转船头,顺风而下,瞬息之间,已行百里。老夫妇两口暗暗欢喜。宜春女儿犹然不知,只道丈夫还在船上,煎好了汤药,叫他吃时,连呼不应。还道睡着在船头,自要去唤他。却被母亲劈手夺过药瓯,向江中一泼,骂道:"痨病鬼在那里?你还要想他!"宜春道:"真个在那里?"母亲道:"你爹见他病害得不好,恐沾染他人,方才哄他上岸打柴,径自转船来了。"宜春一把扯住母亲,哭天哭地叫道:"还我宋郎来。"刘公听得艄内啼哭,走来劝道:"我儿,听我一言,妇道家嫁人不着,一世之苦。那害痨的死在早晚,左右要拆散的,不是你因缘了,到不如早些开交干净,免致担误你青春。待做爹的另拣个好郎君,完你终身,休想他罢!"宜春道:"爹做的是什么事!都是不仁不义,伤天理的勾当。宋郎这头亲事,原是二亲主张;既做了夫妻,同生同死,岂可翻悔?就是他病势必死,亦当待其善终,何忍弃之于无人之地?宋郎今日为奴而死,奴决不独生。爹若可怜见孩儿,快转船上水,寻取宋郎回来,免被傍人讥谤。"刘公道:"那害痨的不见了船,定然转往别处村坊乞食去了,寻之何益?况且下水顺风,相去已百里之遥,一动不如一静,劝你息了心罢!"宜春见父亲不允,放声大哭,走出船舷,就要跳水。喜得刘妈手快,一把拖住。宜春以死自誓,哀哭不已。两个老人家不道女儿执性如此,无可奈何,准准的看守了一夜。次早只得依顺他,开船上水。风水俱逆,弄了一日,不勾一半之路。这一次啼啼哭哭又不得安稳。第三日申牌时分,方到得先前阁船之处。宜春亲自上岸寻取丈夫,只见沙滩上乱柴二捆,砟刀一把,认得是船上的刀。眼见得这捆柴,是宋郎斫来的,物在人亡,愈加疼痛,不肯心死,定要往前寻觅,父亲只索跟随同去。走了多时,但见树黑山深,杳无人迹。刘公劝他回船,又啼哭了一夜。第四日黑早,再教父亲一同上岸寻觅,都是旷野之地,更无影响。只得哭下船来,想道:"如此荒郊,教丈夫何处乞食?况久病之人,行走不动,他把柴刀抛弃沙崖,一定是赴水自尽了。"哭了一场,望着江心又跳,早被刘公拦住。宜春道:"爹妈养得奴的身,养不得奴的心。孩儿左右是要死的,不如放奴早死,以见宋郎之面。"两个老人家见女儿十分痛苦,甚不过意。叫道:"我儿,是你爹妈不是了,一时失于计较,干出这事。差之在前,懊悔也没用了。你可怜我年老之人,止生得你一人,你若死时,我两口儿性命也都难保。愿我儿恕了爹妈之罪,宽心度日,待做爹的写一招子,于沿江市镇各处粘贴。倘若宋郎不死,见我招帖,定可相逢。若过了三个月无信,凭你做好事,追荐丈夫。做爹的替你用钱,并不吝惜。"宜春方才收泪谢道:"若得如此,孩儿死也瞑目。"刘公即时写个寻婿的招帖,粘于沿江市镇墙壁触眼之处。过了三个月,绝无音耗。宜春道:"我丈夫果然死了。"即忙制备头梳麻衣,穿着一身重孝,设了灵位祭奠,请九个和尚,做了三昼夜功德。自将簪珥布施,为亡夫祈福。刘翁刘妪爱女之心无所不至,并不敢一些违拗,闹了数日方休。兀自朝哭五更,夜哭黄昏。邻船闻之,无不感叹。有一班相熟的客人,闻知此事,无不可惜宋小官,可怜刘小娘者。宜春整整的哭了半年六个月方才住声。刘翁对阿妈道:"女儿这几日不哭,心下渐渐冷了,好劝他嫁人,终不然我两个老人家守着个孤孀女儿,缓急何靠?"刘妪道:"阿老见得是。只怕女儿不肯,须是缓缓的偎他。"又过了月余,其时十二月二十四日,刘翁回船到昆山过年,在亲戚家吃醉了酒,乘其酒兴来劝女儿道:"新春将近,除了孝罢!"宜春道:"丈夫是终身之孝,怎样除得?"刘翁睁着眼道:"什么终身之孝!做爹的许你带时便带,不许你带时,就不容你带。"刘妪见老儿口重,便来收科①道:"再等女儿带过了残岁,除夜做碗羹饭起了灵,除孝罢!"宜春见爹妈话不投机,便啼哭起来道:"你两口儿合计害了我丈夫,又不容我带孝,无非要我改嫁他人,我岂肯失节以负宋郎,宁可带孝而死,决不除孝而生。"刘翁又待发作,被婆子骂了几句,劈颈的推向船舱睡了。宜春依先又哭了一夜。到月尽三十日,除夜,宜春祭奠了丈夫,哭了一会。婆子劝住了。三口儿同吃夜饭。爹妈见女儿荤酒不闻,心中不乐。便道:"我儿!你孝是不肯除了,略吃点荤腥,何妨得?少年人不要弄弱了元气。"宜春道:"未死之人,苟延残喘,连这碗素饭也是多吃的,还吃甚荤菜?"刘妪道:"既不用荤,吃杯素酒儿,也好解闷。"宜春道:"一滴何曾到九泉,想着死者,我何忍下咽。"说罢,又哀哀的哭将起来,连素饭也不吃就去睡了。刘翁夫妇料道女儿志不可夺,从此再不强他。后人有

---

① 收科:这里是打圆场的意思。

诗赞宜春之节。诗曰：

> 闺中节烈古今传，船女何曾阅简编？
> 誓死不移金石志，《柏舟》①端不愧前贤。

话分两头。再说宋金住在南京二年有余，把家业挣得十全了，却教管家看守门墙，自己带了三千两银子，领了四个家人，两个美童，顾了一只航船，径至昆山来访刘翁刘妪。邻舍人家说道："三日前往仪真去了。"宋金将银两贩了布匹，转至仪真，下个有名的主家，上货了毕。次日，去河口寻着了刘家船只，遥见浑家在船艄麻衣素妆，知其守节未嫁，伤感不已。回到下处，向主人王公说道："河下有一舟妇，带孝而甚美，我已访得是昆山刘顺泉之船，此妇即其女也。吾丧偶已将二年，欲求此女为继室。"遂于袖中取出白金十两，奉与王公道："此薄意权为酒资，烦老翁执伐。成事之日，更当厚谢。若问财礼，虽千金吾亦不吝。"王公接银欢喜，径往船上邀刘翁到一酒馆，盛设相款，推刘翁于上坐。刘翁大惊道："老汉操舟之人，何劳如此厚待？必有缘故。"王公道："且吃三杯，方敢启齿。"刘翁心中愈疑道："若不说明，必不敢坐。"王公道，"小店有个陕西钱员外，万贯家财，丧偶将二载，慕令爱小娘子美貌，欲求为继室。愿出聘礼千金，特央小子作伐，望勿见拒。"刘翁道："舟女得配富室，岂非至愿。但吾儿守节甚坚，言及再婚，便欲寻死。此事不敢奉命，盛意亦不敢领。"便欲起身。王公一手扯住道："此设亦出钱员外之意，托小子做个主人，既已费了，不可虚之，事虽不谐，无害也。"刘翁只得坐了。饮酒中间，王公又说起："员外相求，出于至诚，望老翁回舟，从容商议。"刘翁被女儿几遍投水唬坏了，只是摇头，略不统口②。酒散各别。王公回家，将刘翁之语，述与员外。宋金方知浑家守志之坚。乃对王公说道："姻事不成也罢了，我要雇他的船载货往上江出脱，难道也不允？"王公道："天下船载天下客，不消说，自然从命。"王公即时与刘翁说了雇船之事，刘翁果然依允。宋金乃分付家童，先把铺陈行李发下船来，货且留岸上，明日发也未迟。宋金锦衣貂帽，两个美童，各穿绿绒直身，手执熏炉如意跟随。刘翁夫妇认做陕西钱员外，不复相识。到底夫妻之间，与他人不同。宜春在艄尾窥视，虽不敢便信是丈夫，暗暗的惊怪道："有七八分厮像。"只见那钱员外才上得船，便向船艄说道："我腹中饥了，要饭吃，若是冷的，把些热茶淘来罢。"宜春已自心疑。那钱员外又吆喝童仆道："个儿郎

---

① 《柏舟》：旧说《诗经》里面《鄘风·柏舟》一篇，是卫共姜做的，作为她不肯改嫁的誓言，封建时代便把"柏舟"作为妇女守节的代词。

② 统口：改口。

吃我家饭,穿我家衣,闲时搓些绳,打些索,也有用处,不可空坐!"这几句分明是宋小官初上船时刘翁分付的话。宜春听得,愈加疑心。少顷,刘翁亲自捧茶奉钱员外,员外道:"你船艄上有一破毡笠,借我用之。"刘翁愚蠢,全不省事,径与女儿讨那破毡笠。宜春取毡笠付与父亲,口中微吟四句:

"毡笠虽然破,经奴手自缝。

因思戴笠者,无复旧时容。"

钱员外听艄后吟诗,嘿嘿会意。接笠在手,亦吟四句:

"仙凡已换骨,故乡人不识。

虽则锦衣还,难忘旧毡笠。"

是夜宜春对翁妪道:"舱中钱员外,疑即宋郎也。不然何以知吾船有破毡笠。且面庞相肖,语言可疑,可细叩之。"刘翁大笑道:"痴女子!那宋家痨病鬼,此时骨肉俱消矣。就使当年未死,亦不过乞食他乡,安能致此富盛乎?"刘妪道:"你当初怪爹娘劝你除孝改嫁,动不动跳水求死,今见客人富贵,便要认他是丈夫,倘你认他不认,岂不可羞。"宜春满面羞惭,不敢开口。刘翁便招阿妈到背处道:"阿妈你休如此说,姻缘之事,莫非天数。前日王店主请我到酒馆中饮酒,说陕西钱员外,愿出千金聘礼,求我女儿为继室。我因女儿执性,不曾统口。今日难得女儿自家心活,何不将计就计,把他许配钱员外,落得你我下半世受用。"刘妪道:"阿老见得是。那钱员外来雇我家船只,或者其中有意。阿老明日可往探之。"刘翁道:"我自有道理。"次早,钱员外起身,梳洗已毕,手持破毡笠于船头上翻覆把玩。刘翁启口而问道:"员外,看这破毡笠则甚?"员外道:"我爱那缝补处,这行针线,必出自妙手。"刘翁道:"此乃小女所缝,有何妙处。前日王店主传员外之命,曾有一言,未知真否?"钱员外故意问道:"所传何言?"刘翁道:"他说员外丧了孺人,已将二载,未曾继娶,欲得小女为婚。"员外道:"老翁愿也不愿?"刘翁道:"老汉求之不得,但恨小女守节甚坚,誓不再嫁,所以不敢轻诺。"员外道:"令婿为何而死?"刘翁道:"小婿不幸得了个痨瘵之疾,其年因上岸打柴未还,老汉不知,错开了船,以后曾出招帖寻访了三个月,并无动静,多是投江而死了。"员外道:"令婿不死,他遇了个异人,病都好了,反获大财致富,老翁若要会令婿时,可请令爱出来。"此时宜春侧耳而听,一闻此言,便哭将起来。骂道:"薄幸钱郎,我为你戴了二年重孝,受了千辛万苦,今日还不说实话,待怎么?"宋金也堕泪道:"我妻!快来相见!"夫妻二人抱头大哭。刘翁道:"阿妈,眼见得不是什么钱员外了,我与你须索去谢罪。"刘翁刘妪走进舱来,施礼不迭。宋金道:"丈人丈母!不须恭敬,只是小婿他日有病痛时,莫再脱赚。"两个老人家羞惭满面。宜春便除了孝服,将灵位抛向水中。宋金便唤跟随的童仆来与主母磕头。翁妪杀鸡置酒,管待女婿,又当接风,又是庆贺筵席。安席已毕,刘翁叙起女儿自来不吃荤酒之意,宋金惨然下泪,亲自与浑家把盏,劝他开荤。随对翁妪道:"据你们设心脱赚,欲绝吾命,恩断义绝,不该相认了。今日勉强吃你这杯酒,都看你女儿之面。"宜春道:"不因这番脱赚,你何由发迹?况爹妈日前也有好处,今后但记恩,莫记怨。"宋金道:"谨依贤妻尊命。我已立家于南京,田园富足,你老人家可弃了驾舟之业,随我到彼,同享安乐,岂不美哉。"翁妪再三称谢,是夜无话。次日,王店主闻知此事,登船拜贺,又吃了一日酒。宋金留家童三人于王店主家发布取帐。自己开船先往南京大宅子,住了三日,同浑家到昆山故乡扫墓,追荐亡亲。宗族亲党各有厚赠。此时范知县已罢官在家。闻知宋小官发迹还乡,恐怕街坊撞见没趣,躲向乡里,有月余不敢入城。宋金完了故乡之事,重回南京,阖家欢喜,安享富贵,不在话下。再说宜春见宋金每早必进佛堂中拜佛诵经,问其缘故。宋金将老僧所传《金刚经》却病延年之事,说了一遍。宜春亦起信心,要丈夫教会了,夫妻同诵,到老不衰。后享寿各九十余,无疾而终。子孙为南京世富之家,亦有发科第者。后人评云:

刘老儿为善不终,宋小官因祸得福。
《金刚经》消除灾难,破毡笠团圆骨肉。

俞伯牙摔琴谢知音

浪说曾分鲍叔金,谁人辨得伯牙琴?
于今交道奸如鬼,湖海空悬一片心。

古来论交情至厚,莫如管鲍。管是管夷吾,鲍是鲍叔牙。他两个同为商贾,得利均分。时管夷吾多取其利,叔牙不以为贪,知其贫也。后来管夷吾被囚,叔牙脱之,荐为齐相。这样朋友,才是个真正相知。这相知有几样名色:恩德相结者,谓之知己;腹心相照者,谓之知心;声气相求者,谓之知音;总来叫做相知。今日听在下说一桩俞伯牙的故事。列位看官们,要听者,洗耳而听。不要听者,各随尊便。正是:

知音说与知音听,不是知音不与谈。

话说春秋战国时,有一名公,姓俞名瑞,字伯牙,楚国郢都人氏,即今湖广荆州府之地也。那俞伯牙身虽楚人,官星却落于晋国,仕至上大夫之位。

因奉晋主之命,来楚国修聘。伯牙讨这个差使,一来,是个大才,不辱君命;二来,就便省视乡里,一举两得。当时从陆路至于郢都。朝见了楚王,致了晋主之命。楚王设宴款待,十分相敬。那郢都乃是桑梓之地,少不得去看一看坟墓,会一会亲友。然虽如此,各事其主,君命在身,不敢迟留。公事已毕,拜辞楚王。楚王赠以黄金采缎,高车驷马。伯牙离楚一十二年,思想故国江山之胜,欲得恣情观览,要打从水路大宽转①而回。乃假奏楚王道:"臣不幸有犬马之疾,不胜车马驰骤。乞假臣舟楫,以便医药。"楚王准奏。命水师拨大船二只,一正一副。正船单坐晋国来使,副船安顿仆从行李。都是兰桡画桨,锦帐高帆,甚是齐整。群臣直送至江头而别。

只因览胜探奇,不顾山遥水远。

伯牙是个风流才子。那江山之胜,正投其怀。张一片风帆,凌千层碧浪,看不尽遥山叠翠,远水澄清。不一日,行至汉阳江口。时当八月十五日,中秋之夜。偶然风狂浪涌,大雨如注,舟楫不能前进,泊于山崖之下。不多时,风恬浪静,雨止云开,现出一轮明月。那雨后之月,其光倍常。伯牙在船舱中,独坐无聊。命童子焚香炉内,"待我抚琴一操。以遣情怀。"童子焚香罢,捧琴囊置于案间。伯牙开囊取琴,调弦转轸,弹出一曲。曲犹未终,指下"刮喇"的一声响,琴弦绝了一根。伯牙大惊,叫童子去问船头:"这住船所在是甚么去处?"船头答道:"偶因风雨,停泊于山脚之下,虽然有些草树,并无人家。"伯牙惊讶。想道:"是荒山了。若是城郭村庄,或有聪明好学之人,盗听吾琴,所以琴声忽变,有弦断之异。这荒山下,那得有听琴之人?哦,我知道了。想是有仇家差来刺客,不然,或是贼盗伺候更深,登舟劫我财物。"叫左右:"与我上崖搜检一番。不在柳阴深处,定在芦苇丛中。"左右领命,唤齐众人,正欲搭跳②上崖。忽听得岸上有人答应道:"舟中大人,不必见疑。小子并非奸盗之流,乃樵夫也。因打柴归晚,值骤雨狂风,雨具不能遮蔽,潜身岩畔。闻君雅操,少住听琴。"伯牙大笑道:"山中打柴之人,也敢称听琴二字!此言未知真伪,我也不计较了。左右的,叫他去罢。"那人不去,在崖上高声说道:"大人出言谬矣!岂不闻'十室之邑,必有忠信。''门内有君子,门外君子至。'大人若欺负山野中没有听琴之人,这夜静更深,荒崖下也不该有抚琴之客了。"伯牙见他出言不俗,或者真是个听琴的,亦未可知。止住左右不要啰唣,走近舱门,回嗔作喜的问道:"崖上那位君子,既是听琴,站立多时,可知道我适才所弹何曲?"那人

---

① 大宽转:绕路。
② 跳:即跳板。

道:"小子若不知,却也不来听琴了。方才大人所弹,乃孔仲尼叹颜回,谱入琴声。其词云:

'可惜颜回命早亡,教人思想鬓如霜。只因陋巷箪瓢①乐,'到这一句,就断了琴弦,不曾抚出第四句来。小子也还记得:——'留得贤名万古扬。'"

伯牙闻言,大喜道:"先生果非俗士,隔崖弯②远,难以问答。"命左右:"掌跳,看扶手,请那位先生登舟细讲。"左右掌跳,此人上船,果然是个樵夫。头戴箬笠,身披草衣,手持尖担,腰插板斧,脚踏芒鞋。手下人那知言谈好歹,见是樵夫,下眼相看。"咄,那樵夫!下舱去,见我老爷叩头。问你甚么言语,小心答应。官尊着哩。"樵夫却是个有意思的,道:"列位不须粗鲁,待我解衣相见。"除了斗笠,头上是青布包巾;脱了蓑衣,身上是蓝布衫儿;搭膊拴腰,露出布裩下截。那时不慌不忙,将蓑衣、斗笠、尖担、板斧,俱安放舱门之外。脱下芒鞋,跐去泥水,重复穿上,步入舱来。官舱内公座上灯烛辉煌。樵夫长揖而不跪,道:"大人施礼了。"俞伯牙是晋国大臣,眼界中那有两接③的布衣。下来还礼,恐失了官体,既请下船,又不好叱他回去。伯牙没奈何,微微举手道:"贤友免礼罢。"叫童子看坐的。童子取一张杌④坐儿置于下席。伯牙全无客礼,把嘴向樵夫一努道:"你且坐了。"你我之称,怠慢可知。那樵夫亦不谦让,俨然坐下。伯牙见他不告而坐,微有嗔怪之意。因此不问姓名,亦不呼手下人看茶。默坐多时,怪而问之:"适才崖上听琴的,就是你么?"樵夫答言:"不敢。"伯牙道:"我且问你,既来听琴,必知琴之出处。此琴何人所造?抚他有甚好处?"正问之时,船头来禀话,风色顺了,月明如昼,可以开船。伯牙分付:"且慢些!"樵夫道:"承大人下问。小子若讲话絮烦,恐担误顺风行舟。"伯牙笑道:"惟恐你不知琴理。若讲得有理,就不做官,亦非大事,何况行路之迟速乎!"樵夫道:"既如此,小子方敢僭⑤谈。此琴乃伏羲氏所琢,见五星之精,飞坠梧桐,凤皇来仪。凤乃百鸟之王,非竹实不食,非梧桐不栖,非醴泉⑥不饮。伏羲以知梧桐乃树中之良材,夺造化之精气,堪为雅乐,令人伐之。其树高三丈三尺,按三十三天之数,截为三段,分天、地、人三才。取上一段叩之,其声太清,以其过

---

① 箪(dān)瓢:即"一箪食,一瓢饮"。比喻生活简朴。
② 弯(diào):深远。
③ 两接:即两截,指穿的衫和裤,这是古时普通百姓穿的服装。
④ 杌(wù):杌子,矮凳子。
⑤ 僭(jiàn):越礼。超越自己的身份,冒用在上者的职权、礼仪行事。
⑥ 醴(lǐ)泉:甘美的泉水。

轻而废之;取下一段叩之,其声太浊,以其过重而废之;取中一段叩之,其声清浊相济,轻重相兼。送长流水中,浸七十二日,按七十二候之数。取起阴干,选良时吉日,用高手匠人刘子奇斲①成乐器。此乃瑶池之乐,故名瑶琴。长三尺六寸一分,按周天三百六十一度。前阔八寸,按八节;后阔四寸,按四时;厚二寸,按两仪。有金童头,玉女腰,仙人背,龙池,凤沼,玉轸,金徽。那徽有十二,按十二月;又有一中徽,按闰月。先是五条弦在上,外按五行金木水火土,内按五音宫商角徵羽。尧舜时操五弦琴,歌'南风'诗,天下大治。后因周文王被囚于羑里②,吊子伯邑考,添弦一根,清幽哀怨,谓之文弦。后武王伐纣,前歌后舞,添弦一根,激烈发扬,谓之武弦。先是宫商角徵羽五弦,后加二弦,称为文武七弦琴。此琴有六忌,七不弹,八绝。何为六忌?

一忌大寒,二忌大暑,三忌大风,四忌大雨,五忌迅雷,六忌大雪。何为七不弹?

闻丧者不弹,奏乐不弹,事冗不弹,不净身不弹,衣冠不整不弹,不焚香不弹,不遇知音者不弹。

何为八绝?总之清奇幽雅,悲壮悠长。此琴抚到尽美尽善之处,啸虎闻而不吼,哀猿听而不啼。乃雅乐之好处也。"伯牙听见他对答如流,犹恐是记问之学。又想道:"就是记问之学,也亏他了。我再试他一试。"此时已不似在先你我之称了。又问道:"足下既知乐理,当时孔仲尼鼓琴于室中,颜回自外入。闻琴中有幽沉之声,疑有贪杀之意。怪而问之。仲尼曰:'吾适鼓琴,见猫方捕鼠,欲其得之,又恐其失之。此贪杀之意,遂露于丝桐。'始知圣门音乐之理,入于微妙。假如下官抚琴,心中有所思念,足下能闻而知之否?"樵夫道:"《毛诗》云:'他人有心,予忖度之。'大人试抚弄一过,小子任心猜度。若猜不着时,大人休得见罪。"伯牙将断弦重整,沉思半晌。其意在于高山,抚琴一弄。樵夫赞道:"美哉洋洋乎,大人之意,在高山也。"伯牙不答。又凝神一会,将琴再鼓。其意在于流水。樵夫又赞道:"美哉汤汤乎,志在流水!"只两句道着了伯牙的心事。伯牙大惊,推琴而起,与子期施宾主之礼。连呼:"失敬失敬!石中有美玉之藏。若以衣貌取人,岂不误了天下贤士!先生高名雅姓?"樵夫欠身而答:"小子姓锺,名徽,贱字子期。"伯牙拱手道:"是锺子期先生。"子期转问:"大人高姓,荣任何所?"伯牙道:"下官俞瑞,仕于晋朝,因修聘上国而来。"子期道:"原来是伯牙大人。"伯

---

① 斲(zhuó):砍、削。
② 羑(yǒu)里:地名。在今河南省汤阴县北,是殷纣王囚禁周文王的地方。

牙推子期坐于客位,自己主席相陪。命童子点茶,茶罢,又命童子取酒共酌。伯牙道:"借此攀话,休嫌简亵。"子期称:"不敢。"童子取过瑶琴,二人入席饮酒。伯牙开言又问:"先生声口是楚人了,但不知尊居何处?"子期道:"离此不远,地名马安山集贤村,便是荒居。"伯牙点头道:"好个集贤村。"又问:"道艺①何为?"子期道:"也就是打柴为生。"伯牙微笑道:"子期先生,下官也不该僭言,似先生这等抱负,何不求取功名,立身于廊庙,垂名于竹帛,却乃赍②志林泉,混迹樵牧,与草木同朽,窃为先生不取也。"子期道:"实不相瞒,舍间上有年迈二亲,下无手足相辅。采樵度日,以尽父母之余年。虽位为三公之尊,不忍易我一日之养也。"伯牙道:"如此大孝,一发难得。"二人杯酒酬酢了一会。子期宠辱无惊,伯牙愈加爱重。又问子期"青春多少?"子期道:"虚度二十有七。"伯牙道:"下官年长一旬。子期若不见弃,结为兄弟相称,不负知音契友。"子期笑道:"大人差矣。大人乃上国名公,锺徽乃穷乡贱子,怎敢仰扳,有辱俯就!"伯牙道:"相识满天下,知心能几人?下官碌碌风尘,得与高贤结契,实乃生平之万幸。若以富贵贫贱为嫌,觑俞瑞为何等人乎!"遂命童子重添炉火,再爇③名香,就船舱中与子期顶礼八拜。伯牙年长为兄,子期为弟。今后兄弟相称,生死不负。拜罢,复命取暖酒再酌。子期让伯牙上坐。伯牙从其言。换了杯箸,子期下席。兄弟相称,彼此谈心叙话。正是:

  合意客来心不厌,知音人听话偏长。

  谈论正浓,不觉月淡星稀,东方发白。船上水手都起身收拾篷索,整备开船。子期起身告辞。伯牙捧一杯酒递与子期。把子期之手叹道:"贤弟,我与你相见何太迟,相别何太早!"子期闻言,不觉泪珠滴于杯中。子期一饮而尽。斟酒回敬伯牙。二人各有眷恋不舍之意。伯牙道:"愚兄余情不尽,意欲曲延贤弟同行数日,未知可否?"子期道:"小弟非不欲相从。怎奈二亲年老,'父母在,不远游。'"伯牙道:"既是二位尊人在堂,回去告过二亲,到晋阳来看愚兄一看,这就是'游必有方'了。"子期道:"小弟不敢轻诺而寡信。许了贤兄,就当践约。万一禀命于二亲,二亲不允,使仁兄悬望于数千里之外,小弟之罪更大矣。"伯牙道:"贤弟真所谓至诚君子。也罢,明年还是我来看贤弟。"子期道:"仁兄明岁何时到此?小弟好伺候尊驾。"伯牙屈指道:"昨夜是中秋节,今日天明,是八月十六日了。贤弟,我来仍在仲

---

① 道艺:从《论语》"志于道""游于艺"引申而来,这里指平素的研究和嗜好而言。
② 赍(jī):怀着,抱着。
③ 爇(ruò):烧,点燃。

秋中五六日奉访。若过了中旬,迟到季秋月分,就是爽信,不为君子。"叫童子:"分付记室①将锺贤弟所居地名及相会的日期,登写在日记簿上。"子期道:"既如此,小弟来年仲秋中五六日准在江边侍立拱候,不敢有误。天色已明,小弟告辞了。"伯牙道:"贤弟且住。"命童子取黄金二笏②不用封帖,双手捧定道:"贤弟,些须薄礼,权为二位尊人甘旨之费。斯文骨肉,勿得嫌轻。"子期不敢谦让,即时收下。再拜告别,含泪出舱,取尖担挑了蓑衣斗笠,插板斧于腰间,掌跳搭扶手上崖。伯牙直送至船头,各各洒泪而别。

不题子期回家之事。再说俞伯牙点鼓开船,一路江山之胜,无心观览,心心念念,只想着知音之人。又行了几日。舍舟登岸。经过之地,知是晋国上大夫,不敢轻慢,安排车马相送。直至晋阳,回复了晋主,不在话下。

光阴迅速,过了秋冬,不觉春去夏来。伯牙心怀子期,无日忘之。想着中秋节近,奏过晋主,给假还乡。晋主依允。伯牙收拾行装,仍打大宽转,从水路而行。下船之后,分付水手,但是湾泊所在,就来通报地名。事有偶然,刚刚八月十五夜,水手禀复,此去马安山不远。伯牙依稀还认得去年泊船相会子期之处。分付水手,将船湾泊,水底抛锚,崖边钉橛。其夜晴明,船舱内一线月光,射进朱帘。伯牙命童子将帘卷起,步出舱门,立于船头之上,仰观斗柄。水底天心,万顷茫然,照如白昼。思想去岁与知己相逢,雨止月明。今夜重来,又值良夜。他约定江边相候,如何全无踪影,莫非爽信!又等了一会,想道:"我理会得了。江边来往船只颇多。我今日所驾的,不是去年之船了。吾弟急切如何认得。去岁我原为抚琴惊动知音。今夜仍将瑶琴抚弄一曲。吾弟闻之,必来相见。"命童子取琴桌安放船头,焚香设座。伯牙开囊,调弦转轸,才泛音律,商弦中有哀怨之声。伯牙停琴不操。"呀,商弦哀声凄切,吾弟必遭忧在家。去岁曾言父母年高。若非父丧,必是母亡。他为人至孝,事有轻重,宁失信于我,不肯失礼于亲,所以不来也。来日天明,我亲上崖探望。"叫童子收拾琴桌,下舱就寝。伯牙一夜不睡。真个巴明不明,盼晓不晓。看看月移帘影,日出山头。伯牙起来梳洗整衣,命童子携琴相随,又取黄金十镒带去。"倘吾弟居丧,可为赙③礼。"踹跳登崖,行于樵径,约莫十数里,出一谷口。伯牙站住。童子禀道:"老爷为何不行?"伯牙道:"山分南北,路列东西。从山谷出来,两头都是

---

① 记室:古代掌管章表、文檄的官,类似于现在的秘书一类。

② 笏(hù):古时君臣朝见时手中所执的狭长板子,用玉、象牙或竹片制成,用以比画或在上面记事,以备遗忘。这里指黄金的样式。古代的黄金单位称为镒,二十四两为一镒。因形状像笏。因而称一镒为一笏。

③ 赙(fù):送给丧家的布帛、钱财等。

大路,都去得。知道那一路往集贤村去？等个识路之人,问明了他,方才可行。"伯牙就石上少憩。童儿退立于后。不多时,左手官路上有一老叟,髯垂玉线,发挽银丝,箬冠野服,左手举藤杖,右手携竹篮,徐步而来。伯牙起身整衣,向前施礼。那老者不慌不忙,将右手竹篮轻轻放下,双手举藤杖还礼,道:"先生有何见教？"伯牙道:"请问两头路,那一条路,往集贤村去的？"老者道:"那两头路,就是两个集贤村。左手是上集贤村,右手是下集贤村。通衢①三十里官道。先生从谷出来,正当其半。东去十五里,西去也是十五里。不知先生要往那一个集贤村？"伯牙默默无言,暗想道:"吾弟是个聪明人,怎么说话这等糊涂！相会之日,你知道此间有两个集贤村,或上或下,就该说个明白了。"伯牙却才沉吟。那老者道:"先生这等吟想,一定那说路的,不曾分上下,总说了个集贤村,教先生没处抓寻了。"伯牙道:"便是。"老者道:"两个集贤村中,有一二十家庄户,大抵都是隐遁避世之辈。老夫在这山里,多住了几年,正是'土居三十载,无有不亲人。'这些庄户,不是舍亲,就是敝友。先生到集贤村必是访友。只说先生所访之友,姓甚名谁,老夫就知他住处了。"伯牙道:"学生要往钟家庄去。"老者闻钟家庄三字,一双昏花眼内,扑簌簌掉下泪来,道:"先生别家可去,若说钟家庄,不必去了。"伯牙惊问:"却是为何？"老者道:"先生到钟家庄,要访何人？"伯牙道:"要访子期。"老者闻言,放声大哭道:"子期钟徽,乃吾儿也。去年八月十五采樵归晚,遇晋国上大夫俞伯牙先生。讲论之间,意气相投。临行赠黄金二笏。吾儿买书攻读,老拙无才,不曾禁止。旦则采樵负重,暮则诵读辛勤,心力耗废,染成怯疾,数月之间,已亡故了。"伯牙闻言,五内崩裂,泪如涌泉,大叫一声,傍山崖跌倒,昏绝于地。钟公用手搀扶,回顾小童道:"此位先生是谁？"小童低低附耳道:"就是俞伯牙老爷。"钟公道:"元来是吾儿好友。"扶起伯牙苏醒。伯牙坐于地下,口吐痰涎,双手捶胸,恸哭不已。道:"贤弟呵,我昨夜泊舟,还说你爽信,岂知已为泉下之鬼！你有才无寿了！"钟公拭泪相劝。伯牙哭罢起来,重与钟公施礼。不敢呼老丈,称为老伯,以见通家兄弟之意。伯牙道:"老伯,令郎还是停柩在家,还是出瘗②郊外了？"钟公道:"一言难尽。亡儿临终,老夫与拙荆③坐于卧榻之前。亡儿遗语嘱付道:'修短由天,儿生前不能尽人子事亲之道,死后乞葬于马安山江边。与晋大夫俞伯牙有约,欲践前言耳。'老夫不负亡儿临终之言。适

---

① 衢(qú):四通八达的道路,大路。
② 瘗(yì):埋藏。
③ 拙荆:对人谦称自己的妻子。

101

才先生来的小路之右,一丘新土,即吾儿锺徽之冢。今日是百日之忌,老夫提一陌纸钱,往坟前烧化。何期与先生相遇!"伯牙道:"既如此,奉陪老伯,就坟前一拜。"命小童"代太公提了竹篮。"锺公策杖引路,伯牙随后,小童跟定。复进谷口。果见一丘新土,在于路左。伯牙整衣下拜:"贤弟,在世为人聪明,死后为神灵应。愚兄此一拜,诚永别矣!"拜罢,放声又哭。惊动山前山后,山左山右,黎民百姓,不问行的住的,远的近的,闻得朝中大臣来祭锺子期,回绕坟前,争先观看。伯牙却不曾摆得祭礼,无以为情。命童子把瑶琴取出囊来,放于祭石台上,盘膝坐于坟前,挥泪两行,抚琴一操。那些看者,闻琴韵铿锵,鼓掌大笑而散。伯牙问:"老伯,下官抚琴,吊令郎贤弟,悲不能已,众人为何而笑?"锺公道:"乡野之人,不知音律。闻琴声以为取乐之具,故此长笑。"伯牙道:"原来如此。老伯可知所奏何曲?"锺公道:"老夫幼年也颇习。如今年迈,五官半废,模糊不懂久矣。"伯牙道:"这就是下官随心应手一曲短歌以吊令郎者。口诵于老伯听之。"锺公道:"老夫愿闻。"伯牙诵云:

"忆昔去年春,江边曾会君。今日重来访,不见知音人!但见一抔土,惨然伤我心。伤心伤心复伤心,不忍泪珠纷!来欢去何苦,江畔起愁云。

子期子期兮,你我千金义,历尽天涯无足语,此曲终兮不复弹,三尺瑶琴为君死!"

伯牙于衣夹间取出解手刀①,割断琴弦,双手举琴,向祭石台上,用力一摔,摔得玉轸抛残,金徽零乱。锺公大惊问道:"先生为何摔碎此琴?"伯牙道:

"摔碎瑶琴凤尾寒,子期不在对谁弹!
春风满面皆朋友,欲觅知音难上难。"

锺公道:"原来如此,可怜可怜!"伯牙道:"老伯高居,端的在上集贤村,还是下集贤村?"锺公道:"荒居在上集贤村第八家就是。先生如今又问他怎的?"伯牙道:"下官伤感在心,不敢随老伯登堂了。随身带得有黄金二镒,一半代令郎甘旨之奉,一半买几亩祭田,为令郎春秋扫墓之费。待下官回本朝时,上表告归林下。那时却到上集贤村,迎接老伯与老伯母同到寒家,以尽天年。吾即子期,子期即吾也。老伯勿以下官为外人相嫌。"说罢,命小僮取出黄金,亲手递与锺公,哭拜于地。锺公答拜。盘桓半晌而别。

这回书,题作《俞伯牙摔琴谢知音》。后人有诗赞云:

---

① 解手刀:日常手边用的小刀。

势利交怀势利心,斯文谁复念知音!
伯牙不作锺期逝,千古令人说破琴。

老门生三世报恩

买只牛儿学种田,结间茅屋向林泉;
也知老去无多日,且向山中过几年。
为利为官终幻客,能诗能酒总神仙;
世间万物俱增价,老去文章不值钱。

　　这八句诗,乃是达者之言,末句说:"老去文章不值钱",这一句,还有个评论。大抵功名迟速,莫逃乎命,也有早成,也有晚达。早成者未必有成,晚达者未必不达。不可以年少而自恃,不可以年老而自弃。这老少二字,也在年数上,论不得的。假如甘罗十二岁为丞相,十三岁上就死了,这十二岁之年,就是他发白齿落背曲腰弯的时候了,后头日子已短,叫不得少年。又如姜太公八十岁还在渭水钓鱼,遇了周文王以后车载之,拜为师尚父,文王崩,武王立,他又秉钺为军师,佐武王伐纣,定了周家八百年基业,封于齐国。又教其子丁公治齐,自己留相周朝,直活到一百二十岁方死。你说八十岁一个老渔翁,谁知日后还有许多事业,日子正长哩!这等看将起来,那八十岁上还是他初束发,刚顶冠,做新郎,应童子试①的时候,叫不得老年。世人只知眼前贵贱,那知去后的日长日短?见个少年富贵的奉承不暇,多了几年年纪,蹉跎不遇,就怠慢他,这是短见薄识之辈。譬如农家,也有早谷,也有晚稻,正不知那一种收成得好?不见古人云:

东园桃李花,早发还先萎;
迟迟涧畔松,郁郁含晚翠。

　　闲话休提。却说国朝正统年间,广西桂林府兴安县有一秀才,覆姓鲜于名同,字大通。八岁时曾举神童,十一岁游庠,超增补廪。论他的才学,便是董仲舒司马相如也不看在眼里,真个是胸藏万卷,笔扫千军。论他的志气,便像冯京商辂连中三元,也只算他便袋里东西,真个是足蹑风云,气

---

① 应童子试:科举制度,不曾进学做秀才的全称为童生,应童子试,也就是说在应做秀才的考试。

冲牛斗。何期才高而数奇,志大而命薄。年年科举,岁岁观场,不能得朱衣点额①,黄榜标名。到三十岁上,循资该出贡了。他是个有才有志的人,贡途的前程是不屑就的。思量穷秀才家,全亏学中年规这几两廪银,做个读书本钱。若出了学门,少了这项来路,又去坐监②,反费盘缠。况且本省比监里又好中,算计不通。偶然在朋友前露了此意,那下首该贡的秀才,就来打话要他让贡,情愿将几十金酬谢。鲜于同又得了这个利息,自以为得计。第一遍是个情,第二遍是个例,人人要贡,个个争先。鲜于同自三十岁上让贡起,一连让了八遍,到四十六岁兀自沉埋于泮水之中,驰逐于青衿之队。也有人笑他的,也有人怜他的,又有人劝他的。那笑他的他也不睬,怜他的他也不受,只有那劝他的,他就勃然发怒起来道:"你劝我就贡,止无过道俺年长,不能个科第了。却不知龙头属于老成,梁皓八十二岁中了状元,也替天下有骨气肯读书的男子争气。俺若情愿小就时,三十岁上就了,肯用力钻刺,少不得做个府佐县正,昧着心田做去,尽可荣身肥家。只是如今是个科目的世界,假如孔夫子不得科第,谁说他胸中才学?若是三家村一个小孩子,粗粗里记得几篇烂旧时文,遇了个盲试官,乱圈乱点,睡梦里偷得个进士到手,一般有人拜门生,称老师,谈天说地,谁敢出个题目将带纱帽的再考他一考么?不止于此,做官里头还有多少不平处,进士官就是个铜打铁铸的,撒漫③做去,没人敢说他不是;科贡官,兢兢业业,捧了卵子过桥,上司还要寻趁他。比及按院复命,参论的但是进士官,凭你叙得极贪极酷,公道看来,拿问也还透头,说到结末,生怕断绝了贪酷种子,道:'此一臣者,官箴虽玷,但或念初任,或念年青,尚可望其自新,策其末路,姑照浮躁或不及例降调。'不勾几年工夫,依旧做起。倘拼得些银子央要道挽回,不过对调个地方,全然没事。科贡的官一分不是,就当做十分;悔气遇着别人有势有力,没处下手,随你清廉贤宰,少不得借重他替进士顶缸。有这许多不平处,所以不中进士,再做不得官。俺宁可老儒终身,死去到阎王面前高声叫屈,还博个来世出头,岂可屈身小就,终日受人懊恼,吃顺气丸度日!"遂吟诗一首,诗曰:

"从来资格困朝绅,只重科名不重人。
楚士凤歌诚恐殆,叶公龙好岂求真。
若还黄榜终无分,宁可青衿老此身。

---

① 朱衣点额:传说,欧阳修知贡举阅卷时,曾觉得背后有朱衣人在点头,那篇文字便合格录取。
② 坐监:坐,是指实行入监读书。监,就是国子监的监生;
③ 撒漫:放手,没有顾虑。

　　　　铁砚磨穿豪杰事，春秋晚遇说平津。"

汉时有个平津侯，覆姓公孙名弘，五十岁读《春秋》，六十岁对策第一，做到丞相封侯。鲜于同后来六十一岁登第，人以为诗谶①，此是后话。

　　却说鲜于同自吟了这八句诗，其志愈锐。怎奈时运不利，看看五十齐头，"苏秦还是旧苏秦"，不能勾改换头面。再过几年，连小考都不利了。每到科举年分，第一个拦场告考的，就是他，讨了多少人的厌贱。到天顺六年，鲜于同五十七岁，鬓发都苍然了，兀自挤在后生家队里，谈文讲艺，娓娓不倦。那些后生见了他，或以为怪物，望而避之；或以为笑具，就而戏之。这都不在话下。

　　却说兴安县知县，姓蒯名遇时，表字顺之。浙江台州府仙居县人氏。少年科甲，声价甚高。喜的是谈文讲艺，商古论今。只是有件毛病，爱少贱老，不肯一视同仁。见了后生英俊，加意奖借；若是年长老成的，视为朽物，口呼"先辈"，甚有戏侮之意。其年乡试届期，宗师行文，命县里录科。蒯知县将合县生员考试，弥封阅卷，自恃眼力，从公品第，黑暗里拔了一个第一，心中十分得意。向众秀才面前夸奖道："本县拔得个首卷，其文大有吴越中气脉，必然连捷，通县秀才，皆莫能及。"众人拱手听命，却似汉皇筑坛拜将，正不知拜那一个有名的豪杰。比及拆号唱名，只见一人应声而出，从人丛中挤将上来，你道这人如何？

　　　　矮又矮，胖又胖，须鬓黑白各一半。破儒巾，欠时样，蓝衫补孔重
　　　　重绽。你也瞧，我也看，若还冠带像胡判。不枉夸，不枉赞，"先辈"今
　　　　朝说嘴惯。休羡他，莫自叹，少不得大家做老汉。不须营，不须干，序
　　　　齿轮流做领案。

　　那案首不是别人，正是那五十七岁的怪物，笑具，名叫鲜于同。合堂秀才哄然大笑，都道："鲜于'先辈'，又起用了。"连蒯公也自羞得满面通红，顿口无言。一时间看错文字，今日众人属目之地，如何番悔！忍着一肚子气，胡乱将试卷拆完。喜得除了第一名，此下一个个都是少年英俊，还有些嗔中带喜。是日蒯公发放诸生事毕，回衙闷闷不悦，不在话下。

　　却说鲜于同少年时本是个名士，因淹滞了数年，虽然志不曾灰，却也是：

　　　　泽畔屈原吟独苦，洛阳季子②面多惭。

今日出其不意，考个案首，也自觉有些兴头。到学道考试，未必爱他文字，

---

① 谶(chèn)：预决吉凶的隐语、图记。
② 洛阳季子：即苏秦，季子是苏秦的字。他曾经出外求官，失意回家，家里人都看不起他。

亏了县家案首,就搭上一名科举,喜孜孜去赴省试。众朋友都在下处看经书,温后场①。只有鲜于同平昔饱学,终日在街坊上游玩。旁人看见,都猜道:"这位老相公,不知是送儿子孙儿进场的?事外之人,好不悠闲自在!"若晓得他是科举的秀才,少不得要笑他几声。

日居月诸,忽然八月初七日,街坊上大吹大擂,迎试官进贡院。鲜于同观看之际,见兴安县蒯公,正征聘做《礼记》房考官。鲜于同自想,我与蒯公同经,他考过我案首,必然爱我的文字,今番遇合,十有八九。谁知蒯公心里不然,他又是一个见识道:"我取个少年门生,他后路悠远,官也多做几年,房师也靠得着他。那些老师宿儒,取之无益。"又道:"我科考时不合昏了眼,错取了鲜于'先辈',在众人前老大没趣。今番再取中了他,却不又是一场笑话。我今阅卷,但是三场做得齐整的,多应是夙学之士,年纪长了,不要取他。只拣嫩嫩的口气,乱乱的文法,歪歪的四六,怯怯的策论,愦愦的判语,那定是少年初学。虽然学问未充,养他一两科,年还不长,且脱了鲜于同这件干纪。"

算计已定,如法阅卷,取了几个不整不齐,略略有些笔资的,大圈大点,呈上主司。主司都批了"中"字。到八月廿八日,主司同各经房在至公堂上拆号填榜。《礼记》房首卷是桂林府兴安县学生,覆姓鲜于名同,习《礼记》,又是那五十七的怪物,笑具侥幸了。蒯公好生惊异。主司见蒯公有不乐之色,问其缘故。蒯公道:"那鲜于同年纪已老,恐置之魁列,无以压服后生,情愿把一卷换他。"主司指堂上匾额道:"此堂既名为'至公堂',岂可以老少而私爱憎乎?自古龙头属于老成,也好把天下读书人的志气鼓舞一番。"遂不肯更换,判定了第五名正魁。蒯公无可奈何。正是:

　　饶君用尽千般力,命里安排动不得;
　　本心拣取少年郎,依旧取将老怪物。

蒯公立心不要中鲜于"先辈",故此只拣不整齐的文字才中。那鲜于同是宿学之士,文字必然整齐,如何反投其机?原来鲜于同为八月初七日看了蒯公入帘②,自谓遇合十有八九。回归寓中多吃了几杯生酒,坏了脾胃,破腹起来。勉强进场,一头想文字,一头泄泻,泻得一丝两气,草草完篇。二场三场,仍复如此,十分才学,不曾用得一分出来。自谓万无中式之理,谁知蒯公到不要整齐文字,以此竟占了个高魁。也是命里否极泰来,颠之倒之,自然凑巧。那兴安县刚刚只中他一个举人。当日鹿鸣宴罢,众同年

---

① 后场:科举制度,乡、会试都各考三场,后场,指第二、三场。
② 入帘:做了考官进入试院之后称为入帘,在试期之内不能够出来。

序齿,他就居了第一。各房考官见了门生,俱各欢喜。惟蒯公闷闷不悦。鲜于同感蒯公两番知遇之恩,愈加殷勤。蒯公愈加懒散,上京会试,只照常规,全无作兴加厚之意。明年鲜于同五十八岁,会试,又下第了。相见蒯公,蒯公更无别语,只劝他选了官罢。鲜于同做了四十余年秀才,不肯做贡生官,今日才中得一年乡试,怎肯就举人职。回家读书,愈觉有兴。每闻里中秀才会文,他就袖了纸墨笔砚,挤入会中同做。凭众人哄他,笑他,嗔他,厌他,总不在意。做完了文字,将众人所作看了一遍,欣然而归,以此为常。

  光阴荏苒,不觉转眼三年,又当会试之期。鲜于同时年六十有一,年齿虽增,矍铄如旧。在北京第二遍会试,在寓所得其一梦。梦见中了正魁,会试录上有名,下面却填做《诗经》,不是《礼记》。鲜于同本是个宿学之士,那一经不通?他功名心急,梦中之言,不由不信,就改了《诗经》应试。事有凑巧,物有偶然。蒯知县为官清正,行取①到京,钦授礼科给事中之职。其年又进会试经房。蒯公不知鲜于同改经之事,心中想道:"我两遍错了主意,取了那鲜于'先辈'做了首卷,今番会试,他年纪一发长了。若《礼记》房里又中了他,这才是终身之玷。我如今不要看《礼记》,改看了《诗经》卷子,那鲜于'先辈'中与不中,都不干我事。"比及入帘阅卷,遂请看《诗》五房卷。蒯公又想道:"天下举子像鲜于'先辈'的,谅也非止一人,我不中鲜于同,又中了别的老儿,可不是'躲了雷公,遇了霹雳'!我晓得了,但凡老师宿儒,经旨必然十分透彻,后生家专工四书,经义必然不精。如今到不要取四经整齐,但是有些笔资的,不妨题旨影响,这定是少年之辈了。"阅卷进呈,等到揭晓,《诗》五房头卷,列在第十名正魁。拆号看时,却是桂林府兴安县学生,覆姓鲜于名同,习《诗经》,刚刚又是那六十一岁的怪物,笑具!气得蒯遇时目睁口呆,如槁木死灰模样!

早知富贵生成定,悔却从前枉用心。

蒯公又想道:"论起世上同名姓的尽多,只是桂林府兴安县却没有两个鲜于同,但他向来是《礼记》,不知何故又改了《诗经》,好生奇怪?"候其来谒,叩其改经之故。鲜于同将梦中所见,说了一遍。蒯公叹息连声道:"真命进士,真命进士!"自此蒯公与鲜于同师生之谊,比前反觉厚了一分。殿试过了,鲜于同考在二甲头上,得选刑部主事。人道他晚年一第,又居冷局,替他气闷,他欣然自如。却说蒯遇时在礼科衙门直言敢谏,因奏疏里面触突了大学士刘吉,被吉寻他罪过,下于诏狱②。那时刑部官员,一个个奉承刘

---

① 行取:外官内擢的意思。
② 诏狱:关押犯人的牢狱。

吉，欲将蒯公置之死地。却好天与其便，鲜于同在本部一力周旋看觑，所以蒯公不致吃亏。又替他纠合同年，在各衙门恳求方便，蒯公遂得从轻降处。蒯公自想道："'着意种花花不活，无心栽柳柳成阴。'若不中得这个老门生，今日性命也难保。"乃往鲜于"先辈"寓所拜谢。鲜于同道："门生受恩师三番知遇，今日小小效劳，止可少答科举而已，天高地厚，未酬万一！"当日师生二人欢饮而别。自此不论蒯公在家在任，每年必遣人问候，或一次或两次，虽俸金微薄，表情而已。

光阴荏苒，鲜于同只在部中迁转，不觉六年，应升知府。京中重他才品，敬他老成，吏部立心要寻个好缺推他。鲜于同全不在意。偶然仙居县有信至，蒯公的公子蒯敬共与豪户查家争坟地疆界，嚷骂了一场。查家走失了个小厮，赖蒯公子打死，将人命事告官。蒯敬共无力对理，一径逃往云南父亲任所去了。官府疑蒯公子逃匿，人命真情，差人雪片下来提人，家属也监了几个，阖门惊惧。鲜于同查得台州正缺知府，乃央人讨这地方。吏部知台州原非美缺，既然自己情愿，有何不从，即将鲜于同推升台州府知府。鲜于同到任三日，豪家已知新太守是蒯公门生，特讨此缺而来，替他解纷，必有偏向之情。先在衙门谣言放刁，鲜于同只推不闻。蒯家家属诉冤，鲜于同亦佯为不理。密差的当捕人访缉查家小厮，务在必获。约过两月有余，那小厮在杭州拿到。鲜于太守当堂审明，的系自逃，与蒯家无干。当将小厮责取查家领状。蒯氏家属，即行释放。期会一日，亲往坟所踏看疆界。查家见小厮已出，自知所讼理虚，恐结讼之日必然吃亏。一面央大分上到太守处说方便，一面又央人到蒯家，情愿把坟界相让讲和。蒯家事已得白，也不愿结冤家。鲜于太守准了和息。将查家薄加罚治，申详上司，两家莫不心服。正是：

只愁堂上无明镜，不怕民间有鬼奸。

鲜于太守乃写书信一通，差人往云南府回覆房师蒯公。蒯公大喜，想道："'树荆棘得刺，树桃李得荫'，若不曾中得这个老门生，今日身家也难保。"遂写恳切谢启一通，遣儿子蒯敬共赍回，到府拜谢。鲜于同道："下官暮年淹蹇，为世所弃，受尊公老师三番知遇，得掇科目，常恐身先沟壑，大德不报。今日恩兄被诬，理当暴白。下官因风吹火，小效区区，止可少酬老师乡试提拔之德，尚欠情多多也。"因为蒯公子经纪家事，劝他闭户读书，自此无话。

鲜于同在台州做了三年知府，声名大振，升在徽宁道做兵宪，累升河南廉使，勤于官职。年至八旬，精力比少年兀自有余，推升了浙江巡抚。鲜于同想道："我六十一岁登第，且喜儒途淹蹇，仕途到顺溜，并不曾有风波。今官至抚台,恩荣极矣。一向清勤自矢,不负朝廷。今日急流勇退,理之当然。但受蒯公三番知遇之恩,报之未尽,此任正在房师地方,或可少效涓埃。"乃择日起程赴任。一路迎送荣耀,自不必说。不一日,到了浙江省城。此时蒯公也历任做到大参地位,因病目不能理事,致政在家。闻得鲜于"先辈"又做本省开府,乃领了十二岁孙儿,亲到杭州谒见。蒯公虽是房师,到小于鲜于公二十余岁。今日蒯公致政在家,又有了目疾,龙钟可怜。鲜于公年已八旬,健如壮年,位至开府。可见发达不在于迟早。蒯公叹息了许多。正是:

   松柏何须羡桃李,请君点检岁寒枝。

  且说鲜于同到任以后,正拟遣人问候蒯公,闻说蒯参政到门,喜不自胜,倒屣而迎,直请到私宅,以师生礼相见。蒯公唤十二岁孙儿:"见了老公祖①。"鲜于公问:"此位是老师何人?"蒯公道:"老夫受公祖活命之恩,犬子昔日难中,又蒙昭雪,此恩直如覆载。今天幸福星又照吾省。老夫衰病,不久于世,犬子读书无成,只有此孙,名曰蒯悟,资性颇敏,特携来相托,求老公祖青目②一二。"鲜于公道:"门生年齿,已非仕途人物,正为师恩酬报未尽,所以强颜而来。今日承老师以令孙相托,此乃门生报德之会也。鄙思欲留令孙在敝衙同小孙辈课业,未审老师放心否?"蒯公道:"若蒙老公祖教训,老夫死亦瞑目。"遂留两个书童服事蒯悟在都抚衙内读书,蒯公自别去了。那蒯悟资性过人,文章日进。就是年之秋,学道按临,鲜于公力荐神童,进学补廪。依旧留在衙门中勤学。三年之后,学业已成。鲜于公道:"此子可取科第,我亦可以报老师之恩矣。"乃将俸银三百两赠与蒯悟为笔砚之资,亲送到台州仙居县。适值蒯公三日前一病身亡,鲜于公哭奠已毕。问:"老师临终亦有何言?"蒯敬共道:"先父遗言,自己不幸少年登第,因而爱少贱老,偶尔暗中摸索,得了老公祖大人。后来许多年少的门生,贤愚不等,升沉不一,俱不得其气力,全亏了老公祖大人一人,始终看觑。我子孙世世不可怠慢老成之士!"鲜于公呵呵大笑道:"下官今日三报师恩,正要天下人晓得扶持了老成人也有用处,不可爱少而贱老也。"说罢,作别回省,草上表章,告老致仕。得旨予告,驰驿还乡,优悠林下。每日训课儿孙之暇,同里中父老饮酒赋诗。

  后八年,长孙鲜于涵乡榜高魁,赴京会试,恰好仙居县蒯悟是年中举,

---

 ① 老公祖:明代居乡的官员,称呼当地巡抚以下府以上的现任官员为公祖,老字则是再加上的尊词。

 ② 青目:多照顾。

也到京中。两人三世通家，又是少年同窗，并在一寓读书。比及会试揭晓，同年进士，两家互相称贺。鲜于同自五十七岁登科，六十一岁登甲，历仕二十三年，腰金衣紫，锡恩三代。告老回家，又看了孙儿科第，直活到九十七岁，整整的四十年晚运。至今浙江人肯读书，不到六七十岁还不丢手，往往有晚达者。后人有诗叹云：

利名何必苦奔忙，迟早须臾在上苍。

但学蟠桃能结果，三千余岁未为长。

钝秀才一朝交泰

蒙正窑中怨气，买臣担上书声；丈夫失意惹人轻，才入荣华称庆。

红日偶然阴翳，黄河尚有澄清。浮云眼底总难凭，牢把脚跟立定。

这首《西江月》，大概说人穷通有时，固不可以一时之得意，而自夸其能；亦不可以一时之失意，而自坠其志。唐朝甘露年间，有个王涯丞相，官居一品，权压百僚，僮仆千数，日食万钱，说不尽荣华富贵。其府第厨房与一僧寺相邻。每日厨房中涤锅净碗之水，倾向沟中，其水从僧寺中流出。一日寺中老僧出行，偶见沟中流水中有白物，大如雪片，小如玉屑。近前观看，乃是上白米饭，王丞相厨下锅里碗里洗刷下来的。长老合掌念声："阿弥陀佛，罪过罪过！"随口吟诗一首：

"春时耕种夏时耘，粒粒颗颗费力勤。

春去细糠如剖玉，炊成香饭似堆银。

三餐饱食无余事，一口饥时可疗贫。

堪叹沟中狼藉贱，可怜天下有穷人！"

长老吟诗已罢，随唤火工道人，将笊篱笊起沟内残饭，向清水河中涤去污泥，摊于筛内，日色晒干，用磁缸收贮。且看几时满得一缸，不勾三四个月，其缸已满。两年之内，共积得六大缸有余。那王涯丞相只道千年富贵，万代奢华。谁知乐极生悲，一朝触犯了朝廷，阖门待勘，未知生死。其时宾客散尽，僮仆逃亡，仓廪尽为仇家所夺。王丞相至亲二十三口，米尽粮绝，担饥忍饿。啼哭之声，闻于邻寺。长老听得，心怀不忍。只是一墙之隔，除非穴墙可以相通。长老将缸内所积饭干，浸软蒸而馈之。王涯丞相吃罢，甚以为美。遣婢子问老僧，他出家之人，何以有此精食？老僧道："此非贫僧家常之饭，乃府上涤釜洗碗之余，流出沟中，贫僧可惜有用之物，弃之无用，将清水洗尽，日色晒干，留为荒年贫丐之食。今日谁知仍济了尊府之急。正是一饮一啄，莫非前定。"王涯丞相听罢，叹道："我平昔暴殄天物如此，安得不败？今日之祸，必然不免。"其夜遂伏毒而死。当初富贵时节，怎知道有今日！正是：贫贱常思富贵，富贵又履危机。此乃福过灾生，自取其咎。假如今人贫贱之时，那知后日富贵？即如荣华之日，岂信后来苦楚？如今在下再说个先忧后乐的故事。列位看官们，内中倘有胯下忍辱的韩信，妻不下机的苏秦，听在下说这段评话，各人回去硬挺着头颈过日，以待时来，不要先坠了志气。有诗四句：

秋风衰草定逢春，尺蠖泥中也会伸。
画虎不成君莫笑，安排牙爪始惊人。

话说国朝天顺年间，福建延平府将乐县，有个宦家，姓马名万群，官拜吏科给事中。因论太监王振专权误国，削籍为民。夫人早丧，单生一子，名曰马任，表字德称。十二岁游庠，聪明饱学。说起他聪明，就如颜子渊闻一知十；论起他饱学，就如虞世南五车腹笥。真个文章盖世，名誉过人。马给事爱惜如良金美玉，自不必言。里中那些富家儿郎，一来为他是黉①门的贵公子，二来道他经解之才，早晚飞黄腾达，无不争先奉承。其中更有两个人奉承得要紧，真个是：

冷中送暖，闲里寻忙，出外必称弟兄，使钱那问尔我。偶话店中酒美，请饮三杯；才夸妓馆容娇，代包一月。掇臀捧屁，犹云手有余香；随口踢痰，惟恐人先着脚。说不尽诏笑胁肩，只少个出妻献子。

一个叫黄胜，绰号黄病鬼。一个叫顾祥，绰号飞天炮仗。他两个祖上也曾出仕，都是富厚之家，目不识丁，也顶个读书的虚名。把马德称做个大菩萨供养，扳他日后富贵往来。那马德称是忠厚君子，彼以礼来，此以礼往，见他殷勤，也遂与之为友。黄胜就把亲妹六媖，许与德称为婚。德称闻此女才貌双全，不胜之喜。但从小立个誓愿：

若要洞房花烛夜，必须金榜挂名时。

马给事见他立志高明，也不相强，所以年过二十，尚未完娶。

时值乡试之年，忽一日，黄胜顾祥邀马德称向书铺中去买书。见书铺隔壁有个算命店，牌上写道：

"要知命好丑？只问张铁口！"

马德称道："此人名为'铁口'，必肯直言。"买完了书，就过间壁，与那张先生拱手道："学生贱造，求教！"先生问了八字，将五行生克之数，五星虚实之

---

① 黉(hóng)：古代学校。

理,推算了一回。说道:"尊官若不见怪,小子方敢直言。"马德称道:"君子问灾不问福,何须隐讳。"黄胜顾祥两个在傍,只怕那先生不知好歹,说出话来冲撞了公子。黄胜便道:"先生仔细看看,不要轻谈!"顾祥道:"此位是本县大名士,你只看他今科发解,还是发魁?"先生道:"小子只据理直讲,不知准否?贵造'偏才归禄',父主峥嵘,论理必生于贵宦之家。"黄顾二人拍手大笑道:"这就准了。"先生道:"五星中'命缠奎壁',文章盖世。"二人又大笑道:"好先生,算得准,算得准!"先生道:"只嫌二十二岁交这运不好,官煞重重,为祸不小。不但破家,亦防伤命。若过得三十一岁,后来到有五十年荣华。只怕一丈阔的水缺,双脚跳不过去。"黄胜就骂起来道:"放屁,那有这话!"顾祥伸出拳来道:"打这厮,打歪他的铁嘴!"马德称双手拦住道:"命之理微,只说他算不准就罢了,何须计较。"黄顾二人,口中还不干净,却得马德称抵死劝回。那先生只求无事,也不想算命钱了。正是:

  阿谀人人喜,直言个个嫌。

  那时连马德称也只道自家唾手功名,虽不深怪那先生,却也不信。谁知三场得意,榜上无名。自十五岁进场,到今二十一岁,三科不中。若论年纪还不多,只为进场屡次了,反觉不利。又过一年,刚刚二十二岁。马给事一个门生,又参了王振一本。王振疑心座主①指使而然。再理前仇,密唆朝中心腹,寻马万群当初做有司时罪过,坐赃万两,着本处抚按追解。马万群本是个清官,闻知此信,一口气得病数日身死。马德称哀戚尽礼,此心无穷。却被有司逢迎上意,逼要万两赃银交纳。此时只得变卖家产,但是有税契可查者,有司径自估价官卖;只有续置一个小小田庄,未曾起税,官府不知。马德称恃顾祥平昔至交,只说顾家产业,央他暂时承认。又有古董书籍等项,约数百金,寄与黄胜家中去讫。却说有司官,将马给事家房产田业尽数变卖,未足其数,兀自吹毛求疵不已。马德称扶柩在坟堂屋内暂住。忽一日,顾祥遣人来言,府上余下田庄,官府已知,瞒不得了。马德称无可奈何,只得入官。后来闻得反是顾祥举首,一则恐后连累,二者博有司的笑脸。德称知人情奸险,付之一笑。过了岁余,马德称往黄胜家索取寄顿物件,连走数次,俱不相接,结末遣人送一封帖来。马德称拆开看时,没有书束,止封帐目一纸。内开:某月某日某事用银若干,某该合认,某该独认。如此非一次,随将古董书籍等项估计扣除,不还一件。德称大怒,当了来人之面,将帐目扯碎,大骂一场:"这般狗彘之辈,再休相见!"从此亲事亦不题起。黄胜巴不得杜绝马家,正中其怀。正合着西汉冯公的四句,道是:

---

 ① 座主:唐代进士称主考官为座主。

一贵一贱,交情乃见;
　　一死一生,乃见交情。
马德称在坟屋中守孝,弄得衣衫蓝缕,口食不周。"当初父亲存日,也曾周济过别人,今日自己遭困,却谁人周济我?"守坟的老王撺掇他把坟上树木倒卖与人,德称不肯。老王指着路上几棵大柏树道:"这树不在冢傍,卖之无妨。"德称依允,讲定价钱,先倒一棵下来,中心都是虫蛀空的,不值钱了。再倒一棵,亦复如此。德称叹道:"此乃命也!"就教住手。那两棵树只当烧柴,卖不多钱,不两日用完了。身边只剩得十二岁一个家生①小厮,央老王作中,也卖与人,得银五两。这小厮过门之后,夜夜小遗起来,主人不要了,退还老王处,索取原价。德称不得已,情愿减退了二两身价卖了。好奇怪!第二遍去就不小遗了。这几夜小遗,分明是打落德称这二两银子,不在话下。光阴似箭,看看服满。德称贫困之极,无门可告。想起有个表叔在浙江杭州府做二府;湖州德清县知县,也是父亲门生;不如去投奔他,两人之中,也有一遇。当下将几件什物家火,托老王卖充路费。浆洗了旧衣旧裳,收拾做一个包裹,搭船上路,直至杭州。问那表叔,刚刚十日之前,已病故了。随到德清县投那个知县时,又正遇这几日为钱粮事情,与上司争论不合,使性要回去,告病关门,无由通报。正是:
　　时来风送滕王阁,运去雷轰荐福碑!
　　德称两处投人不着。想得南京衙门做官的多有年家②。又趁船到京口,欲要渡江,怎奈连日大西风,上水船寸步难行,只得往句容一路步行而去,径往留都③。且数留都那几个城门:
　　神策金川仪凤门,怀远清凉到石城,
　　三山聚宝连通济,洪武朝阳定太平。
马德称由通济门入城,到饭店中宿了一夜。次早往部科等各衙门打听,往年多有年家为官的,如今升的升了,转的转了,死的死了,坏的坏了,一无所遇。乘兴而来,却难兴尽而返。流连光景,不觉又是半年有余,盘缠俱已用尽。虽不学伍大夫吴门乞食,也难免吕蒙正僧院投斋④。忽一日,德称投斋到大报恩寺,遇见个相识乡亲,问其乡里之事。方知本省宗师按临岁考,德

---

①　家生:封建社会,奴婢在主人家所生之子。
②　年家:明代科举制度的习惯,同科中式的彼此称为同年,他们的家庭就互称为年家,这种年谊是当时拉关系,讲交情很主要的一种社会关系。
③　留都:南京。明代朱棣(成祖)迁都北京,南京称为留都。
④　僧院投斋:传说故事,宋吕蒙正贫苦时常常到庙里吃和尚们的斋饭,以至于和尚厌恶他,等到吃完了饭才开始打动通知就食的钟声,让他扑空。

称在先服满时因无礼物送与学里师长,不曾动得起复文书及游学呈子;也不想如此久客于外。如今音信不通,教官径把他做避考申黜①。千里之遥,无由辨复。真是:

屋漏更遭连夜雨,船迟又遇打头风。

德称闻此消息,长叹数声,尢面回乡,意欲觅个馆地,权且教书糊口,再作道理。谁知世人眼浅,不识高低。闻知异乡公子如此形状,必是个浪荡之徒,便有锦心绣肠,谁人信他,谁人请他?又过了几时,和尚们都怪他蒿恼。语言不逊,不可尽说。幸而天无绝人之路。有个运粮的赵指挥,要请个门馆先生同往北京,一则陪话,二则代笔。偶与承恩寺主持商议。德称闻知,想道:"乘此机会,往北京一行,岂不两便。"遂央僧举荐。那俗僧也巴不得遣那穷鬼起身,就在指挥面前称扬德称好处,且是束脩②甚少。赵指挥是武官,不管三七二十一,只要省,便约德称在寺,投刺相见,择日请了下船同行。德称口如悬河,宾主颇也得合。

不一日到黄河岸口,德称偶然上岸登东。忽听发一声响,犹如天崩地裂之形。慌忙起身看时,吃了一惊,原来河口决了。赵指挥所统粮船三分四散,不知去向。但见水势滔滔,一望无际。德称举目无依,仰天号哭,叹道:"此乃天绝我命也,不如死休!"方欲投入河流,遇一老者相救,问其来历。德称诉罢,老者恻然怜悯,道:"看你青春美质,将来岂无发迹之期?此去短盘至北京,费用亦不多,老夫带得有三两荒银,权为程敬。"说罢,去摸袖里,却摸个空。连呼"奇怪!"仔细看时,袖底有一小孔,那老者赶早出门,不知在那里遇着剪绺的剪去了。老者嗟叹道:"古人云:'得咱心肯日,是你运通时。'今日看起来,就是心肯,也有个天数。非是老夫吝惜,乃足下命运不通所致耳。欲屈足下过舍下,又恐路远不便。"乃邀德称到市心里,向一个相熟的主人家,借银五钱为赠。德称深感其意,只得受了,再三称谢而别。德称想这五钱银子,如何盘缠得许多路。思量一计,买下纸笔,一路卖字。德称写作俱佳,争奈时运未利,不能讨得文人墨士赏鉴,不过村坊野店胡乱买几张糊壁,此辈晓得什么好歹,那肯出钱。德称有一顿没一顿,半饥半饱,直捱到北京城里,下了饭店。问店主人借缙绅看查,有两个相厚的年伯,一个是兵部尤侍郎,一个是左卿曹光禄。当下写了名刺,先去谒曹公。曹公见其衣衫不整,心下不悦,又知是王振的仇家,不敢招架,送下小小程仪,就辞了。再去见尤侍郎,那尤公也是个没意思的,自家一无所赠,写一

---

① 申黜(chù):申,向上陈述,申报。黜,废除,贬退。
② 束脩(xiū):语本《论语·述而》:"自行束脩以上,吾未尝无诲焉。"指教师的酬金。

封柬帖荐在边上陆总兵处。店主人见有这封书,料有际遇,将五两银子借为盘缠。谁知正值北房也先为寇,大掠人畜,陆总兵失机,扭解来京问罪,连尤侍郎都罢官了。德称在塞外担搁了三四个月,又无所遇,依旧回到京城旅寓。店主人折了五两银子,没处讨,又欠下房钱饭钱若干,索性做个宛转,倒不好推他出门。想起一个主意来,前面胡同有个刘千户,其子八岁,要访个下路先生教书,乃荐德称。刘千户大喜,讲过束脩二十两。店主人先支一季束脩自己收受,准了所借之数。刘千户颇尽主道,送一套新衣服,迎接德称到彼坐馆。自此饔餐不缺,且训诵之暇,重温经史,再理文章。刚刚坐毂三个月,学生出起痘来,太医下药不效,十二朝身死。刘千户单只此子,正在哀痛,又有刻薄小人对他说道:"马德称是个降祸的太岁①,耗气的鹤神②,所到之处,必有灾殃。赵指挥请了他就坏了粮船,尤侍郎荐了他就坏了官职。他是个不吉利的秀才,不该与他亲近。"刘千户不想自儿死生有命,到抱怨先生带累了。各处传说,从此京中起他一个异名,叫做"钝秀才"。凡钝秀才街上过去,家家闭户,处处关门。但是早行遇着钝秀才的一日没采:做买卖的折本,寻人的不遇,出官的理输,讨债的不是厮打定是厮骂,就是小学生上学也被先生打几下手心。有此数项,把他做妖物相看。倘然狭路相逢,一个个吐口涎沫,叫句吉利方走。可怜马德称衣冠之胄,饱学之儒,今日时运不利,弄得日无饱餐,夜无安宿。同时有个浙中吴监生,性甚硬直。闻知钝秀才之名,不信有此事。特地寻他相会,延至寓所,叩其胸中所学,甚有接待之意。坐席犹未暖,忽得家书报家中老父病故,跟跄而别,转荐与同乡吕鸿胪。吕公请至寓所,待以盛馔,方才举箸,忽然厨房中火起,举家惊慌逃奔。德称因腹馁缓行了几步,被地方拿他做火头,解去官司,不由分说,下了监铺。幸吕鸿胪是个有天理的人,替他使钱,免其枷责。从此钝秀才其名益著,无人招接,仍复卖字为生。

惯与裱家书寿轴,喜逢新岁写春联。

夜间常在祖师庙、关圣庙、五显庙这几处安身。或与道人代写疏头,趁几文钱度日。

话分两头,却说黄病鬼黄胜,自从马德称去后,初时还怕他还乡,到宗师行黜,不见回家,又有人传信道:是随赵指挥粮船上京,被黄河水决,已覆没矣。心下坦然无虑。朝夕逼勒妹子六姨改聘。六姨以死自誓,决不二天。到天顺晚年乡试,黄胜夤缘贿赂,买中了秋榜,里中奉承者填门塞户。

---

① 太岁:指太岁之神,表示不吉利。
② 鹤神:太岁部下的凶煞之一。

闻知六娱年长未嫁,求亲者日不离门,六娱坚执不从,黄胜也无可奈何。到冬底,打叠行囊往北京会试。马德称见了乡试录,已知黄胜得意,必然到京,想起旧恨,羞与相见,预先出京躲避。谁知黄胜不耐功名,若是自家学问挣来的前程,倒也理之当然,不放在心里。他原是买来的举人,小人乘君子之器,不觉手之舞之,足之蹈之。又将银五十两买了个勘合①,驰驿到京,寻了个大大的下处,且不去温习经史,终日穿花街过柳巷,在院子里表子家行乐。常言道"乐极悲生",嫖出一身广疮②。科场渐近,将白金百两送太医,只求速愈。太医用轻粉劫药,数日之内,身体光鲜,草草完场而归。不够半年,疮毒大发,医治不痊,呜呼哀哉,死了。既无兄弟,又无子息,族间都来抢夺家私。其妻王氏又没主张,全赖六娱一身,内支丧事,外应亲族,按谱立嗣,众心俱悦服无言。六娱自家也分得一股家私,不下数千金。想起丈夫覆舟消息,未知真假,费了多少盘缠,各处遣人打听下落。有人自北京来,传说马德称未死,落莫③在京,京中都呼为"钝秀才"。六娱是个女中丈夫,甚有劈着④,收拾起辎重银两,带了丫鬟童仆,雇下船只,一径来到北京寻取丈夫。访知马德称在真定府龙兴寺大悲阁写《法华经》。乃将白金百两,新衣数套,亲笔作书,缄封停当,差老家人王安赍去,迎接丈夫。分付道:"我如今便与马相公援例入监,请马相公到此读书应举,不可迟滞。"王安到龙兴寺,见了长老,问"福建马相公何在?"长老道:"我这里只有个'钝秀才',并没有什么马相公?"王安道:"就是了,烦引相见。"和尚引到大悲阁下,指道:"傍边桌上写经的,不是钝秀才?"王安在家时曾见过马德称几次,今日虽然蓝缕,如何不认得?一见德称便跪下磕头。马德称却在贫贱患难之中,不料有此,一时想不起来。慌忙扶住,问道:"足下何人?"王安道:"小的是将乐县黄家,奉小姐之命,特来迎接相公,小姐有书在此。"德称便问:"你小姐嫁归何宅?"王安道:"小姐守志至今,誓不改适。因家相公近故,小姐亲到京中来访相公,要与相公入粟⑤北雍,请相公早办行期。"德称方才开缄而看,原来是一首诗,诗曰:

"何事萧郎恋远游?应知乌帽未笼头。
图南自有风云便,且整双箫集凤楼。"

德称看罢,微微而笑。王安献上衣服银两,且请起程日期。德称道:"小姐

---

① 勘合:就是使用驿站的凭照。
② 广疮:指花柳病的一种。
③ 落莫:落魄。
④ 劈着:有主见的意思。
⑤ 入粟:就是指的花钱捐纳监生。

盛情,我岂不知,只是我有言在先:'若要洞房花烛夜,必须金榜挂名时。'向因贫困,学业久荒。今幸有余资可供灯火之费,且待明年秋试得意之后,方敢与小姐相见。"王安不敢相逼,求赐回书。德称取写经余下的茧丝一幅,答诗四句:

"逐逐风尘已厌游,好音刚喜见伻头①。

嫦娥夙有攀花约,莫遣箫声出凤楼。"

德称封了诗,付与王安。王安星夜归京,回复了六娛小姐。开诗看毕,叹惜不已。

其年天顺爷爷正遇"土木之变"②,皇太后权请郕王摄位,改元景泰。将奸阉王振全家抄没,凡参劾王振吃亏的加官赐荫。黄小姐在寓中得了这个消息,又遣王安到龙兴寺报与马德称知道。德称此时虽然借寓僧房,图书满案,鲜衣美食,已不似在先了。和尚们晓得是马公子马相公,无不钦敬。其年正是三十二岁,交逢好运,正应张铁口先生推算之语。可见:

万般皆是命,半点不由人。

德称正在寺中温习旧业,又得了王安报信,收拾行囊,别了长老赴京,另寻一寓安歇。黄小姐拨家僮二人伏侍,一应日用供给,络绎馈送。德称草成表章,叙先臣马万群直言得祸之由,一则为父亲乞恩昭雪,一则为自己辨复前程。圣旨倒下,准复马万群原官,仍加三级。马任复学复廪③。所抄没田产,有司追给。德称差家童报与小姐知道。黄小姐又差王安送银两到德称寓中,叫他廪例入粟。明春就考了监元,至秋发魁。就于寓中整备喜筵,与黄小姐成亲。来春又中了第十名会魁,殿试二甲,考选庶吉士。上表给假还乡,焚黄④谒墓,圣旨准了。夫妻衣锦还乡。府县官员出郭迎接。往年抄没田宅,俱用官价赎还,造册交割,分毫不少。宾朋一向疏失者,此日奔走其门如市。只有顾祥一人自觉羞惭,迁往他郡去讫。时张铁口先生尚在,闻知马公子得第荣归,特来拜贺。德称厚赠之而去。后来马任直做到礼、兵、刑三部尚书,六娛小姐封一品夫人。所生二子,俱中甲科,簪缨不绝。至今延平府人,说读书人不得第者,把"钝秀才"为比。后人有诗叹云:

十年落魄少知音,一日风云得称心。

秋菊春桃时各有,何须海底去捞针。

---

① 伻头:仆人的意思。

② "土木之变":明正统十四年,蒙古部落瓦剌入侵,明英宗亲自督兵抵御,在今宣化附近土木堡的地方,中伏被俘,史称"土木之变"。后回国复位,改元天顺。

③ 复学复廪:就是恢复秀才和廪生的资格。

④ 焚黄:将得官的事情写文疏烧掉告知祖宗父母,因为文疏是用黄色的纸,故称焚黄。

陈御史巧勘金钗钿

　　世事番腾似转轮，眼前凶吉未为真。
　　请看久久分明应，天道何曾负善人？

　　闻得老郎①们相传的说话，不记得何州甚县，单说有一人，姓金名孝，年长未娶。家中只有个老母，自家卖油为生。一日挑了油担出门，中途因里急，走上茅厕大解，拾得一个布裹肚，内有一包银子，约莫有三十两。金孝不胜欢喜，便转担回家，对老娘说道："我今日造化，拾得许多银子。"老娘看见，到吃了一惊，道："你莫非做下歹事偷来的么？"金孝道："我几曾偷惯了别人的东西？却怎般说！早是②邻舍不曾听得哩。这裹肚，其实不知什么人遗失在茅坑傍边，喜得我先看见了，拾取回来。我们做穷经纪的人，容易得这主大财？明日烧个利市③，把来做贩油的本钱，不强似赊别人的油卖？"老娘道："我儿，常言道：'贫富皆由命。'你若命该享用，不生在挑油担的人家来了。依我看来，这银子虽非是你设心谋得来的，也不是你辛苦挣来的。只怕无功受禄，反受其殃。这银子，不知是本地人的，远方客人的？又不知是自家的，或是借贷来的？一时间失脱了，抓寻不见，这一场烦恼非小。连性命都失图④了，也不可知。曾闻古人裴度还带积德⑤，你今日原到拾银之处，看有甚人来寻，便引来还他原物，也是一番阴德，皇天必不负你。"

　　金孝是个本分的人，被老娘教训了一场，连声应道："说得是，说得是。"放下银包裹肚，跑到那茅厕边去。只见闹嚷嚷的一丛人围着一个汉子，那汉子气忿忿的叫天叫地。金孝上前问其缘故。原来那汉子是他方客人，因登东⑥，解脱了裹肚，失了银子，找寻不见。只道卸下茅坑，唤几个泼皮来，正要下去淘摸。街上人都拥着闲看。金孝便问客人道："你银子有多少？"

---

① 老郎：这里是艺人们对本行中的前辈的一种称呼。
② 早是：幸而。有时也作已经是、本来是。
③ 烧利市：烧纸祭献福神。
④ 失图：丧失、丢掉。
⑤ 裴度还带积德：唐代裴度未发迹时，有一天游香山寺，拾到了两条玉带和一条犀带，这三条带是一个女人从别人处借来营救她那陷在狱中的父亲的。裴度问明后，把带还给失主。据迷信的说法他因这事积了德，所以后来一直做到宰相。
⑥ 登东：厕所叫东司、东厕。登东，就是解溲。

客人胡乱应道："有四五十两。"金孝老实,便道："可有个白布裹肚么?"客人一把扯住金孝,道："正是,正是。是你拾着,还我,情愿出赏钱。"众人中有快嘴的便道："依着道理,平半分也是该的。"金孝道："真个是我拾得,放在家里,你只随我去便有。"众人都想道:拾得钱财,巴不得瞒过了人,那曾见这个人到去寻主儿还他?也是异事。金孝和客人动身时,这伙人一哄都跟了去。

金孝到了家中,双手儿捧出裹肚,交还客人。客人检出银包看时,晓得原物不动;只怕金孝要他出赏钱,又怕众人乔主张①他平分,反使欺心,赖着金孝,道："我的银子,原说有四五十两,如今只剩得这些。你匿过一半了,可将来还我!"金孝道："我才拾得回来,就被老娘逼我出门,寻访原主还他,何曾动你分毫?"那客人赖定短少了他的银两,金孝负屈忿恨,一个头肘子撞去。那客人力大,把金孝一把头发提起,像只小鸡一般,放番在地,捻着拳头便要打。引得金孝七十岁的老娘,也奔出门前叫屈。众人都有些不平,似杀阵般嚷将起来。

恰好县尹相公在这街上过去,听得喧嚷,歇了轿,分付做公的拿来审问。众人怕事的,四散走开去了。也有几个大胆的,站在傍边看县尹相公怎生断这公事。

却说做公的将客人和金孝母子拿到县尹面前,当街跪下,各诉其情。一边道："他拾了小人的银子,藏过一半不还。"一边道："小人听了母亲言语,好意还他,他反来图赖小人。"县尹问众人："谁做证见?"众人都上前禀道："那客人脱了银子,正在茅厕边抓寻不着,却是金孝自走来承认了,引他回去还他。这是小人们众目共睹。只银子数目多少,小人不知。"县令道："你两下不须争嚷,我自有道理。"教做公的带那一干人到县来。

县尹升堂,众人跪在下面。县尹教取裹肚和银子上来,分付库吏,把银子兑准回复。库吏复道："有三十两。"县主又问客人道："你银子是许多?"客人道："五十两。"县主道："你看见他拾取的,还是他自家承认的?"客人道："实是他亲口承认的。"县主道："他若是要赖你的银子,何不全包都拿了?却止藏一半,又自家招认出来?他不招认,你如何晓得?可见他没有赖银之情了。你失的银子是五十两,他拾的是三十两,这银子不是你的,必然另是一个人失落的。"客人道："这银子实是小人的,小人情愿只领这三十两去罢。"县尹道："数目不同,如何冒认得去?这银两合断与金孝领去,奉

---

① 乔主张:乔,是狡诈、无赖、矫饰,这里又含有僭妄的意思。实际上不与相干或无权过问,而来出头做主,叫乔主张。

养母亲；你的五十两，自去抓寻。"金孝得了银子，千恩万谢的，扶着老娘去了。那客人已经官断，如何敢争？只得含羞噙泪而去。众人无不称快。这叫做：

　　欲图他人，翻失自己。
　　自己羞惭，他人欢喜。

　　看官，今日听我说"金钗钿"这桩奇事。有老婆的翻没了老婆，没老婆的翻得了老婆。只如金孝和客人两个，图银子的翻失了银子，不要银子的翻得了银子。事迹虽异，天理则同。

　　却说江西赣州府石城县，有个鲁廉宪①，一生为官清介，并不要钱，人都称为"鲁白水"。那鲁廉宪与同县顾佥事②累世通家。鲁家一子，双名学曾；顾家一女，小名阿秀，两下面约为婚。来往间亲家相呼，非止一日。因鲁奶奶病故，廉宪携着孩儿在于任所，一向迁延，不曾行得大礼。谁知廉宪在任，一病身亡。学曾扶柩回家，守制三年，家事愈加消乏，止存下几间破房子，连口食都不周了。

　　顾佥事见女婿穷得不像样，遂有悔亲之意，与夫人孟氏商议道："鲁家一贫如洗，眼见得六礼难备，婚娶无期；不若别求良姻，庶不误女儿终身之托。"孟夫人道："鲁家虽然穷了，从幼许下的亲事，将何辞以绝之？"顾佥事道："如今只差人去说男长女大，催他行礼。两边都是宦家，各有体面，说不得'没有'两个字，也要出得他的门，入的我的户。那穷鬼自知无力，必然情愿退亲。我就要了他休书，却不一刀两断？"孟夫人道："我家阿秀性子有些古怪，只怕他到不肯。"顾佥事道："在家从父，这也由不得他。你只慢慢的劝他便了。"

　　当下孟夫人走到女儿房中，说知此情。阿秀道："妇人之义，从一而终；婚姻论财，夷虏之道。爹爹如此欺贫重富，全没人伦，决难从命。"孟夫人道："如今爹去催鲁家行礼，他若行不起礼，倒愿退亲，你只索罢休。"阿秀道："说那里话！若鲁家贫不能聘，孩儿情愿守志终身，决不改适。当初钱玉莲投江全节③，留名万古。爹爹若是见逼，孩儿就拚却一命，亦有何难！"孟夫人见女执性，又苦他，又怜他。心生一计：除非瞒过佥事，密地唤鲁公子来，助他些东西，教他作速行聘，方成其美。

　　忽一日，顾佥事往东庄收租，有好几日担搁。孟夫人与女儿商量停当

―――――――――
　① 廉宪：官名，廉访使的俗称。
　② 佥事：官名。
　③ 钱玉莲投江全节：传说宋王十朋妻钱玉莲，继母逼其改嫁富人孙汝权，玉莲不从，自投于瓯江中。

了,唤园公①老欧到来。夫人当面分付,教他去请鲁公子,后门相会,如此如此,"不可泄漏,我自有重赏。"老园公领命,来到鲁家。但见:

> 门如败寺,屋似破窑。窗棂离披,一任风声开闭;厨房冷落,绝无烟气蒸腾。颓墙漏瓦权栖足,只怕雨来;旧椅破床便当柴,也少火力。
> 尽说宦家门户倒,谁怜清吏子孙贫?

说不尽鲁家穷处。

却说鲁学曾有个姑娘,嫁在梁家,离城将有十里之地。姑夫已死,止存一子梁尚宾,新娶得一房好娘子,三口儿一处过活,家道粗足。这一日鲁公子恰好到他家借米去了,只有个烧火的白发婆婆在家。老管家只得传了夫人之命,教他作速寄信去请公子回来:"此是夫人美情,趁这几日老爷不在家中,专等专等,不可失信。"嘱罢自去了。这里老婆子想道:此事不可迟缓,也不好转托他人传话。当初奶奶存日,曾跟到姑娘家去,有些影像在肚里。当下嘱付邻人看门,一步一跌的问到梁家。梁妈妈正留着侄儿在房中吃饭,婆子向前相见,把老园公言语细细述了。姑娘道:"此是美事。"撺掇侄儿快去。

鲁公子心中不胜欢喜,只是身上蓝缕,不好见得岳母,要与表兄梁尚宾借件衣服遮丑。原来梁尚宾是个不守本分的歹人,早打下欺心草稿,便答应道:"衣服自有,只是今日进城,天色已晚了;宦家门墙,不知深浅,令岳母夫人虽然有话,众人未必尽知,去时也须仔细。凭着愚见,还屈贤弟在此草榻,明日只可早往,不可晚行。"鲁公子道:"哥哥说得是。"梁尚宾道:"愚兄还要到东村一个人家,商量一件小事,回来再得奉陪。"又嘱付梁妈妈道:"婆子走路辛苦,一发留他过宿,明日去罢。"妈妈也只道孩儿是个好意,真个把两人都留住了。谁知他是个奸计,只怕婆子回去时,那边老园公又来相请,露出鲁公子不曾回家的消息,自己不好去打脱冒②了。正是:

> 欺天行当人难识,立地机关鬼不知。

梁尚宾背却公子,换了一套新衣,悄地出门,径投城中顾金事家来。

却说孟夫人是晚教老园公开了园门伺候。看看日落西山,黑影里只见一个后生,身上穿得齐齐整整,脚儿走得慌慌张张,望着园门欲进不进的。老园公问道:"郎君可是鲁公子么?"梁尚宾连忙鞠个躬应道:"在下正是。因老夫人见召,特地到此,望乞通报。"老园公慌忙请到亭子中暂住,急急的进去,报与夫人。孟夫人就差个管家婆出来传话,请公子到内室相见。才

---

① 园公:管园的仆人。
② 打脱冒:冒充、冒骗。

下得亭子,又有两个丫鬟,提着两碗纱灯来接。弯弯曲曲行过多少房子,忽见朱楼画阁,方是内室。孟夫人揭起朱帘,秉烛而待。那梁尚宾一来是个小家出身,不曾见恁般富贵样子;二来是个村郎①,不通文墨;三来自知假货,终是怀着个鬼胎,意气不甚舒展。上前相见时,跪拜应答,眼见得礼貌粗疏,语言涩滞。孟夫人心下想道:"好怪! 全不像官家子弟。"一念又想道:"常言'人贫智短',他恁地贫困,如何怪得他失张失智②?"转了第二个念头,心下愈加可怜起来。

　　茶罢,夫人分付忙排夜饭,就请小姐出来相见。阿秀初时不肯,被母亲逼了两三次,想着:父亲有赖婚之意,万一如此,今宵便是永诀;若得见亲夫一面,死亦甘心。当下离了绣阁,含羞而出。孟夫人道:"我儿过来见了公子,只行小礼罢。"假公子朝上连作两个揖,阿秀也福了两福,便要回步。夫人道:"既是夫妻,何妨同坐。"便教他在自己肩下坐了。假公子两眼只瞧那小姐,见他生得端丽,骨髓里都发痒起来。这里阿秀只道见了真丈夫,低头无语,满腹恓惶,只饶得③哭下一场。正是:真假不同,心肠各别。

　　少顷,饮馔已到,夫人教排做两桌,上面一桌请公子坐,打横一桌娘儿两个同坐。夫人道:"今日仓卒奉邀,只欲周旋公子姻事,殊不成礼,休怪休怪。"假公子刚刚谢得个"打搅"二字,面皮都急得通红了。席间夫人把女儿守志一事,略叙一叙。假公子应了一句,缩了半句。夫人也只认他害羞,全不为怪。那假公子在席上自觉局促,本是能饮的,只推量窄,夫人也不强他。又坐了一回,夫人分付收拾铺陈在东厢下,留公子过夜。假公子也假意作别要行,夫人道:"彼此至亲,何拘形迹? 我母子还有至言相告。"假公子心中暗喜。只见丫鬟来禀,东厢内铺设已完,请公子安置。假公子作揖谢酒,丫鬟掌灯送到东厢去了。

　　夫人唤女儿进房,赶去侍婢,开了箱笼,取出私房银子八十两,又银杯二对,金首饰一十六件,约值百金,一手交付女儿,说道:"做娘的手中只有这些,你可亲去交与公子,助他行聘完婚之费。"阿秀道:"羞答答如何好去?"夫人道:"我儿,礼有经权④,事有缓急。如今尴尬之际,不是你亲去嘱付,把夫妻之情打动他,他如何肯上紧? 穷孩子不知世事,倘或与外人商量,被人哄诱,把东西一时花了,不枉了做娘的一片用心? 那时悔之何及! 这东西也要你袖里藏去,不可露人眼目。"阿秀听了这一班道理,只得依允,

---

① 村郎:村,鄙俗,粗俗。村郎,就是伧夫。
② 失张失智:举止失措、失神落魄。智,或写作志。
③ 只饶得:这里的饶,有少的意思。只饶得,只少、只欠。
④ 经权:经常和权宜。

便道:"娘,我怎好自去?"夫人道:"我教管家婆跟你去。"当下唤管家婆来到,分付他只等夜深,密地送小姐到东厢,与公子叙话。又附耳道:"送到时,你只在门外等候,省得两下碍眼,不好交谈。"管家婆已会其意了。

再说假公子独坐在东厢,明知有个跷蹊缘故,只是不睡。果然一更之后,管家婆捱门而进,报道:"小姐自来相会。"假公子慌忙迎接,重新叙礼。有这等事:那假公子在夫人前一个字也讲不出,及至见了小姐,偏会温存絮话!这里小姐,起初害羞,遮遮掩掩。今番背却夫人,一般也老落起来。两个你问我答,叙了半响。阿秀话出衷肠,不觉两泪交流。那假公子也装出捶胸叹气,揩眼泪缩鼻涕,许多丑态。又假意解劝小姐,抱持绰趣①,尽他受用。管家婆在房门外,听见两下悲泣,连累他也恓惶,堕下几点泪来。谁知一边是真,一边是假。阿秀在袖中摸出银两首饰,递与假公子,再三嘱付,自不必说。假公子收过了,便一手抱住小姐把灯儿吹灭,苦要求欢。阿秀怕声张起来,被丫鬟们听见了,坏了大事,只得勉从。有人作《如梦令》词云:

　　可惜名花一朵,绣幙深闺藏护。不遇探花郎,抖被狂蜂残破。错误,错误!怨杀东风分付。

常言:"事不三思,终有后悔。"孟夫人要私赠公子,玉成亲事,这是锦片的一团美意,也是天大的一桩事情,如何不教老园公亲见公子一面?及至假公子到来,只合当面嘱付一番,把东西赠他,再教老园公送他回去,看个下落,万无一失。千不合,万不合,教女儿出来相见,又教女儿自往东厢叙话,这分明放一条方便路,如何不做出事来?莫说是假的,就是真的,也使不得,枉做了一世牵扳的话柄。这也算做姑息之爱,反害了女儿的终身。

闲话休题。且说假公子得了便宜,放松那小姐去了。五鼓时,夫人教丫鬟催促起身梳洗,用些茶汤点心之类。又嘱付道:"拙夫不久便回,贤婿早做准备,休得怠慢。"假公子别了夫人,出了后花园门,一头走一头想道:"我白白里骗了一个宦家闺女,又得了许多财帛,不曾露出马脚,万分侥幸。只是今日鲁家又来,不为全美。听得说顾金事不久便回,我如今再担搁他一日,待明日才放他去。若得顾金事回来,他便不敢去了,这事就十分干净了。"计较已定,走到个酒店上自饮三杯,吃饱了肚里,直延捱到午后方才回家。

鲁公子正等得不耐烦,只为没有衣服,转身不得。姑娘也焦躁起来,教庄家往东村寻取儿子,并无踪迹。走向媳妇田氏房前问道:"儿子衣服有

---

① 绰趣:逗趣、取乐。

么?"田氏道:"他自己检在箱里,不曾留得钥匙。"原来田氏是东村田贡元①的女儿,到有十分颜色,又且通书达礼。田贡元原是石城县中有名的一个豪杰,只为一个有司官与他做对头,要下手害他,却是梁尚宾的父亲与他舅子鲁廉宪说了,廉宪也素闻其名,替他极口分辨,得免其祸。因感激梁家之恩,把这女儿许他为媳。那田氏像了父亲,也带二分侠气,见丈夫是个蠢货,又且不干好事,心下每每不悦,开口只叫做"村郎"。以此夫妇两不和顺,连衣服之类,都是那"村郎"自家收拾,老婆不去管他。

却说姑侄两个正在心焦,只见梁尚宾满脸春色回家。老娘便骂道:"兄弟在此专等你的衣服,你却在那里噇②酒,整夜不归?又没寻你去处!"梁尚宾不回娘话,一径到自己房中,把袖里东西都藏过了,才出来对鲁公子道:"偶为小事缠住身子,担搁了表弟一日,休怪休怪。今日天色又晚了,明日回宅罢。"老娘骂道:"你只顾把件衣服借与做兄弟的,等他自己干正务,管他今日明日!"鲁公子道:"不但衣服,连鞋袜都要告借。"梁尚宾道:"有一双青段子鞋在间壁皮匠家上底,今晚催来,明日早奉穿去。"鲁公子没奈何,只得又住了一宿。

到明朝,梁尚宾只推头疼,又睡个日高三丈。早饭都吃过了,方才起身,把道袍、鞋、袜慢慢的逐件搬将出来,无非要延捱时刻,误其美事。鲁公子不敢就穿,又借个包袱儿包好,付与老婆子拿了。姑娘收拾一包白米和些瓜菜之类,唤个庄客送公子回去,又嘱付道:"若亲事就绪,可来回复我一声,省得我牵挂。"鲁公子作揖转身,梁尚宾相送一步,又说道:"兄弟你此去须是仔细,不知他意儿好歹,真假何如。依我说,不如只往前门硬挺着身子进去,怕不是他亲女婿,赶你出来?又且他家差老园公请你,有凭有据,须不是你自轻自贱。他有好意,自然相请;若是翻转脸来,你拚得与他诉落一场,也教街坊上人晓得。倘到后园旷野之地,被他暗算,你却没有个退步。"鲁公子又道:"哥哥说得是。"正是:

  背后害他当面好,有心人对没心人。

鲁公子回到家里,将衣服鞋袜装扮起来。只有头巾分寸不对,不曾借得。把旧的脱将下来,用清水摆净,教婆子在邻舍家借个熨斗,吹些火来熨得直直的;有些磨坏的去处,再把些饭儿粘得硬硬的,墨儿涂得黑黑的。只是这顶巾,也弄了一个多时辰,左带右带,只怕不正。教婆子看得件件停当了,方才移步径投顾佥事家来。门公认是生客,回道:"老爷东庄去了。"鲁

---

① 贡元:对贡生的一种尊称。
② 噇:无节制地狂吃狂喝。

公子终是宦家的子弟,不慌不忙的说道:"可通报老夫人,说道:鲁某在此。"门公方知是鲁公子,却不晓得来情,便道:"老爷不在家,小人不敢乱传。"鲁公子道:"老夫人有命,唤我到来。你去通报自知,须不连累你们。"门公传话进去,禀说:"鲁公子在外要见,还是留他进来,还是辞他?"

孟夫人听说,吃了一惊。想:他前日去得,如何又来?且请到正厅坐下。先教管家婆出去,问他有何话说。管家婆出来瞧了一瞧,慌忙转身进去,对老夫人道:"这公子是假的,不是前夜的脸儿。前夜是胖胖儿的,黑黑儿的;如今是白白儿的,瘦瘦儿的。"夫人不信道:"有这等事!"亲到后堂,从帘内张看,果然不是了。孟夫人心上委决不下,教管家婆出去,细细把家事盘问,他答来一字无差。孟夫人初见假公子之时,心中原有些疑惑;今番的人才清秀,语言文雅,倒像真公子的样子。再问他今日为何而来,答道:"前蒙老园公传语呼唤,因鲁某羁滞乡间,今早才回,特来参谒,望恕迟误之罪。"夫人道:"这是真情无疑了。只不知前夜打脱冒的冤家,又是那里来的?"慌忙转身进房,与女儿说其缘故,又道:"这都是做爹的不存天理,害你如此,悔之不及!幸而没人知道,往事不须题起了。如今女婿在外,是我特地请来的,无物相赠,如之奈何?"正是:

　　只因一着错,满盘都是空。

阿秀听罢,呆了半晌。那时一肚子情怀,好难描写:说慌又不是慌,说羞又不是羞,说恼又不是恼,说苦又不是苦。分明似乱针刺体,痛痒难言。喜得他志气过人,早有了三分主意,便道:"母亲且与他相见,我自有道理。"孟夫人依了女儿言语,出厅来相见公子。公子掇一把校椅,朝上放下:"请岳母大人上坐,待小婿鲁某拜见。"孟夫人谦让了一回,从傍站立,受了两拜,便教管家婆扶起看坐。公子道:"鲁某只为家贫,有缺礼数。蒙岳母大人不弃,此恩生死不忘。"夫人自觉惶愧,无言可答。忙教管家婆把厅门掩上,请小姐出来相见。

阿秀站住帘内,如何肯移步。只教管家婆传语道:"公子不该担搁乡间,负了我母子一片美意。"公子推故道:"某因患病乡间,有失奔趋。今方践约,如何便说相负?"阿秀在帘内回道:"三日以前,此身是公子之身;今迟了三日,不堪伏侍巾栉,有玷清门。便是金帛之类,亦不能相助了。所存金钗二股,金钿一对,聊表寸意。公子宜别选良姻,休得以妾为念。"管家婆将两般首饰递与公子,公子还疑是悔亲的说话,那里肯收。阿秀又道:"公子但留下,不久自有分晓。公子请快转身,留此无益。"说罢,只听得哽哽咽咽的哭了进去。

鲁学曾愈加疑惑,向夫人发作道:"小婿虽贫,非为这两件首饰而来。

今日小姐似有决绝之意,老夫人如何不出一语?既如此相待,又呼唤鲁某则甚?"夫人道:"我母子并无异心。只为公子来迟,不将姻事为重,所以小女心中愤怨,公子休得多疑。"鲁学曾只是不信,叙起父亲存日许多情分,"如今一死一生,一贫一富,就忍得改变了?鲁某只靠得岳母一人做主,如何三日后,也生退悔之心?"劳劳叨叨的说个不休。孟夫人有口难辨,倒被他缠住身子,不好动身。

忽听得里面乱将起来。丫鬟气喘喘的奔来报道:"奶奶,不好了!快来救小姐!"吓得孟夫人一身冷汗,巴不得再添两只脚在肚下。管家婆扶着左腋,跑到绣阁,只见女儿将罗帕一幅,缢死在床上。急急解救时,气已绝了,叫唤不醒,满房人都哭起来。鲁公子听小姐缢死,还道是做成的圈套,撺他出门,兀自在厅中嚷刮。孟夫人忍着疼痛,传话请公子进来。公子来到绣阁,只见牙床锦被上,直挺挺躺着个死小姐。夫人哭道:"贤婿,你今番认一认妻子。"公子当下如万箭攒心,放声大哭。夫人道:"贤婿,此处非你久停之所,怕惹出是非,贻累不小,快请回罢。"教管家婆将两般首饰,纳在公子袖中,送他出去。鲁公子无可奈何,只得抱泪出门去了。

这里孟夫人一面安排入殓,一面东庄去报顾金事回来。只说女儿不愿停婚①,自缢身死。顾金事懊悔不迭,哭了一场,安排成丧出殡不题。后人有诗赞阿秀云:

　　死生一诺重千金,谁料奸谋祸阱深?
　　三尺红罗报夫主,始知污体不污心。

却说鲁公子回家看了金钗钿,哭一回,叹一回,疑一回,又解一回,正不知什么缘故,也只是自家命薄所致耳。过了一晚,次日把借来的衣服鞋袜,依旧包好,亲到姑娘家去送还。梁尚宾晓得公子到来,到躲了出去。公子见了姑娘,说起小姐缢死一事,梁妈妈连声感叹,留公子酒饭去了。

梁尚宾回来,问道:"方才表弟到此,说曾到顾家去不曾?"梁妈妈道:"昨日去的,不知甚么缘故,那小姐嗔怪他来迟三日,自缢而死。"梁尚宾不觉失口叫声:"阿呀,可惜好个标致小姐!"梁妈妈道:"你那里见来?"梁尚宾遮掩不来,只得把自己打脱冒事,述了一遍。梁妈妈大惊,骂道:"没天理的禽兽,做出这样勾当!你这房亲事还亏母舅作成你的,你今日恩将仇报,反去破坏了做兄弟的姻缘,又害了顾小姐一命,汝心何安?"千禽兽,万禽兽,骂得梁尚宾开口不得。走到自己房中,田氏闭了房门,在里面骂道:"你这样不义之人,不久自有天报,休想善终!从今你自你,我自我,休得来连

---

　　① 停婚:把原来的婚事搁起。

126

累人！"梁尚宾一肚气，正没出处。又被老婆诉说，一脚踢开房门，揪了老婆头发便打。又是梁妈妈走来，喝了儿子出去。田氏捶胸大哭，要死要活。梁妈妈劝他不住，唤个小轿抬回娘家去了。

梁妈妈又气又苦，又受了惊，又愁事迹败露，当晚一夜不睡，发寒发热。病了七日，呜呼哀哉。田氏闻得婆婆死了，特来奔丧带孝。梁尚宾旧愤不息，便骂道："贼泼妇！只道你住在娘家一世，如何又有回家的日子？"两下又争闹起来。田氏道："你干了亏心的事，气死了老娘，又来消遣我！我今日若不是婆死，永不见你村郎之面！"梁尚宾道："怕断了老婆种，要你这泼妇见我！只今日便休了你去，再莫上门！"田氏道："我宁可终身守寡，也不愿随你这样不义之徒。若是休了到得干净，回去烧个利市。"梁尚宾一向夫妻无缘，到此说了尽头话，憋一口气，真个就写了离书手印，付与田氏。田氏拜别婆婆灵位，哭了一场，出门而去。正是：

有心去调他人妇，无福难招自己妻。
可惜田家贤慧女，一场相骂便分离。

话分两头。再说孟夫人追思女儿，无日不哭。想道：信是老欧寄去的，那黑胖汉子，又是老欧引来的，若不是通同作弊，也必然漏泄他人了。等丈夫出门拜客，唤老欧到中堂，再三讯问。却说老欧传命之时，其实不曾泄漏，是鲁学曾自家不合借衣，惹出来的奸计。当夜来的是假公子，三日后来的是真公子，孟夫人肚里明明晓得有两个人，那老欧肚里还自认做一个人，随他分辨，如何得明白？夫人大怒，喝教手下把他拖番在地，重责三十板子，打得皮开血喷。

顾金事一日偶到园中，叫老园公扫地，听说被夫人打坏，动弹不得。教人扶来，问其缘故。老欧将夫人差去约鲁公子来家，及夜间房中相会之事，一一说了。顾金事大怒道："原来如此！"便叫打轿，亲到县中，与知县诉知其事，要将鲁学曾抵偿女儿之命。知县教补了状词，差人拿鲁学曾到来，当堂审问。鲁公子是老实人，就把实情细细说了："见有金钗钿两般，是他所赠；其后园私会之事，其实没有。"知县就唤园公老欧对证。这老人家两眼模糊，前番黑夜里认假公子的面庞不真，又且今日家主分付了说话，一口咬定鲁公子，再不松放。知县又徇了顾金事人情，着实用刑拷打。鲁公子吃苦不过，只得招道："顾奶奶好意相唤，将金钗钿助为聘资。偶见阿秀美貌，不合辄起淫心，强逼行奸。到第三日，不合又往，致阿秀羞愤自缢。"知县录了口词，审得鲁学曾与阿秀空言议婚，尚未行聘过门，难以夫妻而论。既因奸致死，合依威逼律问绞。一面发在死囚牢里，一面备文书申详上司。孟夫人闻知此信大惊，又访得他家，只有一个老婆子也吓得病倒，无人送饭，想起:"这事与鲁公子全没相干,到是我害了他。"私下处些银两,分付管家婆央人替他牢中使用,又屡次劝丈夫保全公子性命,顾佥事愈加忿怒。石城县把这件事当做新闻,沿街传说。正是:

    好事不出门,恶事行千里。

顾佥事为这声名不好,必欲置鲁学曾十死地。

  再说有个陈濂御史,湖广籍贯,父亲与顾佥事是同榜进士,以此顾佥事叫他是年侄。此人少年聪察,专好辨冤析枉,其时正奉差巡按江西。未入境时,顾佥事先去嘱托此事。陈御史口虽领命,心下不以为然。莅任三日,便发牌①按临赣州,吓得那一府官吏尿流屁滚。审录日期,各县将犯人解进。陈御史审到鲁学曾一起,阅了招词,又把金钗钿看了,叫鲁学曾问道:"这金钗钿是初次与你的么?"鲁学曾道:"小人只去得一次,并无二次。"御史道:"招上说三日后又去,是怎么说?"鲁学曾口称"冤枉",诉道:"小人的父亲存日,定下顾家亲事。因父亲是个清官,死后家道消乏,小人无力行聘。岳父顾佥事欲要悔亲,是岳母不肯,私下差老园公来唤小人去,许赠金帛。小人羁身在乡,三日后方去。那日只见得岳母,并不曾见小姐之面,这奸情是屈招的。"御史道:"既不曾见小姐,这金钗钿何人赠你?"鲁学曾道:"小姐立在帘内,只责备小人来迟误事,莫说婚姻,连金帛也不能相赠了,这金钗钿权留个忆念。小人还只认做悔亲的话,与岳母争辩。不期小姐房中缢死,小人至今不知其故。"御史道:"恁般说,当夜你不曾到后园去了。"鲁学曾道:"实不曾去。"御史想了一回:若特地唤去,岂止赠他钗钿二物?详阿秀抱怨口气,必然先有人冒去东西,连奸骗都是有的,以致羞愤而死。便叫老欧问道:"你到鲁家时,可曾见鲁学曾么?"老欧道:"小人不曾面见。"御史道:"既不曾面见,夜间来的你如何就认得是他?"老欧道:"他自称鲁公子,特来赴约,小人奉主母之命,引他进见的,怎赖得没有?"御史道:"相见后,几时去的?"老欧道:"闻得里面夫人留酒,又赠他许多东西,五更时去的。"鲁学曾又叫屈起来。御史喝住了,又问老欧:"那鲁学曾第二遍来,可是你引进的?"老欧道:"他第二遍是前门来的,小人并不知。"御史道:"他第一次如何不到前门,却到后园来寻你?"老欧道:"我家奶奶着小人寄信,原教他在后园来的。"御史唤鲁学曾问道:"你岳母原教你到后园来,你却如何往前门去?"鲁学曾道:"他虽然相唤,小人不知意儿真假,只怕园中旷野之处,被他暗算,所以径奔前门,不曾到后园去。"御史想来,鲁学曾与园公,分明是两样说话,其中必有情弊。御史又指着鲁学曾问老欧道:"那后园来

---

  ① 发牌:官员上路,必发牌先行,宋时称为先牌,明清之间叫作起马牌。

的,可是这个嘴脸,你可认得真么?不要胡乱答应。"老欧道:"昏黑中小人认得不十分真,像是这个脸儿。"御史道:"鲁学曾既不在家,你的信却寄与何人的?"老欧道:"他家只有个老婆婆,小人对他说的,并无闲人在旁。"御史道:"毕竟还对何人说来?"老欧道:"并没第二个人知觉。"御史沉吟半晌,想道:"不究出根由,如何定罪?怎好回复老年伯?"又问鲁学曾道:"你说在乡,离城多少?家中几时寄到的信?"鲁学曾道:"离北门外只十里,是本日得信的。"御史拍案叫道:"鲁学曾,你说三日后方到顾家,是虚情了。既知此信,有恁般好事,路又不远,怎么迟延三日?理上也说不去!"鲁学曾道:"爷爷息怒,小人细禀:小人因家贫,往乡间姑娘家借米。闻得此信,便欲进城。怎奈衣衫蓝缕,与表兄借件遮丑,已蒙许下。怎奈这日他有事出去,直到明晚方归。小人专等衣服,所以迟了两日。"御史道:"你表兄晓得你借衣服的缘故不?"鲁学曾道:"晓得的。"御史道:"你表兄何等人?叫甚名字?"鲁学曾道:"名唤梁尚宾,庄户人家。"御史听罢,喝散众人,明日再审。正是:

  如山巨笔难轻判,似佛慈心待细参。
  公案见成翻者少,覆盆何处不冤含?

次日,察院小开门,挂一面宪牌①出来。牌上写道:
  "本院偶染微疾,各官一应公务,俱候另示施行。
  本月 日"

府县官朝暮问安,自不必说。

话分两头。再说梁尚宾自闻鲁公子问成死罪,心下到宽了八分。一日,听得门前喧嚷,在壁缝张看时,只见一个卖布的客人,头上带一顶新孝头巾,身穿旧白布道袍,口内打江西乡谈②,说是南昌府人,在此贩布买卖。闻得家中老子身故,星夜要赶回。存下几百匹布,不曾发脱③,急切要投个主儿,情愿让些价钱。众人中有要买一匹的,有要两匹三匹的,客人都不肯,道:"恁地零星卖时,再几时还不得动身。那个财主家一总脱去,便多让他些也罢。"梁尚宾听了多时,便走出门来问道:"你那客人存下多少布?值多少本钱?"客人道:"有四百余匹,本钱二百两。"梁尚宾道:"一时间那得个主儿?须是肯折些,方有人贪你。"客人道:"便折十来两,也说不得。只要快当,轻松了身子,好走路。"梁尚宾看了布样,又到布船上去翻复细看,

---

① 宪牌:官府的告示牌和逮捕人的票牌,都叫宪牌。这里是指告示牌。
② 打乡谈:说土话、操方言。
③ 发脱:卖掉。

口里只夸:"好布,好布!"客人道:"你又不做个要买的,只管翻乱了我的布包,担搁人的生意。"梁尚宾道:"怎见得我不像个买的?"客人道:"你要买时,借银子来看。"梁尚宾道:"你若加二①肯折,我将八十两银子,替你出脱了一半。"客人道:"你也是呆话,做经纪的,那里折得起加二?况且只用一半,这一半我又去投谁?一般样担搁了。我说不像要买的!"又冷笑道:"这北门外许多人家,就没个财主,四百匹布便买不起!罢,罢,摇到东门寻主儿去。"梁尚宾听说,心中不忿,又见价钱相因②,有些出息,放他不下。便道:"你这客人好欺负人!我偏要都买了你的,看如何?"客人道:"你真个都买我的,我便让你二十两。"梁尚宾定要折四十两,客人不肯。众人道:"客人,你要紧脱货,这位梁大官,又是贪便宜的,依我们说,从中酌处,一百七十两,成了交易罢。"客人初时也不肯,被众人劝不过,道:"罢,这十两银子,奉承列位面上。快些把银子兑过,我还要连夜赶路。"梁尚宾道:"银子凑不来许多,有几件首饰,可用得着么?"客人道:"首饰也就是银子,只要公道作价。"梁尚宾邀入客坐,将银子和两对银钟,共兑准了一百两;又金首饰尽数搬来,众人公同估价,勾了七十两之数。与客收讫,交割了布匹。梁尚宾看这场交易,尽有便宜,欢喜无限。正是:

贪痴无底蛇吞象,祸福难明螳捕蝉。

原来这贩布的客人,正是陈御史装的。他托病关门,密密分付中军官聂千户③,安排下这些布匹,先雇下小船,在石城县伺候。他悄地带个门子④私行到此,聂千户就扮做小郎跟随,门子只做看船的小厮,并无人识破,这是做官的妙用。

却说陈御史下了小船,取出见成写就的宪牌填上梁尚宾名字,就着聂千户密拿。又写书一封,请顾金事,到府中相会。比及御史回到察院,说病好开门,梁尚宾已解到了,顾金事也来了。御史忙教摆酒后堂,留顾金事小饭。

坐间,顾金事又提起鲁学曾一事。御史笑道:"今日奉屈老年伯到此,正为这场公案,要剖个明白。"便教门子开了护书匣,取出银钟二对,及许多首饰,送与顾金事看。顾金事认得是家中之物,大惊问道:"那里来的?"御史道:"令爱小姐致死之由,只在这几件东西上。老年伯请宽坐,容小侄出堂,问这起数与老年伯看,释此不决之疑。"

---

① 加二:二成的意思。
② 相因:俗语,便宜的意思。
③ 千户:明代卫和所的官,率兵一千人,世袭。
④ 门子:看门人。

御史分付开门,仍唤鲁学曾一起复审。御史且教带在一边,唤梁尚宾当面①。御史喝道:"梁尚宾,你在顾佥事家,干得好事!"梁尚宾听得这句,好似青天里闻了个霹雳,正要硬着嘴分辨。只见御史教门子把银钟、首饰与他认赃,问道:"这些东西那里来的?"梁尚宾抬头一望,那御史正是卖布的客人,唬得顿口无言,只叫:"小人该死。"御史道:"我也不动夹棍,你只将实情写供状来。"梁尚宾料赖不过,只得招称了。你说招词怎么写来?有词名《锁南枝》一只为证:

  写供状,梁尚宾。只因表弟鲁学曾,岳母念他贫,约他助行聘。为借衣服知此情,不合使欺心,缓他行。乘昏黑,假学曾,园公引入内室门,见了孟夫人,把金银厚相赠。因留宿,有了奸骗情。三日后学曾来,将小姐送一命。

御史取了招词,唤园公老欧上来:"你仔细认一认,那夜间园上假装鲁公子的,可是这个人?"老欧睁开两眼看了,道:"爷爷,正是他。"御史喝教皂隶,把梁尚宾重责八十,将鲁学曾枷杻打开,就套在梁尚宾身上。合依强奸论斩,发本县监候处决。布四百匹,追出,仍给铺户取价还库。其银两、首饰,给与老欧领回。金钗、金钿,断还鲁学曾。俱释放宁家②。鲁学曾拜谢活命之恩。正是:

  奸如明镜照,恩喜覆盆开。
  生死俱无憾,神明御史台。

却说顾佥事在后堂,听了这番审录,惊骇不已。候御史退堂,再三称谢道:"若非老公祖神明烛照,小女之冤,几无所伸矣。但不知银两、首饰,老公祖何由取到?"御史附耳道:"小侄……如此如此。"顾佥事道:"妙哉!只是一件,梁尚宾妻子,必知其情,寒家首饰,定然还有几件在彼,再望老公祖一并逮问。"御史道:"容易。"便行文书,仰石城县提梁尚宾妻严审,仍追余赃回报。顾佥事别了御史自回。

却说石城县知县见了察院文书,监中取出梁尚宾问道:"你妻子姓甚?这一事曾否知情?"梁尚宾正怀恨老婆,答应道:"妻田氏,因贪财物,其实同谋的。"知县当时金禀差人提田氏到官。

话分两头。却说田氏父母双亡,只在哥嫂身边,针指度日。这一日,哥哥田重文正在县前,闻知此信,慌忙奔回,报与田氏知道。田氏道:"哥哥休慌,妹子自有道理。"当时带了休书上轿,径抬到顾佥事家,来见孟夫人。夫

---

① 当面:本来是对面的意思,这里指过堂、见官。
② 宁家:回家。

人发一个眼花，分明看见女儿阿秀进来。及至近前，却是个蓦生①标致妇人，吃了一惊，问道："是谁？"田氏拜倒在地，说道："妾乃梁尚宾之妻田氏，因恶夫所为不义，只恐连累，预先离异了。贵宅老爷不知，求夫人救命。"说罢，就取出休书呈上。

　　夫人正在观看，田氏忽然扯住夫人衫袖，大哭道："母亲，俺爹害得我好苦也！"夫人听得是阿秀的声音，也哭起来。便叫道："我儿，有甚话说？"只见田氏双眸紧闭，哀哀的哭道："孩儿一时错误，失身匪人，羞见公子之面，自缢身亡，以完贞性。何期爹爹不行细访，险些反害了公子性命。幸得暴白了，只是他无家无室，终是我母子担误了他。母亲若念孩儿，替爹爹说声，周全其事，休绝了一脉姻亲。孩儿在九泉之下，亦无所恨矣。"说罢，跌倒在地。夫人也哭昏了。

　　管家婆和丫鬟、养娘②都团聚将来，一齐唤醒。那田氏还呆呆的坐地，问他时全然不省。夫人看了田氏，想起女儿，重复哭起，众丫鬟劝住了。夫人悲伤不已，问田氏："可有爹娘？"田氏回说："没有。"夫人道："我举眼无亲，见了你，如见我女儿一般。你做我的义女肯么？"田氏拜道："若得伏侍夫人，贱妾有幸。"夫人欢喜，就留在身边了。

　　顾佥事回家，闻说田氏先期离异，与他无干，写了一封书帖，和休书送与县官，求他免提，转回察院。又见田氏贤而有智，好生敬重，依了夫人收为义女。夫人又说起女儿阿秀负魂③一事，他千叮万嘱，休绝了鲁家一脉姻亲。如今田氏少艾④，何不就招鲁公子为婿？以续前姻。顾佥事见鲁学曾无辜受害，甚是懊悔。今番夫人说话有理，如何不依？只怕鲁公子生疑，亲到其家，谢罪过了，又说续亲一事。鲁公子再三推辞不过，只得允从。就把金钗钿为聘，择日过门成亲。

　　原来顾佥事在鲁公子面前，只说过继的远房侄女；孟夫人在田氏面前，也只说赘个秀才，并不说真名真姓。到完婚以后，田氏方才晓得就是鲁公子，公子方才晓得就是梁尚宾的前妻田氏。自此夫妻两口和睦，且是十分孝顺。顾佥事无子，鲁公子承受了他的家私，发愤攻书。顾佥事见他三场通透，送入国子监，连科及第。所生二子，一姓鲁，一姓顾，以奉两家宗祀。梁尚宾子孙遂绝。诗曰：

　　　　一夜欢娱害自身，百年姻眷属他人。

---

①　蓦生：同陌生。
②　养娘：侍婢。
③　负魂：死人的魂魄附在活人身上，叫负魂，这是古人的一种迷信。
④　少艾：年轻貌美。

世间用计行奸者,请看当时梁尚宾。

徐老仆义愤成家

犬马犹然知恋主,况于列在生人。为奴一日主人身:情恩同父子,名分等君臣。　主若虐奴非正道,奴如欺主伤伦。能为义仆是良民:盛衰无改节,史册可传神。

说这唐玄宗时,有一官人姓萧,名颖士,字茂挺,兰陵人氏。自幼聪明好学,该博①三教九流,贯串诸子百家。上自天文,下至地理,无有不通,无有不晓。真个胸中书富五车,笔下句高千古。年方一十九岁,高掇巍科,名倾朝野,是一个广学的才子。家中有个仆人,名唤杜亮。那杜亮自萧颖士数龄时,就在书房中服事起来。若有驱使,奋勇直前,水火不避,身边并无半文私蓄。陪伴萧颖士读书时,不待分付,自去千方百计,预先寻觅下果品饮馔供奉。有时或烹瓯茶儿,助他清思;或暖杯酒儿,节他辛苦。整夜直服事到天明,从不曾打个瞌睡。如见萧颖士读到得意之处,他在旁也十分欢喜。那萧颖士般般皆好,件件俱美,只有两桩儿毛病。你道是那两桩?第一件:乃是恃才傲物,不把人看在眼内。才登仕籍,便去冲撞了当朝宰相。那宰相若是个有度量的,还恕得他过,又正冲撞了是第一个忌才的李林甫。那李林甫混名叫做李猫儿,平昔不知坏了多少大臣,乃是杀人不见血的刽子手。却去惹他,可肯轻轻放过?被他略施小计,险些连性命都送了。又亏着座主搭救,止削了官职,坐在家里。第二件:是性子严急,却像一团烈火。片语不投,即暴躁如雷,两太阳火星直爆。奴仆稍有差误,便加捶挞。他的打法,又与别人不同。有甚不同?别人责治家奴,定然计其过犯大小,讨个板子,教人行杖,或打一十,或打二十,分个轻重。惟有萧颖士,不论事体大小,略触着他的性子,便连声喝骂,也不用什么板子,也不要人行杖,亲自跳起身来一把揪翻,随分掣着一件家火,没头没脑乱打。凭你什么人劝解,他也全不作准,直要打个气息。若不像意,还要咬上几口,方才罢手。因是恁般利害,奴仆们惧怕,都四散逃去,单单存得一个杜亮。论起萧颖士,止存得这个家人种儿,每事只该将就些才是。谁知他是天生的性儿,使惯的气儿,打溜的手儿,竟没丝毫更改,依然照旧施行。起先奴仆众多,还

---

① 该博:博览;学问很多的意思。

打了那个,空了这个。到得秃秃里独有杜亮时,反觉打得勤些。论起杜亮,遇着这般难理会的家主,也该学众人逃走去罢了,偏又寸步不离,甘心受他的责罚。常常打得皮开肉绽,头破血淋,也再无一点退悔之念,一句怨恨之言。打罢起来,整一整衣裳,忍着疼痛,依原在旁答应。说话的,据你说,杜亮这等奴仆,莫说千中选一,就是走尽天下,也寻不出个对儿。这萧颖士又非黑漆皮灯,泥塞竹管,是那一窍不通的蠢物;他须是身登黄甲,位列朝班,读破万卷,明理的才人:难道恁般不知好歹,一味蛮打,没一点仁慈改悔之念不成?看官有所不知,常言道得好,江山易改,禀性难移。那萧颖士平昔原爱杜亮小心驯谨,打过之后,深自懊悔道:"此奴随我多年,并无十分过失,如何只管将他这样毒打?今后断然不可!"到得性发之时,不觉拳脚又轻轻的生在他身上去了。这也不要单怪萧颖士性子急躁;谁教杜亮刚闻得叱喝一声,恰如小鬼见了钟馗一般,扑秃的两条腿就跪倒在地。萧颖士本来是个好打人的,见他做成这个要打局面,少不得奉承几下。

杜亮有个远族兄弟杜明,就住在萧家左边,因见他常打得这个模样,心下到气不过,撺掇杜亮道:"凡做奴仆的,皆因家贫力薄,自难成立,故此投靠人家。一来贪图现成衣食,二来指望家主有个发迹日子,带挈风光,摸得些东西做个小小家业,快活下半世。像阿哥如今随了这措大①,早晚辛勤服事,竭力尽心,并不见一些好处,只落得常受他凌辱痛楚。恁样不知好歹的人,跟他有何出息?他家许多人都存住不得,各自四散去了。你何不也别了他,另寻头路?有多少不如你的,投了大官府人家,吃好穿好,还要作成趁一贯两贯。走出衙门前,谁不奉承:那边才叫'某大叔,有些小事相烦。'还未答应时,这边又叫'某大叔,我也有件事儿劳动。'真个应接不暇,何等兴头。若是阿哥这样肚里又明白,笔下又来得,做人且又温存小心,走到势要人家,怕道不是重用?你那措大,虽然中个进士,发利市就与李丞相作对,被他弄来,坐在家中,料道也没个起官的日子,有何撇不下,定要与他缠帐?"杜亮道:"这些事,我岂不晓得?若有此念,早已去得多年了,何待吾弟今日劝谕。古语云:良臣择主而事,良禽择木而栖。奴仆虽是下贱,也要择个好使头。像我主人,止是性子躁急,除此之外,只怕舍了他,没处再寻得第二个出来。"杜明道:"满天下无数官员宰相,贵戚豪家,岂有反不如你主人这个穷官?"杜亮道:"他们有的,不过是爵位金银二事。"杜明道:"只这两样尽勾了,还要怎样?"杜亮道:"那爵位乃虚花之事,金银是臭污之物。有甚希罕?如何及得我主人这般高才绝学,掂起笔来,顷刻万言,不要打个

---

① 措大:指穷困的读书人;含有轻视之意。

稿儿。真个烟云缭绕,华彩缤纷。我所恋恋不舍者,单爱他这一件耳。"杜明听得说出爱他的才学,不觉呵呵大笑,道:"且问阿哥:你既爱他的才学,到饥时可将来当得饭吃,冷时可作得衣穿么?"杜亮道:"你又说笑话,才学在他腹中,如何济得我的饥寒?"杜明道:"元来又救不得你的饥,又遮不得你的寒,爱他何用?当今有爵位的人,尚然只喜趋权附势,没一个肯怜才惜学。你我是个下人,但得饱食暖衣,寻觅些钱钞做家,乃是本等;却这般迂阔,爱什么才学,情愿受其打骂,可不是个呆子!"杜亮笑道:"金银,我命里不曾带来,不做这个指望,还只是守旧。"杜明道:"想是打得你不爽利,故此尚要捱他的棍棒。"杜亮道:"多承贤弟好情,可怜我做兄的;但我主这般博奥才学,总然打死,也甘心服事他。"遂不听杜明之言,仍旧跟随萧颖士。不想今日一顿拳头,明日一顿棒子,打不上几年,把杜亮打得渐渐遍身疼痛,口内吐血,成了个伤痨症候。初日还强勉趋承,以后打熬不过,半眠半起。又过几时,便久卧床席。那萧颖士见他呕血,情知是打上来的,心下十分懊悔,指望还有好的日子。请医调治,亲自煎汤送药。捱了两月,呜呼哀哉!萧颖士想起他平日的好处,只管涕泣,备办衣棺埋葬。萧颖士日常亏杜亮服事惯了,到得死后,十分不便,央人四处寻觅仆从,因他打人的名头出了,那个肯来跟随。就有个肯跟他的,也不中其意。有时读书到忘怀之处,还认做杜亮在傍,抬头不见,便掩卷而泣。后来萧颖士知得了杜亮当日不从杜明这班说话,不觉气咽胸中,泪如泉涌,大叫一声:"杜亮!我读了一世的书,不曾遇着个怜才之人,终身沦落;谁想你到是我的知己。却又有眼无珠,枉送了你性命,我之罪也!"言还未毕,口中的鲜血,往外直喷。自此也成了个呕血之疾。将书籍尽皆焚化,口中不住的喊叫杜亮,病了数月,也归大梦。遗命教迁杜亮与他同葬。有诗为证:

  纳贿趋权步步先,高才曾见几人怜?
  当路若能如杜亮,草莱①安得有遗贤?

　　说话的,这杜亮爱才恋主,果是千古奇人。然看起来,毕竟还带些腐气,未为全美。若有别桩希奇故事,异样话文,再讲回出来。列位看官稳坐着,莫要性急。适来小子道这段小故事,原是入话,还未曾说到正传。那正传却也是个仆人。他比杜亮更是不同:曾独力与孤孀主母,挣起个天大家事,替主母嫁三个女儿,与小主人娶两房娘子,到得死后,并无半文私蓄,至今名垂史册。待小子慢慢的道来,劝谕那世间为奴仆的,也学这般尽心尽

---

① 草莱:指乡间、田野。

力帮家做活，传个美名；莫学那样背恩反噬，尾大不掉的，被人唾骂。你道这段话文，出在那个朝代？什么地方？元来就在本朝嘉靖爷年间，浙江严州府淳安县，离城数里，有个乡村，名曰锦沙村。村上有一姓徐的庄家，恰是弟兄三人。大的名徐言，次的名徐召，各生一子。第三个名徐哲，浑家颜氏，却到生得二男三女。他弟兄三人，奉着父亲遗命，合锅儿吃饭，并力的耕田。挣下一头牛儿，一骑马儿。又有一个老仆，名叫阿寄，年已五十多岁，夫妻两口，也生下一个儿子，还只有十来岁。那阿寄也就是本村生长，当先因父母丧了，又无力殡殓，故此卖身在徐家。为人忠谨小心，朝起晏眠，勤于种作。徐言的父亲大得其力，每事优待。到得徐言辈掌家，见他年纪有了，便有些厌恶之意。那阿寄又不达时务，遇着徐言弟兄行事有不到处，便苦口规谏。徐哲尚肯服善，听他一两句，那徐言徐召是个自作自用的性子，反怪他多嘴擦舌，高声叱喝，有时还要奉承几下消食拳头。阿寄的老婆劝道："你一把年纪的人了，诸事只宜退缩算。他们是后生家世界，时时新，局局变，由他自去主张罢了；何苦定要多口，常讨恁样凌辱！"阿寄道："我受老主之恩，故此不得不说。"婆子道："累说不听，这也怪不得你了！"自此阿寄听了老婆言语，缄口结舌，再不干预其事，也省了好些耻辱。正合着古人两句言语，道是：

　　闭口深藏舌，安身处处牢。

　　不则一日，徐哲忽地患了个伤寒症候，七日之间，即便了帐。那时就哭杀了颜氏母子，少不得衣棺盛殓，做些功果追荐。过了两月，徐言与徐召商议道："我与你各只一子，三兄弟到有两男三女，一分就抵着我们两分。便是三兄弟在时，一般耕种，还算计不就，何况他已死了。我们日夜吃辛吃苦挣来，却养他一窝子吃死饭的。如今还是小事，到得长大起来，你我儿子婚配了，难道不与他婚男嫁女，岂不比你我反多去四分。意欲即今三股分开，撇脱了这条烂死蛇，由他们有得吃，没得吃，可不与你我没干涉了。只是当初老官儿遗嘱，教道莫要分开，今若违了他言语，被人谈论，却怎么处？"那时徐召若是个有仁心的，便该劝徐言休了这念才是；谁知他的念头，一发起得久了，听见哥子说出这话，正合其意，乃答道："老官儿虽有遗嘱，不过是死人说话了，须不是圣旨，违背不得的。况且我们的家事，那个外人敢来谈论！"徐言连称有理。即将田产家私，都暗地配搭停当，只拣不好的留与侄子。徐言又道："这牛马却怎地分？"徐召沉吟半响，乃道："不难。那阿寄夫妻年纪已老，渐渐做不动了，活时到有三个吃死饭的，死了又要赔两口棺木，把他也当作一股，派与三房里，卸了这干系，可不是好。"计议已定，到次日备些酒肴，请过几个亲邻坐下，又请出颜氏，并两个侄儿。那两个孩子，大的才得七岁,唤做福儿,小的五岁,叫做寿儿,随着母亲,直到堂前,连颜氏也不知为甚缘故。只见徐言弟兄立起身来道:"列位高亲在上,有一言相告:昔年先父原没甚所遗,多亏我弟兄,挣得些小产业,只望弟兄相守到老,传至子侄等辈分析。不幸三舍弟近日有此大变,弟妇又是个女道家,不知产业多少。况且人家消长不一,到后边多挣得,分与舍侄便好;万一消乏了,那时只道我们有甚私弊,欺负孤儿寡妇,反伤骨肉情义了。故此我兄弟商量,不如趁此完美之时,分作三股,各自领去营运,省得后来争多竞少,特请列位高亲来作眼。"遂向袖中摸出三张分书来,说道:"总是一样配搭,至公无私,只劳列位着个花押。"颜氏听说要分开自做人家,眼中扑簌簌珠泪交流,哭道:"二位伯伯,我是个孤孀妇人,儿女又小,就是没脚蟹一般!如何撑持的门户?昔日公公原分付莫要分开,还是二位伯伯总管在那里,扶持小儿女大了,但凭胡乱分些便罢,决不敢争多竞少。"徐召道:"三娘子,天下无有不散筵席,就合上一千年,少不得有个分开日子。公公乃过世的人了,他的说话,那里作得准。大伯昨日要把牛马分与你;我想侄儿又小,那个去看养,故分阿寄来帮扶。他年纪虽老,筋力还健,赛过一个后生家种作哩。那婆子绩麻纺线,也不是吃死饭的。这孩子再耐他两年,就可下得田了,你不消愁得。"颜氏见他弟兄如此,明知已是做就,料道拗他不过,一味啼哭。那些亲邻看了分书,虽晓得分得不公道,都要做好好先生,那个肯做闲冤家,出尖说话;一齐着了花押,劝慰颜氏收了进去,入席饮酒。有诗为证:

分书三纸语从容,人畜均分禀至公。
老仆不如牛马用,拥孤孀妇泣西风。

却说阿寄,那一早差他买东买西,请张请李,也不晓得又做甚事体。恰好在南村去请个亲戚,回来时里边事已停妥。刚至门口,正遇着老婆。那婆子恐他晓得了这事,又去多言多语,扯到半边,分付道:"今日是大官人分拨家私,你休得又去闲管,讨他的怠慢!"阿寄闻言,吃了一惊,说道:"当先老主人遗嘱,不要分开,如何见三官人死了,就撇开这孤儿寡妇,教他如何过活?我若不说,再有何人肯说?"转身就走。婆子又扯住道:"清官也断不得家务事,适来许多亲邻,都不开口;你是他手下人,又非甚么高年族长,怎好张主?"阿寄道:"话虽有理,但他们分的公道,便不开口;若有些欺心,就死也说不得,也要讲个明白。"又问道:"可晓得分我在那一房?"婆子道:"这到不晓得。"阿寄走到堂前,见众人吃酒,正在高兴,不好遽然①问得,站

---

① 遽(jù)然:突然,猝然。

在旁边。间壁一个邻家抬头看见,便道:"徐老官,你如今分在三房里了。他是孤孀娘子,须是竭力帮助便好。"阿寄随口答道:"我年纪已老,做不动了。"口中便说,心下暗转道:"原来拨我在三房里,一定他们道我没用了,借手推出的意思。我偏要争口气,挣个事业起来,也不被人耻笑。"遂不问他们分析的事,一径转到颜氏房门口,听得在内啼哭。阿寄立住脚听时,颜氏哭道:"天阿!只道与你一竹竿到底白头相守,那里说起半路上就抛撇了,遗下许多儿女,无依无靠!还指望倚仗做伯伯的扶养长大,谁知你骨肉未寒,便分拨开来。如今教我没投没奔,怎生过日?"又哭道:"就是分的田产,他们通是亮里,我是暗中,凭他们分派,那里知得好歹。只一件上,已见他们的肠子狠了。那牛儿可以耕田,马儿可雇倩①与人,只拣两件有利息的拿了去;却推两个老头儿与我,反要费我的衣食。"那老儿听了这话,猛然揭起门帘叫道:"三娘,你道老奴单费你的衣食,不及马牛的力么?"颜氏魆地里被他钻进来说这句话,到惊了一跳,收泪问道:"你怎地说?"阿寄道:"那牛马每年耕种雇倩,不过有得数两利息,还要赔个人去喂养跟随。若论老奴,年纪虽有,精力未衰,路还走得,苦也受得。那经商道业,虽不曾做,也都明白。三娘急急收拾些本钱,待老奴出去做些生意,一年几转,其利岂不胜似马牛数倍!就是我的婆子,平昔又勤于纺织,亦可少助薪水之费。那田产莫管好歹,把来放租与人,讨几担谷子,做了桩主,三娘同姐儿们,也做些活计,将就度日,不要动那货本。营运数年,怕不挣起个事业?何消愁闷。"颜氏见他说得有些来历,乃道:"若得你如此出力,可知好哩。但恐你有了年纪,受不得辛苦。"阿寄道:"不瞒三娘说,老便老,健还好,眠得迟,起的早,只怕后生家还赶我不上哩。这到不消虑得。"颜氏道:"你打帐做甚生意?"阿寄道:"大凡经商,本钱多便大做,本钱少便小做。须到外边去,看临期着便,见景生情,只拣有利息的就做,不是在家论得定的。"颜氏道:"说得有理,待我计较起来。"阿寄又讨出分书,将分下的家火,照单逐一点明,搬在一处,然后走至堂前答应。众亲邻直饮至晚方散。

次日,徐言即唤个匠人,把房子两下夹断,教颜氏另自开个门户出入。颜氏一面整顿家中事体,自不必说;一面将簪钗衣饰,悄悄教阿寄去变卖,共凑了十二两银子。颜氏把来交与阿寄道:"这些少东西,乃我尽命之资,一家大小俱在此上。今日交付与你,大利息原不指望,但得细微之利也就勾了。临事务要斟酌,路途亦宜小心!切莫有始无终,反被大伯们耻笑。"口中便说,不觉泪随言下。阿寄道:"但请放心,老奴自有见识在此,管情不

---

① 雇倩:出租。

负所托。"颜氏又问道："何时起身？"阿寄回道："本钱已有了，明早就行。"颜氏道："可要拣个好日？"阿寄道："我出去做生意，便是好日了，何必又拣？"即把银子藏在兜肚之中，走到自己房里，向婆子道："我明早要出门去做生意，可将旧衣旧裳，打叠在一处。"元来阿寄止与主母计议，连老婆也不通他知得。这婆子见蓦地说出那句话，也觉骇然，问道："你往何处去？做甚生意？"阿寄方把前事说与。那婆子道："阿呀！这是那里说起！你虽然一把年纪，那生意行中，从不曾着脚，却去弄虚头，说大话，兜揽这帐。孤孀娘子的银两，是苦恼东西，莫要把去弄出个话靶，连累他没得过用，岂不终身抱怨。不如依着我，快快送还三娘，拚得早起晏眠，多吃些苦儿，照旧耕种帮扶，彼此到得安逸。"阿寄道："婆子家晓道什么？只管胡言乱语！那见得我不会做生意，弄坏了事，要你未风先雨。"遂不听老婆，自去收拾了衣服被窝。却没个被囊，只得打个包儿，又做起一个缠袋，准备些干粮。又到市上买了一顶雨伞，一双麻鞋。打点完备，次早先到徐言、徐召二家说道："老奴今日要往远处做生意，家中无人照管，虽则各分门户，还要二位官人早晚看顾。"徐言二人听了，不觉暗笑，答道："这到不消你叮嘱，只要赚了银子回来，送些人事与我们。"阿寄道："这个自然。"转到家中，吃了饭食，作别了主母，穿上麻鞋，背着包裹雨伞，又分付老婆，早晚须要小心。临出门，颜氏又再三叮咛，阿寄点头答应，大踏步去了。

且说徐言弟兄，等阿寄转身后，都笑道："可笑那三娘子好没见识，有银子做生意，却不与你我商量，倒听阿寄这老奴才的说话。我想他生长已来，何曾做惯生意？哄骗孤孀妇人的东西，自去快活。这本钱可不白白送落。"徐召道："便是当初合家时，却不把出来营运，如今才分得，即教阿寄做客经商。我想三娘子又没甚妆奁，这银两定然是老官儿存日，三兄弟克剥下的，今日方才出豁。总之，三娘子瞒着你我做事，若说他不该如此，反道我们妒忌了。且待阿寄折本回来，那时去笑他。"正是：

云端看厮杀，毕竟孰输赢？
路遥知马力，日久见人心。

再说阿寄离了家中，一路思想："做甚生理便好？"忽地转着道："闻得贩漆这项道路，颇有利息，况又在近处，何不去试他一试？"定了主意，一直来至庆云山中。从来采漆之处，原有牙行，阿寄就行家住下。那贩漆的客人，却也甚多，都是挨次儿打发。阿寄想道："若慢慢的挨去，可不担搁了日子，又费去盘缠。"心生一计，捉个空扯主人家到一村店中，买三杯请他，说道："我是个小贩子，本钱短少，守日子不起的。望主人家看乡里分上，怎地设法先打发我去。那一次来，大大再整个东道请你。"也是数合当然，那主人家却正撞着是个贪杯的,吃了他的软口汤,不好回得,一口应承。当晚就往各村户凑足其数,装裹停当,恐怕客人们知得嗔怪,到寄在邻家放下,次日起个五更,打发阿寄起身。那阿寄发利市,就得了便宜,好不喜欢。教脚夫挑出新安江口,又想道:"杭州离此不远,定卖不起价钱。"遂雇船直到苏州。正遇在缺漆之时,见他的货到,犹如宝贝一般,不勾三日,卖个干净。一色都是见银,并无一毫赊帐。除去盘缠使用,足足赚个对合①有余。暗暗感谢天地。即忙收拾起身。又想道:"我今空身回去,须是趁船,这银两在身边,反担干系;何不再贩些别样货去,多少寻些利息也好。"打听得枫桥籼米到得甚多,登时落了几分价钱,乃道:"这贩米生意,量来必不吃亏。"遂籴②了六十多担籼米,载到杭州出脱。那时乃七月中旬,杭州有一个月不下雨,稻苗都干坏了,米价腾涌。阿寄这载米,又值在巧里,每一挑长了二钱,又赚十多两银子。自言自语道:"且喜做来生意,颇颇顺溜,想是我三娘福分到了。"却又想道:"既在此间,怎不去问问漆价?若与苏州相去不远,也省好些盘缠。"细细访问时,比苏州更反胜。你道为何?元来贩漆的,都道杭州路近价贱,俱往远处去了,杭州到时常短缺。常言道:货无大小,缺者便贵。故此比别处反胜。阿寄得了这个消息,喜之不胜,星夜赶到庆云山。已备下些小人事,送与主人家,依旧又买三杯相请。那主人家得了些小便宜,喜逐颜开,一如前番,悄悄先打发他转身。到杭州也不消三两日,就都卖完。计算本利,果然比起先这一帐又多几两,只是少了那回头货的利息。乃道:"下次还到远处去。"与牙人算清了帐目,收拾起程。想道:"出门好几时了,三娘必然挂念,且回去回覆一声,也教他放心。"又想道:"总是收漆,要等候两日;何不先到山中,将银子教主人家一面先收,然后回家,岂不两便。"定了主意,到山中把银两付与牙人,自赶回家去。正是:

先收漆货两番利,初出茅庐第一功。

且说颜氏自阿寄去后,朝夕悬挂,常恐他消折了这些本钱,怀着鬼胎。耳根边又听得徐言弟兄在背后撇唇簸嘴,愈加烦恼。一日正在房中闷坐,忽见两个儿子乱喊进来道:"阿寄回家了。"颜氏闻言,急走出房,阿寄早已在面前。他的老婆也随在背后。阿寄上前,深深唱个大喏。颜氏见了他,反增着一个蹬心拳头,胸前突突的乱跳,诚恐说出句扫兴话来。便问道:"你做的是什么生意?可有些利钱?"那阿寄叉手不离方寸,不慌不忙的说道:"一来感谢天地保佑,二来托赖三娘洪福,做的却是贩漆生意,赚得五六

---

① 对合:对本。
② 籴(dí):买进粮食。

倍利息。如此如此,这般这般,恐怕三娘放心不下,特归来回覆一声。"颜氏听罢,喜从天降,问道:"如今银子在那里?"阿寄道:"留与主人家收漆,不曾带回,我明早就要去的。"那时合家都欢天喜地。阿寄住了一晚,次日清早起身,别了颜氏,又往庆云山去了。

且说徐言弟兄,那晚在邻家吃社酒醉倒,故此阿寄归家,全不晓得。到次日齐走过来,问道:"阿寄做生意归来,趁了多少银子?"颜氏道:"好教二位伯伯知得,他一向贩漆营生,倒觅得五六倍利息。"徐言道:"好造化!怎样赚钱时,不勾几年,便做财主哩。"颜氏道:"伯伯休要笑话,免得饥寒便勾了。"徐召道:"他如今在那里?出去了几多时?怎么也不来见我?这样没礼。"颜氏道:"今早原就去了。"徐召道:"如何去得恁般急速?"徐言又问道:"那银两你可曾见见数么?"颜氏道:"他说俱留在行家买货,没有带回。"徐言呵呵笑道:"我只道本利已在手了,原来还是空口说白话,眼饱肚中饥。耳边到说得热哄哄,还不知本在何处,利在那里,便信以为真。做经纪的人,左手不托右手,岂有自己回家,银子反留在外人。据我看起来,多分这本钱弄折了,把这鬼话哄你。"徐召也道:"三娘子,论起你家做事,不该我们多口,但你终是女眷家,不知外边世务,既有银两,也该与我二人商量,买几亩田地,还是长策。那阿寄晓得做甚生理?却瞒着我们,将银子与他出去瞎撞。我想那银两,不是你的妆奁,也是三兄弟的私蓄,须不是偷来的,怎看得恁般轻易!"二人一吹一唱,说得颜氏哑口无言,心下也生疑惑,委决不下。把一天欢喜,又变为万般闷愁。按下此处不题。

再说阿寄这老儿急急赶到庆云山中,那行家已与他收完,点明交付。阿寄此番不在苏杭发卖,径到兴化地方,利息比这两处又好。卖完了货,打听得那边米价一两三担,斗斛又大。想起杭州见今荒歉,前次籴客贩的去,尚赚了钱,今在出处贩去,怕不有一两个对合。遂装上一大载米至杭州,准准籴了一两二钱一石,斗斛上多来,恰好顶着船钱使用。那时到山中收漆,便是大客人了,主人家好不奉承。一来是颜氏命中合该造化,二来也亏阿寄经营伶俐。凡贩的货物,定获厚利。一连做了几帐,长有二千余金。看看捱着残年,算计道:"我一个孤身老儿,带着许多财物,不是耍处!倘有差跌,前功尽弃。况且年近岁逼,家中必然悬望,不如回去,商议置买些田产,做了根本,将余下的再出来运弄。"此时他出路行头,诸色尽备;把银两逐封紧紧包裹,藏在顺袋中;水路用舟,陆路雇马,晏行早歇,十分小心。非止一日,已到家中,把行李驮入。婆子见老公回了,便去报知颜氏。那颜氏一则以喜,一则以惧。所喜者,阿寄回来,所惧者,未知生意长短若何?因向日被徐言弟兄奚落了一场,这般心里比前更是着急。三步并作两步,奔至外厢,望见这堆行李,料道不像个折本的,心下就安了一半。终是忍不住,便问道:"这一向生意如何?银两可曾带回?"阿寄近前见了个礼,说道:"三娘不要性急,待我慢慢的细说。"教老婆顶上中门,把行李尽搬至颜氏房中打开,将银子逐封交与颜氏。颜氏见着许多银两,喜出望外,连忙开箱启笼收藏。阿寄方把往来经营的事说出。颜氏因怕惹是非,徐言当日的话,一句也不说与他知道,但连称:"都亏你老人家气力了,且去歇息则个。"又分付:"倘大伯们来问起,不要与他讲真话。"阿寄道:"老奴理会得。"正话间,外面闹闹声叩门,原来却是徐言弟兄听见阿寄归了,特来打探消耗。阿寄上前作了两个揖。徐言道:"前日闻得你生意十分旺相,今番又趁若干利息?"阿寄道:"老奴托赖二位官人洪福,除了本钱盘费,干净趁得四五十两。"徐召道:"阿呀!前次便说有五六倍利了,怎地又去了许多时,反少起来?"徐言道:"且不要问他趁多趁少,只是银子今次可曾带回?"阿寄道:"已交与三娘了。"二人便不言语,转身出去。

　　再说阿寄与颜氏商议,要置买田产,悄地央人寻觅。大抵出一个财主,生一个败子。那锦沙村有个晏大户,家私豪富,田产广多,单生一子名为世保,取世守其业的意思。谁知这晏世保,专于嫖赌,把那老头儿活活气死。合村的人道他是个败子,将晏世保三字,顺口改为献世宝。那献世宝同着一班无藉,朝欢暮乐,弄完了家中财物,渐渐摇动产业。道是零星卖来不勾用,索性卖一千亩,讨价三千余两,又要一注儿交银。那村中富者虽有,一时凑不起许多银子,无人上桩。延至岁底,献世宝手中越觉干逼,情愿连一所庄房,只要半价。阿寄偶然闻得这个消息,即寻中人去,讨个经帐,恐怕有人先成了去,就约次日成交。献世宝听得有了售主,好不欢喜。平日一刻也不着家的,偏这日足迹不敢出门,呆呆的等候中人同往。且说阿寄料道献世宝是爱吃东西的,清早便去买下佳肴美酝,唤个厨夫安排。又向颜氏道:"今日这场交易,非同小可。三娘是个女眷家,两位小官人又幼,老奴又是下人,只好在旁说话,难好与他抗礼;须请间壁大官人弟兄来作眼,方是正理。"颜氏道:"你就过去请一声。"阿寄即到徐言门首,弟兄正在那里说话。阿寄道:"今日三娘买几亩田地,特请二位官人来张主。"二人口中虽然答应,心内又怪颜氏不托他寻觅,好生不乐。徐言说道:"既要买田,如何不托你我,又教阿寄张主。直至成交,方才来说。只是这村中,没有什么零星田卖。"徐召道:"不必猜疑,少顷便见着落了。"二人坐于门首,等至午前光景,只见献世宝同着几个中人,两个小厮,拿着拜匣,一路拍手拍脚的笑来,望着间壁门内齐走进去。徐言弟兄看了,倒吃一吓,都道:"咦!好作怪!闻得献世宝要卖一千亩田,实价三千余两,不信他家有许多银子?难道献世宝又零卖一二十亩?"疑惑不定。随后跟人，相见已罢，分宾而坐。阿寄向前说道："晏官人，田价昨日已是言定，一依分付，不敢短少。晏官人也莫要节外生枝，又更他说。"献世宝乱嚷道："大丈夫做事，一言已出，驷马难追。若又有他说，便不是人养的了。"阿寄道："既如此，先立了文契，然后兑银。"那纸墨笔砚，准备得停停当当，拿过来就是。献世宝拈起笔，尽情写了一纸绝契，又道："省得你不放心，先画了花押，何如?"阿寄道："如此更好。"徐言兄弟看那契上，果是一千亩田，一所庄房，实价一千五百两。吓得二人面面相觑，伸出了舌头，半日也缩不上去。都暗想道："阿寄生意总是趁钱，也趁不得这些！莫不是做强盗打劫的，或是掘着了藏？好生难猜。"中人着完花押，阿寄收进去交与颜氏。他已先借下一副天秤法马，提来放在桌上，与颜氏取出银子来兑，一色都是粉块细丝。徐言、徐召眼内放出火来，喉间烟也直冒，恨不得推开众人，通抢回去。不一时兑完，摆出酒肴，饮至更深方散。次日，阿寄又向颜氏道："那庄房甚是宽大，何不搬在那边居住？收下的稻子，也好照管。"颜氏晓得徐言弟兄妒忌，也巴不能远开一步。便依他说话，选了新正初六，迁入新房。阿寄又请个先生，教他两位小官人读书，大的取名徐宽，次的名徐宏。家中收拾得十分次第。那些村中人见颜氏买了一千亩田，都传说掘了藏，银子不计其数，连坑厕说来都是银的，谁个不来趋奉。再说阿寄将家中整顿停当，依旧又出去经营。这番不专于贩漆，但闻有利息的便做。家中收下米谷，又将来腾那。十年之外，家私巨富。那献世宝的田宅，尽归于徐氏。门庭热闹，牛马成群，婢仆、雇工人等，也有整百，好不兴头！正是：

　　　　富贵本无根，尽从勤里得。
　　　　请观懒惰者，面带饥寒色。

那时颜氏三个女儿，都嫁与一般富户。徐宽徐宏也各婚配。一应婚嫁礼物，尽是阿寄支持，不费颜氏丝毫气力。他又见田产广多，差役烦重，与徐宽弟兄，俱纳个监生，优免若干田役①。颜氏与阿寄儿子完了姻事；又见那老儿年纪衰迈，留在家中照管，不肯放他出门，又派个马儿与他乘坐。那老儿自经营以来，从不曾私吃一些好饮食，也不曾自私做一件好衣服，寸丝尺帛，必禀命颜氏，方才敢用。且又知礼数，不论族中老幼，见了必然站起。或乘马在途中遇着，便跳下来闪在路傍，让过去了，然后又行。因此远近亲邻，没一人不把他敬重。就是颜氏母子，也如尊长看承。那徐言、徐召，虽也挣起些田产，比着颜氏，尚有天渊之隔，终日眼红颈赤。那老儿揣知二人

---

① 优免若干田役：明代规定：有了秀才（包括监生）的资格，就可获得免除某些项差役的权利。

意思,劝颜氏各助百金之物。又筑起一座新坟,连徐哲父母,一齐安葬。那老儿整整活到八十,患起病来,颜氏要请医人调治,那老儿道:"人年八十,死乃分内之事,何必又费钱钞。"执意不肯服药。颜氏母子,不住在床前看视,一面准备衣衾棺椁。病了数日,势渐危笃,乃请颜氏母子到房中坐下,说道:"老奴牛马力已少尽,死亦无恨。只有一事,越分张主,不要见怪!"颜氏垂泪道:"我母子全亏你气力,方有今日;有甚事体,一凭分付,决不违拗。"那老儿向枕边摸出两纸文书,递与颜氏道:"两位小官人,年纪已长,日后少不得要分析,倘那时嫌多道少,便伤了手足之情。故此老奴久已将一应田房财物等件,均分停当;今日交付与二位小官人,各自去管业。"又叮嘱道:"那奴仆中难得好人,诸事须要自己经心,切不可重托。"颜氏母子,含泪领命。他的老婆儿子,都在床前啼啼哭哭,也嘱咐了几句。忽地又道:"只有大官人二官人,不曾面别,终是欠事,可与我去请来。"颜氏即差个家人去请。徐言徐召说道:"好时不直得帮扶我们,临死却来思想,可不扯淡!不去不去!"那家人无法,只得转身。却着徐宏亲自奔来相请,二人灭不过①侄儿面皮,勉强随来。那老儿已说话不出,把眼看了两看,点点头儿,奄然而逝。他的老婆儿媳啼哭,自不必说。只这颜氏母子俱放声号恸,便是家中大小男女,念他平日做人好处,也无不下泪。惟有徐言、徐召反有喜色。可怜那老儿:

　　辛勤好似蚕成茧,茧老成丝蚕命休。
　　又似采花蜂酿蜜,甜头到底被人收。

　　颜氏母子哭了一回,出去支持殡殓之事。徐言、徐召看见棺木坚固,衣衾整齐,扯徐宽弟兄到一边,说道:"他是我家家人,将就些罢了!如何要这般好断送?就是当初你家公公与你父亲,也没恁般齐整!"徐宽道:"我家全亏他挣起这些事业,若薄了他,内心上也打不过去。"徐召笑道:"你老大的人,还是个呆子!只是你母子命中合该有此造化,岂真是他本事挣来的哩。还有一件,他做了许多年数,克剥的私房,必然也有好些,怕道没得结果,你却挖出肉里钱来,与他备后事。"徐宏道:"不要冤枉好人!我看他平日,一厘一毫,都清清白白交与母亲,并不见有什么私房。"徐召又道:"做的私房,藏在那里,难道把与你看不成?若不信时,如今将那房中一检,极少也有整千银子。"徐宽道:"总有也是他挣下的,好道拿他的不成?"徐言道:"虽不拿他,见个明白也好。"徐宽弟兄被二人说得疑疑惑惑,遂听了他,也不通颜氏知道,一齐走至阿寄房中,把婆子们哄了出去,闭上房门,开箱倒笼,遍

---
① 灭不过:碍不过情面的意思。

处一搜,只有几件旧衣旧裳,那有分文钱钞。徐召道:"一定藏在儿子房里,也去一检。"寻出一包银子,不上二两,包中有个帐儿。徐宽仔细看时,还是他儿子娶妻时,颜氏助他三两银子,用剩下的。徐宏道:"我说他没有什么私房,却定要来看!还不快收拾好了,倘被人撞见,反道我们器量小了。"徐言、徐召自觉乏趣,也不别颜氏,径自去了。徐宽又把这事学向母亲,愈加伤感。令合家挂孝,开丧受吊,多修功果追荐。七终之后,即安葬于新坟傍边。祭葬之礼,每事从厚。颜氏主张,将家产分一股与他儿子,自去成家立业,奉养其母。又教儿子们以叔侄相称。此亦见颜氏不泯阿寄恩义的好处。合村的人,将阿寄生平行谊,具呈府县,要求旌①奖,以劝后人。府县又查勘的实,申报上司,具疏奏闻。朝廷旌表其间。至今徐氏子孙繁衍,富冠淳安。诗云:

年老筋衰逊马牛,千金致产出人头。
托孤寄命真无愧,羞杀苍头不义侯②。

吕大郎还金完骨肉

毛宝放龟悬大印③,宋郊渡蚁④占高魁。
世人尽说天高远,谁识阴功暗里来。

话说浙江嘉兴府长水塘地方,有一富翁,姓金名钟,家财万贯,世代都称员外。性至悭吝。平生常有五恨,那五恨?

一恨天,二恨地,三恨自家,四恨爹娘,五恨皇帝。

恨天者,恨他不常常六月,又多了秋风冬雪,使人怕冷,不免费钱买衣服来穿。恨地者,恨他树木生得不凑趣;若是凑趣,生得齐整如意,树本就好做屋柱,枝条大者,就好做梁,细者就好做椽,却不省了匠人工作。恨自家者,恨肚皮不会作家,一日不吃饭,就饿将起来。恨爹娘者,恨他遗下许

---

① 旌(jīng):表扬。
② 苍头不义侯:苍头,奴仆。东汉初,彭宠自立为燕王。他的苍头子密等趁他睡着,捆在床上,劫取宝物,把他杀了,投降汉光武(刘秀)。刘秀封子密为不义侯。
③ "毛宝"一句:毛宝,晋人。旧记载中只说:他属下一个军人,养了一只龟,又放了它,后来在战事中,这个军人掉在江里,那只龟救了这个军人,并不是毛宝自己的事。后来便附会成毛宝的事。
④ 宋郊渡蚁:传说故事:宋代的宋郊曾经从水里救起许多蚂蚁,后来中了状元。

多亲眷朋友,来时未免费茶费水。恨皇帝者,我的祖宗分授的田地,却要他来收钱粮。不止五恨,还有四愿,愿得四般物事。那四般物事?

一愿得邓家铜山①,

二愿得郭家金穴②,

三愿得石崇的聚宝盆,

四愿得吕纯阳祖师点石为金这个手指头。

因有这四愿、五恨,心常不足。积财聚谷,日不暇给。真个是数米而炊,称柴而爨③。因此乡里起他一个异名,叫做金冷水,又叫金剥皮。尤不喜者是僧人。世间只有僧人讨便宜,他单会布施俗家的东西,再没有反布施与俗家之理。所以金冷水见了僧人,就是眼中之钉,舌中之刺。他住居相近处,有个福善庵。金员外生年五十,从不晓得在庵中破费一文的香钱。所喜浑家单氏,与员外同年同月同日,只不同时。他偏吃斋好善。金员外喜他的是吃斋,恼他的是好善。因四十岁上,尚无子息。单氏瞒过了丈夫,将自己钗梳二十余金,布施与福善庵老僧,教他妆佛诵经祈求子嗣。佛门有应,果然连生二子,且是俊秀。因是福善庵祈求来的,大的小名福儿,小的小名善儿。单氏自得了二子之后,时常瞒了丈夫,偷柴偷米,送与福善庵,供养那老僧。金员外偶然察听了些风声,便去咒天骂地,夫妻反目,直聒得一个不耐烦方休。如此也非止一次。只为浑家也是个硬性,闹过了,依旧不理。其年夫妻齐寿,皆当五旬。福儿年九岁,善儿年八岁,踏肩生下来的,都已上学读书,十全之美。到生辰之日,金员外恐有亲朋来贺寿,预先躲出。单氏又凑些私房银两,送与庵中打一坛斋醮。一来为老夫妇齐寿,二来为儿子长大,了还愿心。日前也曾与丈夫说过来,丈夫不肯,所以只得私房做事。其夜,和尚们要铺设长生佛灯,叫香火道人至金家,问金阿妈要几斗糙米。单氏偷开了仓门,将米三斗,付与道人去了。随后金员外回来,单氏还在仓门口封锁。被丈夫窥见了,又见地下狼藉些米粒,知是私房做事。欲要争嚷,心下想道:"今日生辰好日,况且东西去了,也讨不转来,干拌去了涎沫④。"只推不知,忍住这口气。一夜不睡。左思右想道:"叵耐这贼秃常时来蒿恼我家!到是我看家的一个耗鬼。除非那秃驴死了,方绝其患。"恨无计策。到天明时,老僧携着一个徒弟来回覆醮事。原来那和尚也怕见金冷水,且站在门外张望。金老早已瞧见。眉头一皱,计

---

① 邓家铜山:西汉刘恒(文帝)赐他幸臣邓通以蜀郡的铜矿,并准许他自行铸钱,邓氏便大富。

② 郭家金穴:东汉刘秀(光武)皇后郭氏的兄弟郭况,是豪门国戚,当时人民称他的家为金穴。

③ 爨(cuàn):煮饭。

④ "干拌"一句:意思是徒费唇舌。

上心来。取了几文钱,从侧门走出市心,到山药铺里赎些砒霜。转到卖点心的王三郎店里。王三郎正蒸着一笼熟粉,摆一碗糖馅,要做饼子。金冷水袖里摸出八文钱撒在柜上道:"三郎收了钱,大些的饼子与我做四个。馅却不要下少了。你只捏着窝儿,等我自家下馅则个。"王三郎口虽不言,心下想道:"有名的金冷水,金剥皮,自从开这几年点心铺子,从不见他家半文之面。今日好利市,也撰他八个钱。他是好便宜的。便等他多下些馅去,扳他下次主顾。"王三郎向笼中取出雪团样的熟粉,真个捏做窝儿,递与金冷水说道:"员外请尊便。"金冷水却将砒霜末悄悄的撒在饼内,然后加馅,做成饼子。如此一连做了四个,热烘烘的放在袖里。离了王三郎店,望自家门首踱将进来。那两个和尚,正在厅中吃茶。金老欣然相揖。揖罢,入内对浑家道:"两个师父侵早到来,恐怕肚里饥饿。适才邻舍家邀我吃点心。我见饼子热得好,袖了他四个来。何不就请了两个师父?"单氏深喜丈夫回心向善,取个朱红楪子①,把四个饼子装做一楪,叫丫鬟托将出去。那和尚见了员外回家,不敢久坐,已无心吃饼了。见丫鬟送出来,知是阿妈美意,也不好虚得。将四个饼子装做一袖,叫声咭噪,出门回庵而去。金老暗暗欢喜,不在话下。却说金家两个学生,在社学中读书。放了学时,常到庵中顽耍。这一晚,又到庵中。老和尚想道:"金家两位小官人,时常到此,没有什么请得他。今早金阿妈送我四个饼子还不曾动,放在橱柜里。何不将来爊②热了,请他吃一杯茶?"当下分付徒弟在橱柜里取出四个饼子,厨房下爊得焦黄,热了两杯浓茶,摆在房里,请两位小官人吃茶。两个学生顽耍了半晌,正在肚饥。见了热腾腾的饼子,一人两个,都吃了。不吃时犹可,吃了呵,分明是:

  一块火烧着心肝,万杆枪攒却腹肚!

两个一时齐叫肚疼。跟随的学童慌了,要扶他回去。奈两个疼做一堆,跑走不动。老和尚也着了忙,正不知什么意故。只得叫徒弟一人背了一个,学童随着,送回金员外家,二僧自去了。金家夫妇这一惊非小,慌忙叫学童问其缘故。学童道:"方才到福善庵吃了四个饼子,便叫肚疼起来。那老师父说,这饼子原是我家今早把与他吃的。他不舍得吃,将来恭敬两位小官人。"金员外情知跷蹊了,只得将砒霜实情对阿妈说知。单氏心下越慌了,便把凉水灌他,如何灌得醒!须臾七窍流血,呜呼哀哉,做了一对殇③鬼。

---

① 楪(dié)子:即碟子。
② 爊(hàn):烧。
③ 殇(shāng):未成年而死。

单氏千难万难,祈求下两个孩儿,却被丈夫不仁,自家毒死了。待要厮骂一场,也是枉然。气又忍不过,苦又熬不过。走进内房,解下束腰罗帕,悬梁自缢。金员外哭了儿子一场,方才收泪。到房中与阿妈商议说话,见梁上这件打秋千的东西,唬得半死。登时就得病上床,不勾七日,也死了。金氏族家,平昔恨那金冷水,金剥皮悭吝,此时大赐其便,大大小小,都蜂拥而来,将家私抢个罄尽。此乃万贯家财,有名的金员外一个终身结果。不好善而行恶之报也。有诗为证:

　　饼内砒霜那得知？害人番害自家儿。
　　举心动念天知道,果报昭彰岂有私。

　　方才说金员外只为行恶上,拆散了一家骨肉。如今再说一个人,单为行善上,周全了一家骨肉。正是:

　　善恶相形,祸福自见。
　　戒人作恶,劝人为善。

　　话说江南常州府无锡县东门外,有个小户人家,兄弟三人。大的叫做吕玉,第二的叫做吕宝,第三的叫做吕珍。吕玉娶妻王氏,吕宝娶妻杨氏,俱有姿色。吕珍年幼未娶。王氏生下一个孩子,小名喜儿,方才六岁,跟邻舍家儿童出去看神会①。夜晚不回。夫妻两个烦恼,出了一张招子,街坊上,叫了数日,全无影响。吕玉气闷,在家里坐不过,向大户家借了几两本钱,往太仓嘉定一路,收些绵花布匹,各处贩卖,就便访问儿子消息。每年正二月出门,到八九月回家,又收新货。走了四个年头,虽然趁些利息,眼见得儿子没有寻处了。日久心慢,也不在话下。到第五个年头,吕玉别了王氏,又去做经纪。何期中途遇了个大本钱的布商,谈论之间,知道吕玉买卖中通透,拉他同往山西脱货,就带绒货转来发卖,于中有些用钱相谢。吕玉贪了蝇头微利,随着去了。及至到了山西,发货之后,遇着连岁荒歉,讨赊帐不起,不得脱身。吕玉少年久旷,也不免行户②中走了一两遍,走出一身风流疮。服药调治,无面回家。挨到三年,疮才痊好。讨清了帐目。那布商因为稽迟了吕玉的归期,加倍酬谢。吕玉得了些利物,等不得布商收货完备,自己贩些粗细绒褐,相别先回。一日早晨,行至陈留地方,偶然去坑厕出恭。见坑板上遗下个青布搭膊。检在手中,觉得沉重。取回下处,打开看时,都是白物③,约有二百金之数。吕玉想道:"这不意之财,虽

---

① 神会:迎神赛会。
② 行户:妓院的隐语。
③ 白物:银子的隐语。

则取之无碍,倘或失主追寻不见,好大一场气闷。古人见金不取,拾带重还①。我今年过三旬,尚无子嗣,要这横财何用!"忙到坑厕左近伺候。只等有人来抓寻,就将原物还他。等了一日,不见人来。次日只得起身。又行了五百余里,到南宿州地方。其日天晚,下一个客店。遇着一个同下的客人,闲论起江湖生意之事。那客人说起自不小心,五日前侵晨到陈留县解下搭膊登东。偶然官府在街上过,心慌起身,却忘记了那搭膊。里面有二百两银子。直到夜里脱衣要睡,方才省得。想着过了一日,自然有人拾去了。转去寻觅,也是无益。只得自认悔气罢了。吕玉便问:"老客尊姓?高居何处?"客人道:"在下姓陈,祖贯徽州。今在扬州闸上开个粮食铺子。敢问老兄高姓?"吕玉道:"小弟姓吕,是常州无锡县人,扬州也是顺路。相送尊兄到彼奉拜。"客人也不知详细。答应道:"若肯下顾最好。"次早,二人作伴同行。不一日,来到扬州闸口。吕玉也到陈家铺子。登堂作揖。陈朝奉看坐献茶。吕玉先提起陈留县失银子之事。盘问他搭膊模样。"是个深蓝青布的,一头有白线缉一个陈字。"吕玉心下晓然。便道:"小弟前在陈留拾得一个搭膊,到也相像,把来与尊兄认看。"陈朝奉见了搭膊,道:"正是。"搭膊里面银两,原封不动。吕玉双手递还陈朝奉。陈朝奉过意不去,要与吕玉均分。吕玉不肯。陈朝奉道:"便不均分,也受我几两谢礼,等在下心安。"吕玉那里肯受。陈朝奉感激不尽。慌忙摆饭相款。思想:"难得吕玉这般好人,还金之恩,无门可报。自家有十二岁一个女儿,要与吕君扳一脉亲往来,第不知他有儿子否?"饮酒中间,陈朝奉问道:"恩兄,令郎几岁了?"吕玉不觉掉下泪来,答道:"小弟只有一儿,七年前为看神会,失去了。至今并无下落。荆妻亦别无生育。如今回去,意欲寻个螟岭之子,出去帮扶生理,只是难得这般凑巧的。"陈朝奉道:"舍下数年之间,将三两银子,买得一个小厮,貌颇清秀,又且乖巧,也是下路人②带来的。如今十三岁了。伴着小儿在学堂中上学。恩兄若看得中意时,就送与恩兄伏侍,也当我一点薄敬。"吕玉道:"若肯相借,当奉还身价。"陈朝奉道:"说那里话来!只恐恩兄不用时,小弟无以为情。"当下便教掌店的,去学堂中唤喜儿到来。吕玉听得名字与他儿子相同,心中疑惑。须臾,小厮唤到。穿一领芜湖青布的道袍,生得果然清秀。习惯了学堂中规矩,见了吕玉,朝上深深唱个喏。吕玉心下便觉得欢喜。仔细认出儿子面貌来。四岁时,因跌损左边眉

---

① 拾带重还:唐裴度曾在一个庙中,拾了某妇人遗下的几条宝带,那是她准备去营救父亲应用的,裴度守候着还了她。

② 下路人:犹称下江人,习惯上居住在上游地带的称下游地带的人为下路人。

角,结一个小疤儿,有这点可认。吕玉便问道:"几时到陈家的?"那小厮想一想道:"有六七年了。"又问他:"你原是那里人?谁卖你在此?"那小厮道:"不十分详细。只记得爹叫做吕大。还有两个叔叔在家。娘姓王,家在无锡城外。小时被人骗出,卖在此间。"吕玉听罢,便抱那小厮在怀,叫声:"亲儿!我正是无锡吕大!是你的亲爹了。失了你七年,何期在此相遇!"正是:

水底捞针针已得,掌中失宝宝重逢。
筵前相抱殷勤认,犹恐今朝是梦中。

小厮眼中流下泪来。吕玉伤感,自不必说。吕玉起身拜谢陈朝奉:"小儿若非府上收留,今日安得父子重会?"陈朝奉道:"恩兄有还金之盛德,天遣尊驾到寒舍,父子团圆。小弟一向不知是令郎,甚愧怠慢。"吕玉又叫喜儿拜谢了陈朝奉。陈朝奉定要还拜。吕玉不肯。再三扶住,受了两礼。便请喜儿坐于吕玉之傍。陈朝奉开言:"承恩兄相爱,学生有一女年方十二岁,欲与令郎结丝萝之好。"吕玉见他情意真恳,谦让不得,只得依允。是夜父子同榻而宿,说了一夜的话。次日,吕玉辞别要行。陈朝奉留住,另设个大席面,管待新亲家,新女婿,就当送行。酒行数巡,陈朝奉取出白金二十两,向吕玉说道:"贤婿一向在舍有慢,今奉些须薄礼相赆,权表亲情,万勿固辞。"吕玉道:"过承高门俯就,舍下就该行聘定之礼。因在客途,不好苟且。如何反费亲家厚赐?决不敢当!"陈朝奉道:"这是学生自送与贤婿的,不干亲翁之事。亲翁若见却,就是不允这头亲事了。"吕玉没得说,只得受了。叫儿子出席拜谢。陈朝奉扶起道:"些微薄礼,何谢之有。"喜儿又进去谢了丈母。当日开怀畅饮,至晚而散。吕玉想道:"我因这还金之便,父子相逢,诚乃天意。又攀了这头好亲事,似锦上添花。无处报答天地。有陈亲家送这二十两银子,也是不意之财。何不择个洁净僧院,籴米斋僧,以种福田。"主意定了。次早,陈朝奉又备早饭。吕玉父子吃罢,收拾行囊,作谢而别。唤了一只小船,摇出闸外。

约有数里,只听得江边鼎沸。原来坏了一只人载船,落水的号呼求救。崖上人招呼小船打捞,小船索要赏犒,在那里争嚷。吕玉想道:"救人一命,胜造七级浮屠。比如我要去斋僧,何不舍这二十两银子做赏钱,教他捞救,见在功德。"当下对众人说:"我出赏钱,快捞救。若救起一船人性命,把二十两银子与你们。"众人听得有二十两银子赏钱,小船如蚁而来。连崖上人,也有几个会水性的,赴水去救。须臾之间,把一船人都救起。吕玉将银子付与众人分散。水中得命的,都千恩万谢。只见内中一人,看了吕玉叫道:"哥哥那里来?"吕玉看他,不是别人,正是第三个亲弟吕珍。吕玉合掌道:"惭愧,惭愧!天遣我捞救兄弟一命。"忙扶上船,将干衣服与他换了。吕珍纳头便拜。吕玉答礼。就叫侄儿见了叔叔。把还金遇子之事,述了一遍。吕珍惊讶不已。吕玉问道:"你却为何到此?"吕珍道:"一言难尽。自从哥哥出门之后,一去三年。有人传说哥哥在山西害了疮毒身故。二哥察访得实,嫂嫂已是成服戴孝。兄弟只是不信。二哥近日又要逼嫂嫂嫁人。嫂嫂不从。因此教兄弟亲到山西访问哥哥消息,不期于此相会。又遭覆溺,得哥哥捞救。天与之幸!哥哥不可怠缓,急急回家,以安嫂嫂之心。迟则怕有变了。"吕玉闻说惊慌。急叫家长①开船,星夜赶路。正是:

　　心忙似箭惟嫌缓,船走如梭尚道迟!

　　再说王氏闻丈夫凶信,初时也疑惑。被吕宝说得活龙活现,也信了。少不得换了些素服。吕宝心怀不善,想着哥哥已故,嫂嫂又无所出。况且年纪后生,要劝他改嫁,自己得些财礼。教浑家杨氏与阿姆②说。王氏坚意不从。又得吕珍朝夕谏阻。所以其计不成。王氏想道:"'千闻不如一见。'虽说丈夫已死,在几千里之外,不知端的。"央小叔吕珍是必亲到山西,问个备细。如果然不幸,骨殖也带一块回来。吕珍去后,吕宝愈无忌惮。又连日赌钱输了,没处设法。偶有江西客人丧偶,要讨一个娘子。吕宝就将嫂嫂与他说合。那客人也访得吕大的浑家,有几分颜色。情愿出三十两银子。吕宝得了银子,向客人道:"家嫂有些妆乔③,好好里请他出门,定然不肯。今夜黄昏时分,唤了人轿,悄地到我家来。只看戴孝髻的,便是家嫂。更不须言语,扶他上轿,连夜开船去便了。"客人依计而行。却说吕宝回家,恐怕嫂嫂不从,在他跟前不露一字。却私下对浑家做个手势道:"那两脚货,今夜要出脱与江西客人去了。我生怕他哭哭啼啼,先躲出去。黄昏时候,你劝他上轿。日里且莫对他说。"吕宝自去了。却不曾说明孝髻的事。原来杨氏与王氏妯娌最睦,心中不忍,一时丈夫做主,没奈他何。欲言不言。直挨到西牌时分,只得与王氏透个消息:"我丈夫已将姆姆嫁与江西客人,少停,客人就来取亲,教我莫说。我与姆姆情厚,不好瞒得。你房中有甚细软家私,预先收拾,打个包裹,省得一时忙乱。"王氏啼哭起来,叫天叫地起来。杨氏道:"不是奴苦劝姆姆。后生家孤孀,终久不了。吊桶已落在井里,也是一缘一会。哭也没用!"王氏道:"婶婶说那里话!我丈夫虽说已死,不曾亲见。且待三叔回来,定有个真信。如今逼得我好苦!"说罢又

---

① 家长:即驾长,船上水手头目。
② 阿姆:即姆姆,妯娌之间,弟妻对兄妻的称呼。
③ 妆乔:装模作样。

哭。杨氏左劝右劝。王氏住了哭说道："姆姆，既要我嫁人，罢了。怎好戴孝髻出门？姆姆寻一顶黑髻与奴换了。"杨氏又要忠丈夫之托，又要姆姆面上讨好，连忙去寻黑髻来换。也是天数当然，旧髻儿也寻不出一顶。王氏道："姆姆，你是在家的，暂时换你头上的髻儿与我。明早你教叔叔铺里取一顶来换了就是。"杨氏道："使得。"便除下髻来递与姆姆。王氏将自己孝髻除下，换与杨氏戴了。王氏又换了一身色服。黄昏过后，江西客人，引着灯笼火把，抬着一顶花花轿，吹手虽有一副，不敢吹打。如风似雨，飞奔吕家来。吕宝已自与了他暗号。众人推开大门，只认戴孝髻的就抢。杨氏嚷道："不是！"众人那里管三七二十一！抢上轿时，鼓手吹打，轿夫飞也似抬去了。

  一派笙歌上客船，错疑孝髻是姻缘。
  新人若向新郎诉，只怨亲夫不怨天。

  王氏暗暗叫谢天谢地。关了大门，自去安歇。次日天明，吕宝意气扬扬，敲门进来。看见是嫂嫂开门，吃了一惊。房中不见了浑家。见嫂子头上戴的是黑髻，心中大疑。问道："嫂嫂，你婶子那里去了？"王氏暗暗好笑答道："昨夜被江西蛮子抢去了。"吕宝道："那有这话！且问嫂嫂如何不戴孝髻？"王氏将换髻的缘故，述了一遍。吕宝捶胸只是叫苦。指望卖嫂子，谁知到卖了老婆！江西客人已是开船去了。三十两银子，昨晚一夜，就赌输了一大半。再要娶这房媳妇子，今生休想。复又思量，一不做，二不休，有心是这等，再寻个主顾把嫂子卖了，还有讨老婆的本钱。方欲出门，只见门外四五个人，一拥进来，不是别人，却是哥哥吕玉，兄弟吕珍，侄子喜儿，与两个脚家①，驮了行李货物进门。吕宝自觉无颜，后门逃出，不知去向。王氏接了丈夫，又见儿子长大回家，问其缘故。吕玉从头至尾，叙了一遍。王氏也把江西人抢去婶婶，吕宝无颜，后门走了一段情节叙出。吕玉道："我若贪了这二百两非意之财，怎勾父子相见？若惜了那二十两银子，不去捞救覆舟之人，怎能勾兄弟相逢？若不遇兄弟时，怎知家中信息？今日夫妻重会，一家骨肉团圆，皆天使之然也。逆弟卖妻，也是自作自受，皇天报应，的然不爽！"自此益修善行，家道日隆。后来喜儿与陈员外之女做亲，子孙繁衍，多有出仕贵显者。诗云：

  本意还金兼得子，立心卖嫂反输妻。
  世间惟有天工巧，善恶分明不可欺。

---

① 脚家：搬运工人，即脚夫。

唐解元玩世出奇

　　三通鼓角四更鸡,日色高升月色低。
　　时序秋冬又春夏,舟车南北复东西。
　　镜中次第人颜老,世上参差事不齐。
　　若向其间寻稳便,一壶浊酒一餐斋。

　　这八句诗乃吴中一个才子所作,那才子姓唐名寅,字伯虎,聪明盖地,学问包天,书画音乐,无有不通;词赋诗文,一挥便就。为人放浪不羁,有轻世傲物之志。生于苏郡,家住吴趋。做秀才时,曾效连珠体,做《花月吟》十余首,句句中有花有月。如:"长空影动花迎月,深院人归月伴花";"云破月窥花好处,夜深花睡月明中"等句,为人称颂。本府太守曹凤见之,深爱其才。值宗师科考,曹公以才名特荐。那宗师姓方名志,鄞县人,最不喜古文辞。闻唐寅恃才豪放,不修小节,正要坐名黜治。却得曹公一力保救,虽然免祸,却不放他科举。直至临场,曹公再三苦求,附一名于遗才①之末。是科遂中了解元。伯虎会试至京,文名益著,公卿皆折节下交,以识面为荣。有程詹事典试,颇开私径卖题,恐人议论,欲访一才名素著者为榜首,压服众心,得唐寅甚喜,许以会元。伯虎性素坦率,酒中便向人夸说:"今年我定做会元了。"众人已闻程詹事有私,又忌伯虎之才,哄传主司不公,言官风闻动本。圣旨不许程詹事阅卷,与唐寅俱下诏狱,问革。伯虎还乡,绝意功名,益放浪诗酒,人都称为唐解元。得唐解元诗文字画,片纸尺幅,如获重宝。其中惟画,尤其得意。平日心中喜怒哀乐,都寓之于丹青。每一画出,争以重价购之。有《言志》诗一绝为证:
　　不炼金丹不坐禅,不为商贾不耕田。
　　闲来写幅丹青卖,不使人间作业钱。
　　却说苏州六门:葑、盘、胥、阊、娄、齐。那六门中只有阊门最盛,乃舟车辐辏之所。真个是:
　　翠袖三千楼上下,黄金百万水东西,
　　五更市贩何曾绝,四远方言总不齐。

---

　　① 遗才:秀才去应乡试,必需先经过学道的科考录送,临时添补核准的称为录遗,就是所谓遗才。

唐解元一日坐在阊门游船之上,就有许多斯文中人,慕名来拜,出扇求其字画。解元画了几笔水墨,写了几首绝句。那闻风而至者,其来愈多。解元不耐烦,命童子且把大杯斟酒来。解元倚窗独酌,忽见有画舫从旁摇过,舫中珠翠夺目,内有一青衣小鬟,眉目秀艳,体态绰约,舒头船外,注视解元,掩口而笑。须臾船过,解元神荡魂摇,问舟子:"可认得去的那只船么?"舟人答言:"此船乃无锡华学士府眷也。"解元欲尾其后,急呼小艇不至,心中如有所失。正要教童子去觅船,只见城中一只船儿,摇将出来。他也不管那船有载没载,把手相招,乱呼乱喊。那船渐渐至近,舱中一人,走出船头,叫声:"伯虎,你要到何处去?这般要紧!"解元打一看时,不是别人,却是好友王雅宜。便道:"急要答拜一个远来朋友,故此要紧,兄的船往那里去?"雅宜道:"弟同两个舍亲到茅山去进香,数日方回。"解元道:"我也要到茅山进香,正没有人同去。如今只得要趁便了。"雅宜道:"兄若要去,快些回家收拾。弟泊船在此相候。"解元道:"就去罢了,又回家做什么!"雅宜道:"香烛之类,也要备的。"解元道:"到那里去买罢!"遂打发童子回去。也不别这些求诗画的朋友,径跳过船来,与舱中朋友叙了礼,连呼:"快些开船。"舟子知是唐解元,不敢怠慢,即忙撑篙摇橹。行不多时,望见这只画舫就在前面。解元分付船上,随着大船而行。众人不知其故,只得依他。次日到了无锡,见画舫摇进城里。解元道:"到了这里,若不取惠山泉也就俗了。"叫船家移舟去惠山取了水,原到此处停泊,明日早行。"我们到城里略走一走,就来下船。"舟子答应自去。解元同雅宜三四人登岸,进了城,到那热闹的所在,撇了众人,独自一个去寻那画舫。却又不认得路径,东行西走,并不见些踪影。走了一回,穿出一条大街上来,忽听得呼喝之声。解元立住脚看时,只见十来个仆人前引一乘暖轿,自东而来,女从如云。自古道:"有缘千里能相会。"那女从之中,阊门所见青衣小鬟,正在其内。解元心中欢喜,远远相随,直到一座大门楼下,女使出迎,一拥而入。询之傍人,说是华学士府,适才轿中乃夫人也。解元得了实信,问路出城。恰好船上取了水才到。少顷,王雅宜等也来了。问:"解元那里去了?教我们寻得不耐烦!"解元道:"不知怎的,一挤就挤散了,又不认得路径,问了半日,方能到此。"并不题起此事。至夜半,忽于梦中狂呼,如魇魅之状。众人皆惊,唤醒问之。解元道:"适梦中见一金甲神人,持金杵击我,责我进香不虔。我叩头哀乞,愿斋戒一月,只身至山谢罪。天明,汝等开船自去,吾且暂回,不得相陪矣。"雅宜等信以为真。至天明,恰好有一只小船来到,说是苏州去的。解元别了众人,跳上小船。行不多时,推说遗忘了东西,还要转去。袖中摸几文钱,赏了舟子,奋然登岸。到一饭店,办下旧衣破帽,将衣巾换讫,如穷汉之状。走至华府典铺内,以典钱为由,与主管相见。卑词下气,问主管道:"小子姓康,名宣,吴县人氏,颇善书,处一个小馆①为生。近因拙妻亡故,又失了馆,孤身无活,欲投一大家充书办之役,未知府上用得否?倘收用时,不敢忘恩!"因于袖中取出细楷数行,与主管观看。

主管看那字,写得甚是端楷可爱,答道:"待我晚间进府禀过老爷,明日你来讨回话。"是晚,主管果然将字样禀知学士。学士看了,夸道:"写得好,不似俗人之笔。明日可唤来见我。"次早,解元便到典中,主管引进解元拜见了学士。学士见其仪表不俗,问过了姓名住居,又问:"曾读书么?"解元道:"曾考过几遍童生,不得进学,经书还都记得。"学士问是何经?解元虽习《尚书》,其实五经俱通的,晓得学士习《周易》,就答应道:"《易经》。"学士大喜道:"我书房中写帖的不缺,可送公子处作伴读。"问他要多少身价?解元道:"身价不敢领,只要求些衣服穿。待后老爷中意时,赏一房好媳妇足矣。"学士更喜。就叫主管于典中寻几件随身衣服与他换了,改名华安。送至书馆,见了公子。公子教华安抄写文字。文字中有字句不妥的,华安私加改窜。公子见他改得好,大惊道:"你原来通文理,几时放下书本的?"华安道:"从来不曾旷学,但为贫所迫耳。"公子大喜。将自己日课教他改削。华安笔不停挥,真有点铁成金手段。有时题义疑难,华安就与公子讲解。若公子做不出时,华安就通篇代笔。先生见公子学问骤进,向主人夸奖。学士讨近作看了,摇头道:"此非孺子所及,若非抄写,必是倩人。"呼公子诘问其由。公子不敢隐瞒,说道:"曾经华安改窜。"学士大惊。唤华安到来出题面试。华安不假思索,援笔立就,手捧所作呈上。学士见其手腕如玉,但左手有枝指。阅其文,词意兼美,字复精工,愈加欢喜。道:"你时艺如此,想古作亦可观也!"乃留内书房掌书记。一应往来书札,授之以意,辄令代笔,烦简曲当,学士从未曾增减一字。宠信日深,赏赐比众人加厚。华安时买酒食与书房诸童子共享,无不欢喜。因而潜访前所见青衣小鬟,其名秋香,乃夫人贴身伏侍,顷刻不离者。计无所出。乃因春暮,赋《黄莺儿》以自叹:

"风雨送春归,杜鹃愁,花乱飞,青苔满院朱门闭。孤灯半垂,孤衾半敧,萧萧孤影汪汪泪。忆归期,相思未了,春梦绕天涯。"

学士一日偶到华安房中,见壁间之词,知安所题,甚加称奖。但以为壮年鳏处,不无感伤,初不意其有所属意也。适典中主管病故,学士令华安暂摄其事。月余,出纳谨慎,毫忽无私。学士欲遂用为主管,嫌其孤身无室,

---

① 处一个小馆:设塾教授学生。

难以重托。乃与夫人商议,呼媒婆欲为娶妇。华安将银三两,送与媒婆,央他禀知夫人说:"华安蒙老爷夫人提拔,复为置室,恩同天地。但恐外面小家之女,不习里面规矩。倘得于侍儿中择一人见配,此华安之愿也!"媒婆依言禀知夫人。夫人对学士说了。学士道:"如此诚为两便。但华安初来时,不领身价,原指望一房好媳妇。今日又做了府中得力之人,倘然所配未中其意,难保其无他志也。不若唤他到中堂,将许多丫鬟听其自择。"夫人点头道是。当晚夫人坐于中堂,灯烛辉煌,将丫鬟二十余人各盛饰装扮,排列两边,恰似一班仙女,簇拥着王母娘娘在瑶池之上。夫人传命唤华安。华安进了中堂,拜见了夫人。夫人道:"老爷说你小心得用,欲赏你一房妻小。这几个粗婢中,任你自择。"叫老姆姆携烛下去照他一照。华安就烛光之下,看了一回,虽然尽有标致的,那青衣小鬟不在其内。华安立于傍边,嘿然无语。夫人叫:"老姆姆,你去问华安:'那一个中你的意?就配与你。'"华安只不开言。夫人心中不乐,叫:"华安,你好大眼孔,难道我这些丫头就没个中你意的?"华安道:"复夫人,华安蒙夫人赐配,又许华安自择,这是旷古隆恩,粉身难报。只是夫人随身侍婢还来不齐,既蒙恩典,愿得尽观。"夫人笑道:"你敢是疑我有吝啬之意。也罢!房中那四个一发唤出来与他看看,满他的心愿。"原来那四个是有执事的,叫做:

  春媚,夏清,秋香,冬瑞。

春媚,掌首饰脂粉。夏清,掌香炉茶灶。秋香,掌四时衣服。冬瑞,掌酒果食品。管家老姆姆传夫人之命,将四个唤出来。那四个不及更衣,随身妆束,——秋香依旧青衣。老姆姆引出中堂,站立夫人背后。室中蜡炬,光明如昼。华安早已看见了。昔日丰姿,宛然在目。还不曾开口,那老姆姆知趣,先来问道:"可看中了谁?"华安心中明晓得是秋香,不敢说破,只将手指道:"若得穿青这一位小娘子,足遂生平。"夫人回顾秋香,微微而笑。叫华安且出去。华安回典铺中,一喜一惧,喜者机会甚好,惧者未曾上手,惟恐不成。偶见月明如昼,独步徘徊,吟诗一首:

  "徙倚无聊夜卧迟,绿杨风静鸟栖枝。
  难将心事和人说,说与青天明月知。"

  次日,夫人向学士说了。另收拾一所洁净房室,其床帐家伙,无物不备。又合家童仆奉承他是新主管,担东送西,摆得一室之中,锦片相似。择了吉日,学士和夫人主婚。华安与秋香中堂双拜,鼓乐引至新房,合卺成婚,男欢女悦,自不必说。夜半,秋香向华安道:"与君颇面善,何处曾相会来?"华安道:"小娘子自去思想。"又过了几日,秋香忽问华安道:"向日阊门游船中看见的可就是你?"华安笑道:"是也。"秋香道:"若然,君非下贱之辈,何故屈身于此?"华安道:"吾为小娘子傍舟一笑,不能忘情,所以从权相就。"秋香道:"妾昔见诸少年拥君,出素扇纷求书画,君一概不理,倚窗酌酒,旁若无人。妾知君非凡品,故一笑耳。"华安道:"女子家能于流俗中识名士,诚红拂绿绮①之流也!"秋香道:"此后于南门街上,似又会一次。"华安笑道:"好利害眼睛!果然果然。"秋香道:"你既非下流,实是甚么样人?可将真姓名告我。"华安道:"我乃苏州唐解元也。与你三生有缘,得谐所愿。今夜既然说破,不可久留,欲与你图谐老之策,你肯随我去否?"秋香道:"解元为贱妾之故,不惜辱千金之躯,妾岂敢不惟命是从。"华安次日将典中帐目细细开了一本簿子,又将房中衣服首饰及床帐器皿另开一帐,又将各人所赠之物亦开一帐,纤毫不取。共是三宗帐目,锁在一个护书箧内。其钥匙即挂在锁上。又于壁间题诗一首:

　　拟向华阳洞里游,行踪端为可人留。
　　愿随红拂同高蹈,敢向朱家惜下流。
　　好事已成谁索笑?屈身今去尚含羞。
　　主人若问真名姓,只在'康宣'两字头。

是夜雇了一只小船,泊于河下。黄昏人静,将房门封锁,同秋香下船,连夜望苏州去了。天晓,家人见华安房门封锁,奔告学士。学士教打开看时,床帐什物一毫不动,护书内帐目开载明白。学士沉思,莫测其故。抬头一看,忽见壁上有诗八句,读了一遍。想:"此人原名不是康宣。又不知甚么意故,来府中住许多时?若是不良之人,财上又分毫不苟。又不知那秋香如何就肯随他逃走?如今两口儿又不知逃在那里?我弃此一婢,亦有何难,只要明白了这桩事迹。"便叫家童唤捕人来,出信赏钱,各处缉获康宣秋香,杳无影响。过了年余,学士也放过一边了。

忽一日学士到苏州拜客。从阊门经过,家童看见书坊中有一秀才坐而观书,其貌酷似华安,左手亦有枝指。报与学士知道。学士不信,分付此童再去看个详细,并访其人名姓。家童覆身到书坊中,那秀才又和着一个同辈说话,刚下阶头,家童乖巧,悄悄随之,那两个转湾向潼子门下船去了,仆从相随共有四五人。背后察其形相,分明与华安无二。只是不敢唐突。家童回转书坊,问店主适来在此看书的是什么人?店主道:"是唐伯虎解元相公。今日是文衡山②相公舟中请酒去了。"家童道:"方才同去的那一位可

---

① 绿绮:绿绮是司马相如的琴名。这绿绮当是指卓文君的故事,因为要和红拂对衬,所以不径称文君。

② 文衡山:就是明著名画家文徵明。

就是文相公么?"店主道:"那是祝枝山,也都是一般名士。"家童一一记了,回复了华学士。学士大惊,想道:"久闻唐伯虎放达不羁,难道华安就是他。明日专往拜谒,便知是否。"次日写了名帖,特到吴趋坊拜唐解元。解元慌忙出迎,分宾而坐。学士再三审视,果肖华安。及捧茶,又见手白如玉,左有枝指。意欲问之,难于开口。茶罢,解元请学士书房中小坐。学士有疑未决,亦不宜轻别,遂同至书房。见其摆设齐整,啧啧叹羡。少停酒至,宾主对酌多时。学士开言道:"贵县有个康宣,其人读书不遇,甚通文理。先生识其人否?"解元唯唯。学士又道:"此人去岁曾佣书于舍下,改名华安。先在小儿馆中伴读,后在学生书房管书束。后又在小典中为主管。因他无室,教他于贱婢中自择。他择得秋香成亲。数日后夫妇俱逃,房中日用之物一无所取,竟不知其何故?学生曾差人到贵处察访,并无其人。先生可略知风声么?"解元又唯唯。学士见他不明不白,只是胡答应,忍耐不住,只得又说道:"此人形容颇肖先生模样,左手亦有枝指,不知何故?"解元又唯唯。少顷,解元暂起身入内。学士翻看桌上书籍,见书内有纸一幅,题诗八句,读之,即壁上之诗也。解元出来。学士执诗问道:"这八句诗乃华安所作,此字亦华安之笔,如何有在尊处?必有缘故,愿先生一言,以决学生之疑。"解元道:"容少停奉告。"学士心中愈闷道:"先生见教过了,学生还坐,不然即告辞矣。"解元道:"禀复不难,求老先生再用几杯薄酒。"学士又吃了数杯。解元巨觥奉劝。学士已半酣,道:"酒已过分,不能领矣。学生惓惓请教,止欲剖胸中之疑,并无他念。"解元道:"请用一箸粗饭。"饭后献茶,看看天晚,童子点烛到来。学士愈疑,只得起身告辞。解元道:"请老先生暂挪贵步,当决所疑。"命童子秉烛前引,解元陪学士随后共入后堂。堂中灯烛辉煌。里面传呼:"新娘来。"只见两个丫鬟,伏侍一位小娘子,轻移莲步而出,珠珞重遮,不露娇面。学士惶悚退避。解元一把扯住衣袖道:"此小妾也,通家长者,合当拜见,不必避嫌。"丫鬟铺毡。小娘子向上便拜。学士还礼不迭。解元将学士抱住,不要他还礼。拜了四拜,学士只还得两个揖,甚不过意。拜罢,解元携小娘子近学士之旁,带笑问道:"老先生请认一认,方才说学生颇似华安,不识此女亦似秋香否?"学士熟视大笑,慌忙作揖,连称得罪。解元道:"还该是学生告罪。"二人再至书房。解元命重整杯盘,洗盏更酌。酒中学士复叩其详。解元将阊门舟中相遇始末细说一遍。各各抚掌大笑。学士道:"今日即不敢以记室相待,少不得行子婿之礼。"解元道:"若要甥舅相行,恐又费丈人妆奁耳。"二人复大笑。是夜,尽欢而别。

学士回到舟中,将袖中诗句置于桌上,反覆玩味。"首联道:'拟向华阳洞里游,'是说有茅山进香之行了。'行踪端为可人留,'分明为中途遇了秋香,担搁住了。第二联:'愿随红拂同高蹈,敢向朱家惜下流,'他屈身投靠,便有相挈而逃之意。第三联:'好事已成谁索笑?屈身今去尚含羞。'这两句,明白。末联:'主人若问真名姓,只在"康宣"两字头。'康字与唐字头一般,宣字与寅字头无二,是影着唐寅二字。我自不能推详耳。他此举虽似情痴,然封还衣饰,一无所取,乃礼义之人,不枉名士风流也。"学士回家,将这段新闻向夫人说了。夫人亦骇然。于是厚具装奁,约值千金,差当家老姆姆押送唐解元家。从此两家遂为亲戚,往来不绝。至今吴中把此事传作风流话柄。有唐解元《焚香默坐歌》,自述一生心事,最做得好!歌曰:

"焚香嘿坐自省已,口里喃喃想心里。
心中有甚害人谋?口中有甚欺心语?
为人能把口应心,孝弟忠信从此始。
其余小德或出入,焉能磨涅①吾行止?
头插花枝手把杯,听罢歌童看舞女。
食色性也古人言,今人乃以为之耻。
及至心中与口中,多少欺人没天理。
阴为不善阳掩之,则何益矣徒劳耳!
请坐且听吾语汝:凡人有生必有死。
死见阎君面不惭,才是堂堂好男子。"

女秀才移花接木

万里桥边薛校书,枇杷窗下闭门居。
扫眉才子知多少,管领春风总不如。

这四句诗乃唐人赠蜀中妓女薛涛之作。这个薛涛,乃是女中才子。南康王韦皋做西川节度使时,曾表奏他做军中校书,故人多称为薛校书。所往来的是高千里、元微之、杜牧之一班儿名流。又将浣花溪水造成小笺,名曰"薛涛笺"。词人墨客得了此笺,犹如拱璧。真正名重一时,芳流百世。

国朝洪武年间,有广东广州府人田洙,字孟沂,随父田百禄到成都赴教官②之任。那孟沂生得风流标致,又兼才学过人,书画琴棋之类无不通晓,

---

① 磨涅:经得起考验的意思。
② 教官:又称"学官",主管学务的官员或官学教师。

学中诸生日与嬉游,爱同骨肉。过了一年,百禄要遣他回家。孟沂的母亲心里舍不得他去,又且寒官冷署,盘费难处。百禄与学中几个秀才商量,要在地方上寻一个馆①与儿子坐坐,一来可以早晚读书,二来得些馆资,可为归计。这些秀才巴不得留住他,访得附郭一个大姓张氏要请一馆宾,众人遂将孟沂力荐于张氏。张氏送了馆约,约定明年正月元宵后到馆。至期,学中许多有名的少年朋友一同送孟沂到张家来,连百禄也自送去。张家主人曾为运使,家道饶裕,见是老广文②带了许多时髦③到家,甚为喜欢,开筵相待。酒罢各散,孟沂就在馆中宿歇。

　　到了二月花朝日④,孟沂要归省父母。主人送他节仪二两,孟沂袋在袖子里了,步行回去。偶然一个去处,望见桃花盛开,一路走去看,境甚幽僻。孟沂心里喜欢,伫立少顷,观玩景致。忽见桃林中一个美人掩映花下。孟沂晓得是良人家,不敢顾盼,径自走过,未免带些卖俏身子,拖下袖来,袖中之银不觉落地。美人看见,便叫随侍的丫鬟拾将起来,送还孟沂。孟沂笑受,致谢而别。

　　明日,孟沂有意打那边经过,只见美人与丫鬟仍立在门首。孟沂望着门前走去。丫鬟指道:"昨日遗金的郎君来了。"美人略略敛身,避入门内。孟沂见了丫鬟,叙述道:"昨日多蒙娘子美情,拾还遗金,今日特来造谢。"美人听得,叫丫鬟请入内厅相见。孟沂喜出望外,急整衣冠,望门内而进。美人早已迎着,至厅上相见礼毕,美人先开口道:"郎君莫非是张运使宅上西宾⑤么?"孟沂道:"然也。昨日因馆中回家,道经于此,偶遗少物,得遇夫人盛情,命尊姬拾还,实为感激。"美人道:"张氏一家亲戚,彼西宾即我西宾,还金小事,何足为谢?"孟沂道:"欲问夫人高门姓氏,与敝东何亲?"美人道:"寒家姓平,成都旧族也。妾乃文孝坊薛氏女,嫁与平氏子康,不幸早卒,妾独孀居于此。与郎君贤东乃乡邻姻娅⑥,郎君即是通家了。"孟沂见说是孀居,不敢久留,两杯茶罢,起身告退。美人道:"郎君便在寒舍过了晚去。若贤东晓得郎君到此,妾不能久留款待,觉得没趣了。"即分付快办酒馔。不多时,设着两席,与孟沂相对而坐。坐中殷勤劝酬。笑语之间,美人

---

① 馆:书塾。当家塾教师称"坐馆"。
② 广文:指教官。唐玄宗时创设广文馆,置博士、助教等职,时人视为清苦闲散之职,后遂称教官为"广文"。
③ 时髦:指当时的俊杰之士。
④ 花朝日:旧俗以夏历二月十五日为"百花生日",故称此日为"花朝"。
⑤ 西宾:犹"西席"。对家塾教师或幕友的敬称。
⑥ 姻娅:指有婚姻关系的亲戚。

多带些谑浪话头。孟沂认道是张氏至戚,虽然心里技痒难熬,还拘拘束束,不敢十分放肆。美人道:"闻得郎君倜傥俊才,何乃作儒生酸态?妾虽不敏,颇解吟咏。今遇知音,不敢爱丑,当与郎君赏鉴文墨,唱和词章。郎君不以为鄙,妾之幸也。"遂叫丫鬟取出唐贤遗墨,与孟沂看。孟沂从头细阅,多是唐人真迹手翰诗词,惟元稹、杜牧、高骈的最多,墨迹如新。孟沂爱玩不忍释手,道:"此希世之宝也。夫人情钟此类,真是千古韵人了。"美人谦谢。两个谈话有味,不觉夜已二鼓。孟沂辞酒不饮。美人延入寝室,自荐枕席道:"妾独处已久,今见郎君高雅,不能无情,愿得奉陪。"孟沂道:"不敢请耳;固所愿也。"两个解衣就枕,鱼水欢情,极其缱绻。枕边切切叮咛道:"慎勿轻言。若贤东知道,彼此名节丧尽了。"次日,将一个卧狮玉镇纸赠与孟沂,送至门外道:"无事就来走走,勿学薄幸人。"孟沂道:"这个何劳分付。"

孟沂到馆,哄主人道:"老母想念,必要小生归家宿歇,小生不敢违命留此。从今早来馆中,晚归家里便了。"主人信了说话,道:"任从尊便。"自此,孟沂在张家只推家里去宿,家里又说在馆中宿,竟夜夜到美人处宿了。整有半年,并没一个人知道。

孟沂与美人赏花玩月,酌酒吟诗,曲尽人间之乐。两人每每你唱我和,做成联句,如《落花》二十四韵,《月夜》五十韵,斗巧争妍,真成敌手。诗句太多,恐看官每厌听,不能尽述,只将他两人四时回文诗表白一遍。美人诗道:

花朵几枝柔傍砌,柳丝千缕细摇风。
霞明半岭西斜日,月上孤村一树松。(《春》)
凉回翠簟冰人冷,齿沁清泉夏月寒。
香篆袅风清缕缕,纸窗明月白团团。(《夏》)
芦雪覆汀秋水白,柳风凋树晚山苍。
孤帏客梦惊空馆,独雁征书寄远乡。(《秋》)
天冻雨寒朝闭户,雪飞风冷夜关城。
鲜红炭火围炉暖,浅碧茶瓯注茗清。(《冬》)

这个诗怎么叫得回文?因是顺读完了,倒读转去,皆可通得。最难得这样浑成,非是高手不能,美人一挥而就。孟沂也和他四首道:

芳树吐花红过雨,入帘飞絮白惊风。
黄添晓色青舒柳,粉落晴香雪覆松。(《春》)
瓜浮瓮水凉消暑,藕叠盘冰翠嚼寒。
斜石近阶穿笋密,小池舒叶出荷团。(《夏》)

残石绚红霜叶出,薄烟寒树晚林苍。

莺书寄恨羞封泪,蝶梦惊愁怕念乡。(《秋》)

风卷雪蓬寒罢钓,月辉霜柝冷敲城。

浓香酒泛霞杯满,淡影梅横纸帐清。(《冬》)

孟沂和罢,美人甚喜。真是才子佳人,情味相投,乐不可言。

却是"好物不坚牢",自有散场时节。一日,张运使偶过学中,对老广文田百禄说道:"令郎每夜归家,不胜奔走之劳。何不仍留寒舍住宿,岂不为便?"百禄道:"自开馆后,一向只在公家。止因老妻前日有疾,曾留得数日,这几时并不曾来家宿歇,怎么如此说?"张运使晓得内中必有跷蹊,恐碍着孟沂,不敢尽言而别。

是晚孟沂告归,张运使不说破他,只叫馆仆尾着他去。到得半路,忽然不见。馆仆赶去追寻,竟无下落。回来对家主说了。运使道:"他少年放逸,必然花柳人家去了。"馆仆道:"这条路上,何曾有甚么伎馆?"运使道:"你还到他衙中问问看。"馆仆道:"天色晚了,怕关了城门,出来不得。"运使道:"就在田家宿了,明日早晨来回我不妨。"到了天明,馆仆回话,说是不曾回衙。运使道:"这等,那里去了?"正疑怪间,孟沂恰到。运使问道:"先生昨宵宿于何处?"孟沂道:"家间。"运使道:"岂有此理!学生昨日叫人跟随先生回去,因半路上不见了先生,小仆直到学中去问,先生不曾到宅,怎如此说?"孟沂道:"半路上偶到一个朋友处讲话,直到天黑回家,故此盛仆来时问不着。"馆仆道:"小人昨夜宿在相公家了,方才回来的。田老爹见说了,甚是惊慌,要自来寻问。相公如何还说着在家的话?"孟沂支吾不来,颜色尽变。运使道:"先生若有别故,当以实说。"孟沂晓得遮掩不过,只得把遇着平家薛氏的话说了一遍,道:"此乃令亲相留,非小生敢作此无行之事。"运使道:"我家何尝有亲戚在此地方?况亲中也无平姓者,必是鬼祟。今后先生自爱,不可去了。"

孟沂口里应承,心里那里信他?傍晚又到美人家里,备对美人说形迹已露之意。美人道:"我已先知道了。郎君不必怨悔,亦是冥数尽了。"遂与孟沂痛饮,极尽欢情。到了天明,哭对孟沂道:"从此永别矣!"将出洒墨玉笔管一枝,送与孟沂道:"此唐物也,郎君慎藏在身,以为记念。"挥泪而别。

那边张运使料先生晚间必去,叫人看着,果不在馆。运使道:"先生这事必要做出来。这是我们做主人的干系,不可不对他父亲说知。"遂步至学中,把孟沂之事备细说与百禄知道。百禄大怒,遂叫了学中一个门子,同着张家馆仆,到馆中唤孟沂回来。孟沂方别了美人回到张家,想念道:"他说永别之言,只是怕风声败露。我便耐守几时,再去走动,或者还可相会。"正踌躇间,父命已至,只得跟着回去。百禄一见,喝道:"你书倒不读,夜夜在那里游荡?"孟沂看见张运使一同在家了,便无言可对。百禄见他不说,就拿起一条拄杖,劈头打去,道:"还不实告!"孟沂无奈,只得把相遇之事,及录成联句一本,与所送镇纸、笔管二物,多将出来道:"如此佳人,不容不动心。不必罪儿了。"百禄取来,逐件一看,看那玉色是几百年出土之物,管上有篆刻"渤海高氏清玩①"六个字。又揭开诗来从头细阅,不觉心服。对张运使道:"物既稀奇,诗又俊逸,岂寻常之怪?我每可同了不肖子,亲到那地方去查一查踪迹看。"遂三人同出城来。

将近桃林,孟沂道:"此间是了。"进前一看,孟沂惊道:"怎生屋宇俱无了?"百禄与运使齐抬头一看,只见水碧山青,桃株茂盛,荆棘之中,有冢累然。张运使点头道:"是了,是了。此地相传是唐妓薛涛之墓。后人因郑谷诗有'小桃花绕薛涛坟'之句,所以种桃百株,为春时游赏之所。贤郎所遇,必是薛涛也。"百禄道:"怎见得?"张运使道:"他说所嫁是平氏子康,分明是平康巷②了。又说文孝坊,城中并无此坊,'文孝'乃是'教'字,分明是教坊了。平康巷教坊,乃是唐时妓女所居。今云薛氏,不是薛涛是谁?且笔上有高氏字,乃是西川节度使高骈。骈在蜀时,涛最蒙宠待,二物是其所赐无疑。涛死已久,其精灵犹如此。此事不必穷究了。"

百禄晓得运使之言甚确,恐怕儿子还要着迷,打发他回归广东。后来孟沂中了进士,常对人说,便将二玉物为证。虽然想念,再不相遇了。至今传有《田洙遇薛涛》故事。

小子为何说这一段鬼话?只因蜀中女子,从来号称多才。如文君、昭君,多是蜀中所生,皆有文才。所以薛涛一个妓女,生前诗名不减当时词客,死后犹且诗兴勃然。这也是山川的秀气。唐人诗有云:

锦江腻滑蛾眉秀,幻出文君与薛涛。

诚为千古佳话。至于黄崇嘏女扮为男,做了相府掾属,今世传有《女状元》本,也是蜀中故事。可见蜀女多才,自古为然。至今两川风俗,女人自小从师上学,与男人一般读书,还有考试进庠,做青衿弟子。若在别处,岂非大段奇事?而今说着一家子的事,委曲奇咤,最是好听:

从来女子守闺房,几见裙钗入学堂?
文武习成男子业,婚姻也只自商量。

话说四川成都府绵竹县,有一个武官,姓闻,名确,乃是卫中世袭指挥。

---

① 清玩:可供文人赏玩的东西。
② 平康巷:唐代都城长安的里坊名,为妓女聚居之所。后世亦称妓女为"平康"。

因中过武举两榜,累官至参将,就镇守彼处地方。家中富厚,赋性豪奢。夫人已故,房中有一班姬妾,多会吹弹歌舞。有一子,也是妾生,未满三周。有一个女儿,年十七岁,名曰蜚娥,丰姿绝世,却是将门将种,自小习得一身武艺,最善骑射,直能百步穿杨。模样虽是娉婷,志气赛过男子。他起初因见父亲是个武出身,受邪外人指目,只说是个武弁①人家,必须得个子弟在黉②门中出入,方能结交斯文士夫,不受人的欺侮。争奈兄弟尚小,等他长大不得,所以一向妆做男子,到学堂读书。外边走动,只是个少年学生;到了家中内房,方还女妆。如此数年,果然学得满腹文章,博通经史。这也是蜀中做惯的事。遇着提学③到来,他就报了名,改为胜杰,——说是胜过豪杰男人之意——表字俊卿,一般的入了队,去考童生④。一考就进了学,做了秀才。他男扮久了,人多认他做闻参将的小舍人,一进了学,多来贺喜,府县迎送到家。参将也只是将错就错,一面欢喜开宴。盖是武官人家,秀才乃极难得的。从此参将与官府往来,添个帮手,有好些气色。为此,内外大小却像忘记他是女儿一般的,凡事尽是他支持过去。

　　他同学朋友,一个叫做魏造,字撰之;一个叫做杜亿,字子中。两人多是出群才学,英锐少年,与闻俊卿意气相投,学业相长。况且年纪差不多:魏撰之年十九岁,长闻俊卿两岁;杜子中与闻俊卿同年,又是闻俊卿月生大些。三人就像一家弟兄一般,极是过得好,相约了同在学中一个斋舍里读书。两个无心,只认做一伴的好朋友。闻俊卿却有意,要在两个里头拣一个嫁他。两个人并起来,又觉得杜子中同年所生,凡事仿佛些,模样也是他标致些,更为中意,比魏撰之分外说得投机。杜子中见闻俊卿意思又好,丰姿又妙,常对他道:"我与兄两人,可惜多做了男子。我若为女,必当嫁兄;兄若为女,我必当娶兄。"魏撰之听得,便取笑道:"而今世界盛行男色,久已颠倒阴阳,那见得两男便嫁娶不得?"闻俊卿正色道:"我辈俱是孔门弟子,以文艺相知,彼此爱重,岂不有趣? 若想着淫昵,便把面目放在何处? 我辈堂堂男子,谁肯把身子做顽童乎? 魏兄该罚东道便好。"魏撰之道:"适才听得杜子中爱慕俊卿,恨不得身为女子,故尔取笑。若俊卿不爱此道,子中也就变不及身子了。"杜子中道:"我原是两下的说话,今只说得一半,把我说得失便宜了。"魏撰之道:"三人之中,谁叫你独小些? 自然该吃亏些。"大

---

①　武弁(biàn 辨):即武官。
②　黉:古代学校。
③　提学:学官名。主持州县教育、考试的官员。
④　童生:别称文童。明清科举制度,凡应生员(秀才)考试的人,不论年龄大小,皆称"儒童",习惯上称为"童生"。

家笑了一回。

俊卿归家来,脱了男服,还是个女人。自家想道:"我久与男人做伴,已是不宜,岂可他日舍此同学之人,另寻配偶不成?毕竟止在二人之内了。虽然杜生更觉可喜,魏兄也自不凡。不知后来还是那个结果好,姻缘还在那个身上。"心中委决不下。他家中一个小楼,可以四望。一个高兴,趁步登楼,见一只乌鸦在楼窗前飞过,却去住在百来步外一株高树上,对着楼窗"呀呀"的叫。俊卿认得这株树,乃是学中斋前之树。心里道:"叵耐这业畜叫得不好听,我结果他去。"跑下来自己卧房中,取了弓箭;跑上楼来,那乌鸦还在那里狠叫。俊卿道:"我借这业畜,卜我一件心事则个。"扯开弓,搭上箭,口里轻轻道:"不要误我。"飕的一响,箭到处,那边乌鸦坠地。这边望去看见,情知中箭了,急急下楼来,仍旧改了男妆,要到学中看那枝箭的下落。

且说杜子中在斋前闲步,听得鸦鸣正急,忽然扑的一响,掉下地来。走去看时,鸦头上中了一箭,贯睛而死。子中拔了箭出来,道:"谁有此神手?恰恰贯着他脑头。"仔细看那箭杆上,有两行细字道:"矢不虚发,发必应弦。"子中念罢,笑道:"那人好夸口!"魏撰之听得,跳出来急叫道:"拿与我看。"在杜子中手里接了过去。正同看时,忽然子中家里有人来寻,子中掉着①箭自去了。魏撰之细看之时,八个字下边还有"蚩娥记"三小字。想道:"蚩娥乃女人之号,难道女人中有此妙手? 这也诧异。适才子中不看见这三个字,若见时,必然还要称奇了。"

沉吟间,早有闻俊卿走将来。看见魏撰之捻了这枝箭立在那里,忙问道:"这枝箭是兄拾了么?"撰之道:"箭自何来的,兄却如此盘问?"俊卿道:"箭上有字的么?"撰之道:"因为有字,在此念想。"俊卿道:"念想些甚么?"撰之道:"有'蚩娥记'三字。蚩娥必是女人,故此想着,难道有这般善射的女子不成?"俊卿捣个鬼道:"不敢欺兄,蚩娥即是家姊。"撰之道:"令姊有如此巧艺! 曾许聘那家了?"俊卿道:"未曾许人家。"撰之道:"模样如何?"俊卿道:"与小弟有些厮像。"撰之道:"这等,必是极美的了。俗语道:'未看老婆,先看阿舅。'小弟尚未有室,吾兄与小弟做个撮合山②何如?"俊卿道:"家下事多是小弟作主。老父面前,只消小弟一说,无有不依。只未知家姐心下如何?"撰之道:"令姊面前,也在吾兄帮衬。通家之雅,料无推拒。"俊卿道:"小弟谨记在心。"撰之喜道:"得兄应承,便十有八九了。谁

---

① 掉着:抛开、放下。
② 撮合山:媒人。

想姻缘却在此枝箭上,小弟谨当宝此,以为后验。"便把箭来收拾在拜匣内了,取出羊脂玉闹妆一个,递与俊卿道:"以此奉令姊,权答此箭,作个信物。"俊卿收来束在腰间。撰之道:"小弟作诗一首,道意于令姊何如?"俊卿道:"愿闻。"撰之吟道:

  闻得罗敷未有夫,支机肯许问津无?
  他年得射如皋雉①,珍重今朝金仆姑②。

俊卿笑道:"诗意最妙。只是兄貌不陋,似太谦了些。"撰之笑道:"小弟虽不便似贾大夫之丑,却与令姊相并,必是不及。"俊卿含笑自去了。

  从此撰之胸中,痴痴里想着闻俊卿有个姊姊,美貌巧艺,要得为妻。有了这个念头,并不与杜子中知道,因为箭是他拾着的,今自己把做宝贝藏着,恐怕他知因来要了去。谁想这个箭元有来历。俊卿学射时节,便怀有择配之心。竹干上刻那二句,固是夸着发矢必中,也暗藏个应弦的哑谜。他射那乌鸦之时,明知在书斋树上,射去这枝箭,心里暗卜一卦,看他两人那个先拾得者,即为夫妻,为此急急来寻下落。不知是杜子中先拾着,后来掉在魏撰之手里。俊卿只见在魏撰之处,以为姻缘有定,故假意说是姐姐,其实多暗隐着自己的意思。魏撰之不知其故,凭他捣鬼,只道真有个姐姐罢了。俊卿固然认了魏撰之是天缘,心里却为杜子中十分相爱,好些撇打不下。叹口气道:"一马跨不得双鞍,我又违不得天意,他日别寻件事端,补还他美情罢。"明日来对魏撰之道:"老父与家姊面前,小弟十分撺掇,已有允意。玉闹妆也留在家姊处了。老父的意思,要等秋试过,待兄高捷了,方议此事。"魏撰之道:"这个也好。只是一言既定,再无翻变才妙。"俊卿道:"有小弟在,谁翻变得?"魏撰之不胜之喜。

  时值秋闱,魏撰之与杜子中、闻俊卿多考在优等,起送乡试。两人来拉了俊卿同去。俊卿与父参将计较道:"女孩儿家只好瞒着人,暂时做秀才耍子。若当真去乡试,一下子中了举人,后边露出真情来,就要关着奏请干系。事体弄大了不好收场,决使不得。"推了有病不行。魏、杜两生只得撇了,自去赴试。揭晓之日,两生多得中了。

  闻俊卿见两家报了,也自欢喜。打点等魏撰之迎到家时,方把求亲之话与父亲说知,图成此亲事。不想安绵兵备道与闻参将不合,时值军政考

---

① 如皋雉:据《左传·昭公二十八年》载,有贾大夫貌丑,妻子却很美,结婚三年,妻子从不言笑,后来如皋射中一只野鸡,她才又说又笑。后遂以"射雉"喻讨得妻子欢心。
② 金仆姑:本为春秋时鲁庄公所用的箭名,后用作箭的代称。

察,在按院处开了款数,递了一个揭帖①,诬他冒用国课②,妄报功绩,侵克军粮,累赃巨万。按院参上一本,奉圣旨着本处抚院提问。此报一至,闻家合门慌做了一团。也就有许多衙门人寻出事端来缠扰。还亏得闻俊卿是个出名的秀才,众人不敢十分啰唣。过不多时,兵道行个牌到府来,说是奉旨犯人,把闻参将收拾在府狱中去了。闻俊卿自把生员出名,去递投诉,就求保候父亲。府间准了诉词,不肯召保。俊卿就央了同窗新中的两个举人去见府尊。府尊说:"碍上司分付,做不得情。"三人袖手无计。此时魏撰之自揣道:"他家患难之际,料说不得求亲的闲话。"只好不提起,且一面去会试再处。

两人临行之时,又与俊卿作别。撰之道:"我们三人同心之友,我两人喜得侥幸,方恨俊卿因病蹉跎,不得同登。不想又遭此家难。而今我们匆匆进京去了,心下如割,却是事出无奈。多致意尊翁,且自安心听问。我们若少得进步,必当出力相助,来白此冤。"子中道:"此间官官相护,做定了圈套陷人。闻兄只在家营救,未必有益。我两人进去,倘得好处,闻兄不若径到京来商量,与尊翁寻个出场。还是那边上流头好辨白冤枉,我辈也好相机助力。切记,切记。"撰之又私自叮嘱道:"令姊之事,万万留心。不论得意不得意,此番回来,必求事谐了。"俊卿道:"闹妆现在,料不使兄失望便了。"三人洒泪而别。

闻俊卿自两人去后,一发没有商量可救父亲。亏得官无三日急,倒有七日宽,无非凑些银子,上下分派一分派,使用得停当,狱中的也不受苦,官府也不来急急要问,丢在半边,做一件未结公案了。参将与女儿计较道:"这边的官司既未问理,我们正好做手脚。我意要修下一个辨本,做成一个备细揭帖,到京中诉冤。只没个能干的人去得,心下踌躇未定。"闻俊卿道:"这件事须得孩儿自去。前日魏、杜两兄临别时,也教孩儿进京去,可以相机行事。但得两兄有一个人得第,也就好做靠傍了。"参将道:"虽然你是个女中丈夫,是你去毕竟停当,只是万里程途,路上恐怕不便。"俊卿道:"自古多称缇萦救父③,以为美谈。他也是个女子。况且孩儿男妆已久,游庠已过,一向算在丈夫之列,有甚去不得?虽是路途遥远,孩儿弓矢可以防身。倘有甚么人盘问,凭着胸中见识,也支持得他过,不足为虑。只是须得个男

---

① 揭帖:亦作"揭贴",明代指内阁直达皇帝的一种机密文件。后其使用渐广,凡公开的私人启事亦称揭帖,这里指揭发材料。

② 国课:即赋税。

③ 缇(tí)萦救父:汉代女子缇萦之父淳于意获罪,当受肉刑,缇萦上书文帝,表示愿为官婢,以赎父亲之刑。汉文帝为其孝情感动,赦免其父。

人随去,这却不便。孩儿想得有个道理,家丁闻龙夫妻,多是苗种,多善弓马,孩儿把他妻子也扮做男人,带着他两个,连孩儿共是三人一起走。既有妇女伏侍,又有男仆跟随,可以放心一直到京了。"参将道:"既然算计得停当,事不宜迟,快打点动身便是。"俊卿依命,一面去收拾。听得街上报进士,说魏、杜两人多中了,俊卿不胜之喜,来对父亲说道:"有他两人在京做主,此去一发不难做事。"就拣定一日,作急起身。在学中动了一个游学呈子①,批个文书执照,带在身边了。路经省下来,再察听一察听上司的声口消息。你道闻小姐怎生打扮:

  飘飘巾帻,覆着两鬓青丝;窄窄靴鞋,套着一双玉笋。上马衣裁成短后,蛮狮带妆就偏垂。囊一张玉靶弓,想开时舒臂扭腰多体态;插几枝雁翎箭,看放处猿啼雕落逞高强。争羡道能文善武的小郎君,怎知是女扮男妆的乔秀士。

一路来到了成都府中,闻龙先去寻下了一所幽静饭店。闻俊卿后到,歇下了行李,叫闻龙妻子取出带来的山菜几件,放在碟内,向店中取了一壶酒,斟着慢吃。又道是无巧不成话,那坐的所在与隔壁人家窗口相对,只隔得一个小天井。正吃之间,只见那边窗里一个女子,掩着半窗,对着闻俊卿不转眼的看。及至闻俊卿抬起眼来,那边又闪了进去,遮遮掩掩,只不走开。忽地打个照面,乃是个绝色佳人。闻俊卿想道:"原来世间有这样美貌女子!"看官,你道此时若是个男人,必然动了心,就想妆出些风流家数,两下做起光景来。怎当得闻俊卿自己也是个女身,那里放在心上,一面取饭来吃了,且自衙门前干事去。

  到得出去了半日,傍晚转来,俊卿刚得坐下,隔壁听见这里有人声,那个女子又在窗边来看了。俊卿私下自笑道:"看我做甚?岂知我与你是一般样的。"正嗟叹间,只见门外一个老姥走将进来,手中拿着一个小榼儿,见了俊卿,放下榼子,道了万福,对俊卿道:"间壁景家小娘子见舍人独酌,送两件果子与舍人当茶。"俊卿开看,乃是南充黄柑,顺庆紫梨,各十来枚。俊卿道:"小生在此经过的,与娘子非亲非戚,如何承此美意?"老姥道:"小娘子说来,此间来万去千的人,不曾见有似舍人这等丰标的,必定是富贵家的出身。及至问人来,说是参府中小舍人,小娘子说这俗店无物可口,叫老媳妇送此二物来解渴。"俊卿道:"小娘子何等人家,却居此间壁?"老姥道:"这小娘子是井研②景少卿的小姐,只因父母双亡,他依着外婆家住。他家

---

① 游学呈子:向县学申请出外游历的文书。
② 井研:四川的县名。

里自有万金家事,只为寻不出中意的丈夫,所以还未嫁人。外公是此间富员外,这城中极兴的客店,多是他家的房子,何止有十来处,进益甚广。只有这里幽静些,却同家小每住在间壁。他也不敢主张把外甥许人,恐怕做了对头,后来怨恨。常对景小娘子道:'凭你自家看得中意的,实对我说,我就主婚。'这个小娘子也古怪,自来会拣相人物,再不曾说那一个好。方才见了舍人,便十分称赞,敢是舍人有些姻缘动了。"俊卿不好答应,微微笑道:"小生那有此福?"老姥道:"好说,好说。老媳妇且去着。"俊卿道:"致意小娘子,多承佳惠,客中无可奉答,但有心感盛情。"老姥去了,俊卿自想一想,不觉失笑道:"这小娘子看上了我,却不枉费春心?"吟诗一首,聊寄其意。诗云:

  为念相如渴不禁,交梨邛橘出芳林。
  却惭未是求凰客,寂莫囊中绿绮琴。

  次日早起,老姥又来,手中将着四枚剥净的熟鸡子,做一碗盛着,同了一小壶好茶,送到俊卿面前道:"舍人吃点心。"俊卿道:"多谢妈妈盛情。"老姥道:"这是景小娘子昨夜分付了,老身支持来的。"俊卿道:"又是小娘子美情,小生如何消受?有一诗奉谢,烦妈妈与我带去。"俊卿就把昨夜之诗写在笺纸上,封好了付妈妈。诗中分明是推却之意。妈妈将去与景小姐看了,景小姐一心喜着俊卿,见他以相如自比,反认做有意于文君,后边二句不过谦让些说话。遂也回他一首,和其末韵。诗云:

  宋玉墙东思不禁,愿为比翼止同林。
  知音已有新裁句,何用重挑焦尾琴①。

吟罢,也写在乌丝茧纸上,教老姥送将来。俊卿看罢,笑道:"元来小姐如此高才,难得!难得!"俊卿见他来缠得紧,生一个计较,对老姥道:"多谢小姐美意。小生不是无情,争奈小生已聘有妻室,不敢欺心妄想。上覆小姐,这段姻缘种在来世罢!"老姥道:"既然舍人已有了亲事,老身去回覆了小娘子,省得他牵肠挂肚空想坏了。"老姥去得,俊卿自出门去,打点衙门事体,央求宽缓日期。诸色停当,到了天晚才回得下处。是夜无词。

  来日天早,这老姥又走将来笑道:"舍人小小年纪,倒会掉谎。老婆滚到身边,推着不要。昨日回了小娘子,小娘子教我问一问两位管家,多说道舍人并不曾聘娘子过。小娘子喜欢不胜,已对员外说过。少刻员外自来奉拜说亲,好歹要成事了。"俊卿听罢,呆了半晌,道:"这冤家帐那里说起?只索收拾行李起来,趁早去了罢。"分付闻龙与店家会了钞,急待起身。只见

---

① 焦尾琴:琴名,传为东汉蔡邕用一端有焦痕的桐木所制的琴。

店家走进来报道："主人富员外相拜闻相公。"说罢，一个七十多岁的老人家笑嘻嘻进来堂中，望见了闻俊卿，先自欢喜，问道："这位小相公想就是闻舍人了么？"老姥还在店内，也跟将来说道："正是这位。"富员外把手一拱道："请过来相见。"闻俊卿见过了礼，整了客座坐了。富员外道："老汉无事不敢冒叨新客。老汉有一外甥，乃是景少卿之女，未曾许着人家。舍甥立愿不肯轻配凡流，老汉不敢擅做主张，凭他意中自择。昨日对老汉说，有个闻舍人下在本店，丰标不凡，愿执箕帚。所以要老汉自来奉拜，说此亲事。老汉今见足下，果然俊雅非常。舍甥也有几分姿容，况且粗通文墨，实是一对佳偶，足下不可错过。"闻俊卿道："不敢欺老丈，小生过蒙令甥谬爱，岂敢自外？一来令甥是公卿阀阅①，小生是武弁门风，恐怕攀高不着。二来老父在难中，小生正要入京辨冤，此事既不曾告过，又不好为此担搁，所以应承不得。"员外道："舍人是簪缨世胄，况又是黉宫名士，指日飞腾，岂分甚么文武门楣？若为令尊之事，慌速入京，何不把亲事议定了，待归时禀知令尊，方才完娶？既安了舍甥之心，又不误了足下之事，有何不可？"闻俊卿无计推托，心下想道："他家不晓得我的心病，如此相逼，却又不好十分过却，打破机关。我想魏撰之有竹箭之缘，不必说了。还有杜子中更加相厚，倒不得不闪下了他。一向有个主意，要在骨肉女伴里边别寻一段姻缘，发付他去。而今既有此事，我不若权且应承，定下在这里。他日作成了杜子中，岂不为妙？那时晓得我是女身，须怪不得我说谎。万一杜子中也不成，那时也好开交了，不像而今碍手。"算计已定，就对员外说："既承老丈与令甥如此高情，小生岂敢不受人提挈？只得留下一件信物在此为定，待小生京中回来，上门求娶就是了。"说罢，就在身上解下那个羊脂玉闹妆，双手递与员外道："奉此与令甥表信。"富员外千欢万喜，接受在手。一同老姥去回覆景小姐道："一言已定了。"员外就叫店中办起酒来，与闻舍人饯行。俊卿推却不得，吃得尽欢而罢。相别了，起身上路。

少不得风餐水宿，夜住晓行，不一日，到了京城。叫闻龙先去打听魏、杜两家新进士的下处，问着了杜子中一家。元来那魏撰之已在部给假回去了。杜子中见说闻俊卿来到，不胜之喜，忙差长班来接到下处。两人相见，寒温已毕。俊卿道："小弟专为老父之事，前日别时，承兄每分付入京图便，切切在心。后闻两兄高发，为此不辞跋涉，特来相托。不想魏撰之已归，今幸吾兄尚在京师，小弟不致失望了。"杜子中道："仁兄先将老伯被诬事款，

---

① 阀阅：古代仕宦人家大门外的左右柱，常用来榜贴功状，左柱叫"阀"，右柱叫"阅"，因此，常称仕宦门第为"阀阅"。

做一个揭帖，逐一辨明，刊刻起来，在朝门外逢人就送。等公论明白了，然后小弟央个相好的同年在兵部的，条陈别事，带上一段，就好到本籍去生发出脱了。"俊卿道："老父有个本稿，可以上得否？"子中道："而今重文轻武，老伯是按院题的，若武职官出名自辨，他们不容起来，反致激怒，弄坏了事。不如小弟方才说的为妙。仁兄不要轻率。"俊卿道："感谢指教。小弟是书生之见，还求仁兄做主行事。"子中道："异姓兄弟，原是自家身上的事，何劳叮咛？"俊卿道："撰之为何回去了？"子中道："撰之原与小弟同寓了多时，他说有件心事，要归来与仁兄商量。问其何事，又不肯说。小弟说仁兄见吾二人中了，未必不进京来。他说这是不可期的，况且事体要来家里做的，必要先去，所以告假去了。正不知仁兄却又到此，可不两相左了？敢问仁兄，他果然要商量何等事？"俊卿明知是为婚姻之事，却只做不知，推说道："连小弟也不晓得他为甚么，想来无非为家里的事。"子中道："小弟也想他没甚么，为何恁地等不得？"两个说了一回，子中分付治酒接风，就叫闻家家人安顿好了行李，不必另寻寓所，只在此间同寓。盖是子中先前与魏家同寓，今魏家去了，房舍尽有，可以下得闻家主仆三人。子中又分付打扫闻舍人的卧房，就移出自己的榻来，相对铺着，说晚间可以联床清话。俊卿看见，心里有些突兀起来，想道："平日与他们同学，不过是日间相与，会文会酒，并不看见我的卧起，所以不得看破。而今弄在一间房内了，须闪避不得，露出马脚来怎么处？却又没个说话可以推掉得两处宿。只是自己放着精细，遮掩过去便了。"

虽是如此说，却是天下的事是真难假，是假难真。亦且终日相处，这些细微举动，水火不便的所在，那里妆饰得许多来？闻俊卿日间虽是长安街上去送揭帖，做着男人的勾当；晚间宿歇之处，有好些破绽现出在杜子中的眼里了。杜子中是聪明的人，有甚省不得的事？晓得有些咤异，越加留心闲觑，越看越是了。

这日俊卿出去忘锁了拜匣，子中偷揭开来一看，多是些文翰柬帖。内有一幅草稿，写着道：

　　成都绵竹县信女闻氏，焚香拜告关真君神前：愿保父闻确冤情早白，自身安稳还乡，竹箭之期、闹妆之约，各得如意。谨疏。

子中见了，拍手道："眼见得公案在此了！我枉为男子，被他瞒过了许多时。今不怕他飞上天去。只是后边两句解他不出，莫不许过了人家？怎么处？"心里狂荡不禁。忽见俊卿回来，子中接在房里坐了，看着俊卿只是笑。俊卿疑怪，将自己身子上下前后看了又看，问道："小弟今日有何举动差错了，仁兄见哂之甚？"子中道："笑你瞒得我好。"俊卿道："小弟到此来做的事，不曾瞒仁兄一些。"子中道:"瞒得多哩,俊卿自想么!"俊卿道:"委实没有。"子中道:"俊卿记得当初同斋时言语么?原说弟若为女,必当嫁兄;兄若为女,必当娶兄。可惜弟不能为女,谁知兄果然是女,却瞒了小弟。不然,娶兄多时了,怎么还说不瞒?"俊卿见说着心中病,脸上通红起来,道:"谁是这般说?"子中袖中摸出这纸疏头来,道:"这须是俊卿的亲笔。"俊卿一时低头无语。子中就挨过来,坐在一处了,笑道:"一向只恨两雄不能相配,今却遂了人愿也。"俊卿站了起来道:"行踪为兄识破,抵赖不得了。只有一件:一向承兄过爱,慕兄之心,非不有之;争奈有件缘事已属了撰之,不能再以身事兄,望兄见谅。"子中愕然道:"小弟与撰之同为俊卿窗友,论起相与意气,还觉小弟胜他一分,俊卿何得厚于撰之薄于小弟?况且撰之又不在此间,现钟不打,反去炼铜,这是何说?"俊卿道:"仁兄有所不知。仁兄可看疏上竹箭之期的说话么?"子中道:"正是不解。"俊卿道:"小弟因为与两兄同学,心中愿卜所从。那日向天暗祷,箭到处先拾得者即为夫妇。后来这箭却在撰之处,小弟诡说是家姐所射,撰之遂一心想慕,把一个玉闹妆为定。此时小弟虽不明言,心已许下了。此天意有属,非小弟有厚薄也。"子中大笑道:"若如此说,俊卿宜为我有无疑了。"俊卿道:"怎么说?"子中道:"前日斋中之箭,原是小弟拾得。看见干上有两行细字,以为奇异,正在念诵,撰之听得走出来,在小弟手里接去看。此时偶然家中接小弟,就把竹箭掉在撰之处,不曾取得。何曾是撰之拾取的?若论俊卿所卜天意,一发正是小弟应占了。撰之他日可问,须混赖不得。"俊卿道:"既是曾见箭上字来,可记得否?"子中道:"虽然看时节仓卒无心,也还记是'矢不虚发,发必应弦'八个字,小弟须是造不出。"俊卿见说得是真,心里已自软了,说道:"果是如此,乃天意了。只是枉了魏撰之,望空想了许多时,而今又赶将回去,日后知道,甚么意思?"子中道:"这个说不得。从来说先下手为强,况且元该是我的。"就拥了俊卿求欢道:"相好弟兄,而今得同衾枕,天上人间,无此乐矣!"俊卿推拒不得,只得含羞走入帏帐之内,一任子中所为。有一首畣调①《山坡羊》单道其事:

> 这小秀才有些儿怪样,走到罗帷,忽现了本相。本是个黉宫里折桂的郎君,改换了章台内司花的主将。金兰契,只觉得肉味馨香;笔砚交,果然是有笔如枪。皱眉头,忍着疼,受的是良朋针砭;趁胸怀,揉着窍,显出那知心酣畅。用一番切切偲偲②,来也,哎呀,分明是远方来,

---

① 畣(tǎi)调:古代散曲的一种调名,犹歪调。

② 切切偲(sī)偲:朋友间互相切磋督促。

乐意洋洋。思量,一梨一朵,是联句的篇章;慌忙,为云为雨,还错认了龙阳。

事毕,闻小姐整容而起,叹道:"妾一生之事,付之郎君,妾愿遂矣。只是哄了魏撰之,如何回他?"忽然转了一想,将手床上一拍道:"有处法了。"杜子中倒吃了一惊,道:"这事有甚处法?"小姐道:"好教郎君得知,妾身前日行至成都,在店内安歇,主人有个甥女,窥见了妾身,对他外公说了,逼要相许。是妾身想个计较,将信物权定,推道归时完娶。当时妾身意思,道魏撰之有了竹箭之约,恐怕冷淡了郎君。又见那个女子才貌双全,可为君配,故此留下这头姻缘。今妾既归君,他日回去魏撰之问起所许之言,就把这家的说合与他成了,岂不为妙?况且当时只说是姊姊,他心里并不曾晓得是妾身自己,也不是哄他了。"子中道:"这个最妙,足见小姐为朋友的美情。有了这个出场,就与小姐配合,与撰之也无嫌了。谁晓得途中又有这件奇事?还有一件要问:途中认不出是女容,不必说了,但小姐虽然男扮,同两个男仆行走,好些不便。"小姐笑道:"谁说同来的多是男人?他两个元是一对夫妇,一男一女,打扮做一样的,所以途中好伏侍走动,不必避嫌也。"子中也笑道:"有其主必有其仆。有才思的人,做来多是奇怪的事。"小姐就把景家女子所和之诗拿出来与子中看。子中道:"世间也还有这般的女人!魏撰之得此,也好意足了。"

小姐再与子中商量着父亲之事。子中道:"而今说是我丈人,一发好措词出力。我吏部有个相知,先央他把做对头的兵道调了地方,就好营为了。"小姐道:"这个最是要着,郎君在心则个。"子中果然去央求吏部。数日之间,推本上,已把兵道改升了广西地方。子中来回覆小姐道:"对头改去,我今作速讨个差,与你回去,救取岳丈了事。此间辨白已透,抚按轻拟上来,无不停当了。"小姐愈加感激,转增恩爱。

子中讨下差来,解饷到山东地方,就便回籍。小姐仍旧扮做男人,一同闻龙夫妻,擎弓带箭,照前妆束,骑了马,傍着子中的官轿。家人原以舍人相呼。行了几日,将过鄚州①,旷野之中,一枝响箭擦着官轿射来。小姐晓得有歹人来了,分付轿上:"你们只管前走,我在此对付他。"真是忙家不会,会家不忙,扯出囊弓,扣上弦,搭上箭,只见百步之外,一骑马飞也似的跑来。小姐掣开弓,喝声道:"着!"那边人不防备的,早中了一箭,倒撞下马,在地下挣扎。小姐疾鞭着坐马,赶上前轿,高声道:"贼人已了当了,放心前去。"一路的人,多称赞小舍人好箭,个个忌惮。子中轿里得意,自不必说。

---

① 鄚(mào)州:今属河北省任丘市。

自此完了公事,平平稳稳,到了家中。父亲闻参将已因兵道升去,保候在外了。小姐进见,备说了京中事体,及杜子中营为,调去了兵道之事。参将感激不胜,说道:"如此大恩,何以为报?"小姐又把被他识破,已将身子嫁他,共他同归的事也说了。参将也自喜欢,道:"这也是郎才女貌,配得不枉了。你快改了妆,趁他今日荣归吉日,我送你过门去罢。"小姐道:"妆还不好改得,且等会过了魏撰之着。"参将道:"正要对你说,魏撰之自京中回来,不知为何只管叫人来打听,说我有个女儿,他要求聘。我只说他晓得些风声,是来说你了。及至问时,又说是同窗舍人许他的,仍不知你的事。我不好回得,只是含糊说等你回家。你而今要会他怎的?"小姐道:"其中有许多委曲,一时说不及,父亲日后自明。"

　　正说话间,魏撰之来相拜。元来魏撰之正为前日婚姻事在心中,放不下,故此就回。不想问着闻舍人又已往京,叫人探听舍人有个姐姐的说话,一发言三语四,不得明白。有的说参将只有两个舍人,一大一小,并无女儿。又有的说参将有个女儿,就是那个舍人。弄得魏撰之满肚疑心,胡猜乱想。见说闻舍人回来了,所以亟亟来拜,要问明白。闻小姐照旧时家数,接了进来。寒温已毕,撰之急问道:"仁兄,令姊之说如何?小弟特为此赶回来的。"小姐说:"包管兄有一位好夫人便了。"撰之道:"小弟叫人宅上打听,其言不一,何也?"小姐道:"兄不必疑。玉闹妆已在一个人处,待小弟再略调停,准备迎娶便了。"撰之道:"依兄这等说,不像是令姐了。"小姐道:"杜子中尽知端的,兄去问他就明白。"撰之道:"兄何不就明说了,又要小弟去问?"小姐道:"中多委曲,小弟不好说得,非子中不能详言。"说得魏撰之愈加疑心。

　　他正要去拜杜子中,就急忙起身,来到杜子中家里。不及说别样说话,忙问闻俊卿所言之事。杜子中把京中同寓,识破了他是女身,已成夫妇的始末根由说了一遍。魏撰之惊得木呆,道:"前日也有人如此说,我却不信,谁晓得闻俊卿果是女身!这分明是我的姻缘,平白错过了。"子中道:"怎见得是兄的?"撰之述当初拾箭时节,就把玉闹妆为定的说话。子中道:"箭本小弟所拾,原系他向天暗卜的。只是小弟当时不知其故,不曾与兄取得此箭在手。今仍归小弟,原是天意。兄前日只认是他令姐,原未尝属意他自身,这个不必追悔。兄只管闹妆之约不脱空罢了。"撰之道:"符已去矣,怎么还说不脱空?难道当真还有个令姐?"子中又把闻小姐途中所遇景家之事说了一遍,道:"其女才貌非常。那日一时难推,就把兄的闹妆权定在彼,而今想起来,这就有个定数在里边了。岂不是兄的姻缘么?"撰之道:"怪不得闻俊卿道自己不好说,元来有许多委曲。只是一件,虽是闻俊卿已定下在彼,他家又不曾晓得明白,小弟难以自媒,何由得成?"子中道:"小弟与闻氏虽已成夫妇,还未曾见过岳翁,打点就是今日迎娶。少不得还借重一个媒妁,而今就烦兄与小弟做一做。小弟成礼之后,代相恭敬,也只在小弟身上撮合就是了。"撰之大笑道:"当得!当得!只可笑小弟一向在睡梦中,又被兄占了头筹。而今不使小弟脱空,也还算是好了。既是这等,小弟先到闻宅去道意,兄可随后就来。"

魏撰之讨大衣服①来换了,竟抬到闻家。此时闻小姐已改了女妆,不出来了。闻参将自己出来接着。魏撰之述了杜子中之言,闻参将道:"小女娇痴慕学,得承高贤不弃。今幸结此良缘,蒹葭倚玉,惶恐惶恐。"闻参将已见女儿说过,是件整备。门上报说:"杜爷来迎亲了。"鼓乐喧天,杜子中穿了大红衣服抬将进门,真是少年郎君,人人称羡。走到堂中,站了位次,拜见了闻参将。请出小姐来,又一同行礼。谢了魏撰之,启轿而行。迎至家里,拜告天地,见了祠堂。杜子中与闻小姐正是新亲旧朋友,喜喜欢欢,一桩事完了。

只有魏撰之有些眼热,心里道:"一样的同窗朋友,偏是他两个成双。平时杜子中分外相爱,常恨不将男作女,好做夫妇。谁知今日竟遂其志,也是一段奇话。只所许我的事,未知果是如何。"次日就到子中家里贺喜,随问其事。子中道:"昨晚弟妇就和小弟计较,今日专为此要同到成都去。弟妇誓欲以此报兄,全其口信,必得佳音,方来回报。"撰之道:"多感厚情。一样的同窗,也该记念着我的冷静。但未知其人果是如何?"子中走进去,取出景小姐前日和韵之诗,与撰之看了。撰之道:"果得此女,小弟便可以不妒兄矣!"子中道:"弟妇赞之不容口,大略不负所举。"撰之道:"这件事做成,真愈出愈奇了。小弟在家颙望②。"俱大笑而别。

杜子中把这些说话与闻小姐说了。闻小姐道:"他盼望久了的,也怪他不得。只索作急成都去,周全了这事。"小姐仍旧带了闻龙夫妻跟随,同杜子中到成都来。认着前日饭店,歇在里头了。杜子中叫闻龙拿了帖,径去拜富员外。员外见说是新进士来拜,不知是甚么缘故,吃了一惊,慌忙迎接进去,坐下了,道:"不知为何大人贵足赐踹贱地?"子中道:"学生在此经过,闻知有位景小姐,是老丈令甥,才貌出众。有一敝友,也叨过甲第了,欲求为夫人,故此特来奉访。"员外道:"老汉是有个甥女,他自要择配。前日看上了一个进京去的闻舍人,已纳下聘物。大人见教迟了。"子中道:"那闻

---

① 大衣服:即官服。
② 颙(yóng)望:抬起下巴殷切盼望。

舍人也是敝友，学生已知他另有所就，不来娶令甥了。所以敢来作伐。"员外道："闻舍人也是读书君子，既已留下信物，两心相许，怎误得人家儿女？舍甥女也毕竟要等他的回信。"子中将出前日景小姐的诗笺来，道："老丈试看此纸，不是令甥写与闻舍人的么？因为闻舍人无意来娶了，故把与学生做执照，来为敝友求令甥。即此是闻舍人的回信了。"员外接过来看，认得是甥女之笔，沉吟道："前日闻舍人也曾说道聘过了，不信其言，逼他应承的。元来当真有这话！老汉且与甥女商量一商量，来回覆大人。"员外别了，进去了一会，出来道："适间甥女见说，甚是不快。他也说得是，就是闻舍人负了心，是必等他亲身见一面，还了他玉闹妆，以为诀别，方可别议姻亲。"子中笑道："不敢欺老丈说，那玉闹妆也即是敝友魏撰之的聘物，非是闻舍人的。闻舍人因为自己已有姻亲，不好回得，乃为敝友转定下了。是当日埋伏机关，非今日无因至前也。"员外道："大人虽如此说，甥女岂肯心伏？必得闻舍人自来说明，方好处分。"子中道："闻舍人不能复来，有拙荆在此，可以进去一会令甥。等他与令甥说这些备细，令甥必当见信。"员外道："有尊夫人在此，正好与舍甥面会一会，有言可以尽吐，省得传消递息。最妙，最妙。"就叫前日老姥来接取杜夫人。

老姥一见闻小姐举止形容，有些面善，只是改妆过了，一时想不出。一路相着，只管迟疑接到间壁。里边景小姐出来相接，各叫了万福。闻小姐对景小姐笑道："认得闻舍人否？"景小姐见模样厮像，还只道或是舍人的姊妹，答道："夫人与闻舍人何亲？"闻小姐道："小姐怎等识人，难道这样眼钝？前日到此过蒙见爱的舍人，即妾身是也。"景小姐吃了一惊，仔细一认，果然一毫不差。连老姥也在旁拍手道："是呀！是呀！我方才道面庞熟得紧，那知就是前日的舍人！"景小姐道："请问夫人，前日为何这般打扮？"闻小姐道："老父有难，进京辨冤，故乔妆作男，以便行路。所以前日过蒙见爱，再三不肯应承者，正为此也。后来见难推却，又不敢实说真情，所以代友人纳了聘，以待后来说明。今纳聘之人已登黄甲，年纪也与小姐相当，故此愚夫妇特来奉求，与小姐了此一段姻亲，报答前日厚情耳。"景小姐见说，半晌做声不得。老姥在旁道："多谢夫人美意。只是那位老爷姓甚名谁，夫人如何也叫他是友人？"闻小姐道："幼年时节，曾共学堂，后来同在庠中，与我家相公三人，年貌多相似，是异姓骨肉。知他未有亲事，所以前日就有心替他结下了。这人姓魏，好一表人物，就是我相公同年，也不辱没了小姐。小姐一去也就做夫人了。"景小姐听了这一篇说话，晓得是少年进士，有甚么不喜？叫老姥陪住了闻小姐，背地去把这些说话备细告诉员外。员外见说是许个进士，岂有不窜掇之理？真个是一让一个肯。回覆了闻小姐，转说与杜子中,一言已定。富员外设起酒来谢媒,外边款待杜子中,内里景小姐作主款待杜夫人。两个小姐说得甚是投机,尽欢而散。

约定了回来,先教魏撰之纳币①,拣个吉日,迎娶回家。花烛之夕,见了模样,如获天人。因说起闻小姐闹妆纳聘之事,撰之道:"那聘物元是我的。"景小姐问:"如何却在他手里?"魏撰之又把先时竹箭题字,杜子中拾得,掉在他手里,认做另有个姐姐,故把玉闹妆为聘的根由,说了一遍。一齐笑道:"彼此夙缘,颠颠倒倒,皆非偶然也。"

明日,魏撰之取出竹箭来与景小姐看。小姐道:"如今只该还他了。"撰之就提笔写一束与子中夫妻道:

既归玉环,返卿竹箭。两段姻缘,各从其便。一笑,一笑。

写罢,将竹箭封了,一同送去。杜子中收了,与闻小姐拆开来看,方见八字之下又有"蚩娥记"三字,问道:"蚩娥怎么解?"闻小姐道:"此妾闺中之名也。"子中道:"魏撰之错认了令姊,就是此二字了。若小生当时曾见此二字,这箭如何肯便与他?"闻小姐道:"他若没有这箭起这些因头,那里又绊得景家这头亲事来?"两人又笑了一回,也题了一束,戏他道:

环为旧物,箭亦归宗。两俱错认,各不落空。一笑,一笑。

从此两家往来,如同亲兄弟姊妹一般。两个甲科合力与闻参将辨白前事,世间情面那里有不让缙绅的?逐件赃罪,得以开释,只处得他革任回卫。闻参将也不以为意了。后边魏、杜两人俱为显官,闻、景二小姐各生子女,又结了婚姻,世交不绝。这是蜀多才女,有如此奇奇怪怪的妙话,卓文君成都当垆,黄崇嘏相府掌记,又平平了。诗曰:

世上夸称女丈夫,不闻巾帼竟为儒。
朝廷若也开科取,未必无人待贾沽。

崔俊臣巧会芙蓉屏

夫妻本是同林鸟,大限来时各自飞。
若是遗珠还合浦,却教拂拭更生辉。

---

① 纳币:古代婚礼"六礼"之一,也称"纳徵"。男女双方缔婚之后,男方把聘礼送给女方。

话说宋朝汴梁有个王从事①,同了夫人到临安调官,赁一民房。居住数日,嫌他窄小不便。王公自到大街坊上,寻得一所宅子,宽敞洁净,甚是像意。当把房钱赁下了,归来与夫人说:"房子甚是好住。我明日先搬东西去了,临完,我雇轿来接你。"次日并叠箱笼,结束齐备,王公押了行李,先去收拾。临出门,又对夫人道:"我先去,你在此等等,轿到便来就是。"王公分付罢,到新居安顿了,就叫一乘轿,到旧寓接夫人。轿去已久,竟不见到。王公等得心焦,重到旧寓来问。旧寓人道:"官人去不多时,就有一乘轿来接夫人,夫人已上轿去了。后边又是一乘轿来接,我回他夫人已有轿去了,那两个就打了空轿回去。怎么还未到?"王公大惊,转到新寓来看,只见两个轿夫来讨钱道:"我等打轿去接夫人,夫人已先来了。我等虽不抬得,却要赁轿钱与脚步钱。"王公道:"我叫的是你们的轿,如何又有甚人的轿先去接着?而今竟不知抬向那里去了!"轿夫道:"这个我们却不知道。"王公将就拿几十钱打发了去,心下好生无主,暴躁如雷,没个出豁处。

次日,到临安府进了状。拿得旧主人来,只如昨说,并无异词。问他邻舍,多见是上轿去的。又拿后边两个轿夫来问,说道:"只打得空轿往回一番,地方街上人多看见的,并不知余情。"临安府也没奈何,只得行个缉捕文书,访拿先前的两个轿夫,却又不知姓名住址,有影无踪,海中捞月。眼见得一个夫人,送在别处去了。王公凄凄惶惶,苦痛不已。自此失了夫人,也不再娶。

五年之后,选了衢州教授②,附郭首县,名西安县,那县宰与王教授时相往来。县宰请王教授衙中饮酒,吃到中间,嗄饭中拿出鳖来。王教授吃了两箸,便停了箸,哽哽咽咽,眼泪如珠,落将下来。县宰惊问缘故。王教授道:"此味颇似亡妻所烹调,故此伤感。"县宰道:"尊阃夫人几时亡故?"王教授道:"索性亡故,也是天命。只因在临安移寓,相约命轿相接,不知是甚奸人,先把轿来骗拙妻,错认是家里轿,上去了。当时告在临安,至今未有下落。"县宰色变了道:"小弟的小妾,正是在临安用三十万钱娶的外方人。适才叫他治庖,这鳖是他烹煮的。其中有些怪异了。"登时起身进来,问妾道:"你是外方人,如何却在临安嫁得在此。"妾垂泪道:"妾身自有丈夫,被奸人赚来卖了。恐怕出丈夫的丑,故此不敢声言。"县宰问道:"丈夫何姓?"妾道:"姓王,名某,是临安听调的从事官。"县宰大惊失色,走出对王

---

① 从事:官名,即从事史。本是汉代以后高级官员自辟的僚属,但到宋代已经废除,这里指州府的从属官员。

② 教授:官职名。宋代各州、县均置教授,掌学校课试、执行学规等事,位居提督学事司之下。

教授道:"略请先生移步到里边,有一个人要奉见。"王教授随了进去。县宰声唤处,只见一个妇人走将出来。教授一认,正是失去的夫人,两下抱头大哭。王教授问道:"你何得在此?"夫人道:"你那夜晚间说话时,民居浅陋,想当夜就有人听得把轿相接的说话。只见你去不多时,就有轿来接。我只道是你差来的,即便收拾上轿去。却不知把我抬到一个甚么去处,乃是一个空房,有三两个妇女在内,一同锁闭了一夜。明日把我卖在官船上了。那时明知被赚,我恐怕你是调官的人,说出真情,添你羞耻。只得含羞忍耐,直至今日。不期在此相会。"那县官好生过意不去,传出外厢,忙唤值日轿夫,将夫人送到王教授衙里。王教授要赔还三十万原身钱。县宰道:"以同官之妻为妾,不曾察听得备细,十分有罪了。还敢说原钱耶?"教授称谢而归。夫妻欢会,感激县宰不尽。

元来临安的光棍,欺王公远方人,是夜听得了说话,即起谋心,拐他卖到官船上。又是到任去的,他州外府,道是再无有撞着的事了。谁知恰恰选在衢州,以致夫妻两个失散了五年,重得在他方相会。也是天缘未断,故得如此。

却有一件,破镜重圆,离而复合,固是好事,这美中有不足处:那王夫人虽是所遭不幸,却与人为妾,已失了身;又不曾查得奸人跟脚①出,报得冤仇。不如崔俊臣芙蓉屏故事,又全了节操,又报了冤仇,又重会了夫妻,这个话本好听。看官,容小子慢慢敷演。先听《芙蓉屏歌》一篇,略见大意。歌云:

  画芙蓉,妾忍题屏风,屏间血泪如花红。败叶枯梢两萧索,断缣遗墨俱零落。去水奔流隔死生,孤身只影成漂泊。成漂泊,残骸向谁托?泉下游魂竟不归,图中艳姿浑似昨。浑似昨,妾心伤,那禁秋雨复秋霜!宁肯江湖逐舟子,甘从宝地礼医王。医王本慈悯,慈悯超群品。逝魄愿提撕,茕嫠赖将引。芙蓉颜色娇,夫婿手亲描。花萎因折蒂,干死为伤苗。蕊干心尚苦,根朽恨难消!但道章台泣韩翊,岂期甲帐遇文箫?芙蓉良有意,芙蓉不可弃。幸得宝月再团圆,相亲相爱莫相捐。谁能听我《芙蓉篇》?人间夫妇休反目,看此芙蓉真可怜!

这篇歌是元朝至正年间真州才士陆仲旸所作。你道他为何作此歌?只因当时本州有个官人,姓崔,名英,字俊臣,家道富厚,自幼聪明,写字作画,工绝一时。娶妻王氏,少年美貌,读书识字,写染②皆通。夫妻两个,真

---

① 跟脚:即根底,底细。
② 写染:写字与绘画。染,着色。

是才子佳人，一双两好，无不厮称，恩爱异常。是年辛卯，俊臣以父荫得官，补浙江温州永嘉县尉，同妻赴任。就在真州闸边，有一只苏州大船，惯走杭州路的，船家姓顾。赁定了，下了行李，带了家奴使婢，由长江一路进发，包送到杭州交卸。行到苏州地方，船家道："告官人得知：来此已是家门首了，求官人赏赐些，并买些福物纸钱，赛赛江湖之神。"俊臣依言，拿出些钱钞，教如法置办。完事毕，船家选一桌牲酒到舱里来。俊臣叫家童接了，摆在桌上，同王氏暖酒少酌。俊臣是宦家子弟，不晓得江湖上的禁忌。吃酒高兴，把箱中带来的金银杯觚之类，拿出与王氏欢酌。却被船家后舱头张见，就起不良之心。

此时是七月天气，船家对官舱里道："官人、娘子在此闹处歇船，恐怕热闷。我们移船到清凉些的所在泊去，何如？"俊臣对王氏道："我们船中闷躁得不耐烦，如此最好。"王氏道："不知晚间谨慎否？"俊臣道："此处须是内地，不比外江。况船家是此间人，必知利害。何妨得呢？"就依船家之言，凭他移船。那苏州左近太湖，有的是大河大洋。官塘路上还有不测，若是傍港中去，多是贼的家里。俊臣是江北人，只晓得扬子江有强盗，道是内地港道小了，境界不同，岂知这些就里？

是夜，船家直把船放到芦苇之中，泊定了。黄昏左侧，提了刀，竟奔舱里来，先把一个家人杀了。吓得俊臣夫妻二人，磕头讨饶道："是有的东西都拿了去，只求饶命。"船家道："东西也要，命也要！"两个只是磕头。船家把刀指着王氏道："你不必慌，我不杀你。其余都饶不得！"俊臣自知不免，再三哀求道："可怜我是个书生，只教我全尸而死罢！"船家道："这等，饶你一刀。快跳在水中去！"也不等俊臣从容，提着腰胯，"扑通"的撩下水去。其余家僮、使女，尽行杀尽，只留得王氏一个。对王氏道："你晓得免死的缘故？我第二个儿子未曾娶得媳妇，今替人撑船到杭州去了，再是一两个月才得归来，就与你成亲。你是吾一家人了，你只安心住着，自有好处，不要惊怕。"一头说，一头就把船中所有，尽检点收拾过了。王氏起初怕他来相逼，也拚一死。听见他说了这些话，心中略放宽些道："且到日后再处。"果然，此后船家只叫王氏做媳妇，王氏假意也就应承。凡是船家教他做些甚么，他千依百顺。替他收拾零碎，料理事务，真像个掌家的媳妇伏侍公公一般，无不任在身上，是件停当。船家道是寻得个好媳妇，真心相待。看看熟分，并不隄防他有外心了。

如此一月有余，乃是八月十五日中秋节令。船家会聚了合船亲属、水手人等，叫王氏治办酒肴，盛设在舱中，饮酒看月。个个吃得酩酊大醉，东倒西歪。船家也在船里宿了。王氏自在船尾，听得鼾睡之声彻耳。于时月光明亮如昼,仔细看看舱里,没有一个不睡沉了。王氏想道:"此时不走,更待何时?"喜得船尾贴岸泊着,略摆动一些些,就好上岸。王氏轻身跳了起来,趁着月色,一气走了二三里路。走到一个去处,比旧路绝然不同,四望尽是水乡,只有芦苇、菰蒲,一望无际。仔细认去,芦苇中间有一条小小路径。草深泥滑,且又双弯纤细,鞋弓袜小,一步一跌,吃了万千苦楚。又恐怕后边追来,不敢停脚,尽力奔走。

渐渐东方亮了,略略胆大了些。遥望林木之中,有屋宇露出来。王氏道:"好了,有人家了!"急急走去,到得面前,抬头一看,却是一个庵院的模样,门还关着。王氏欲待叩门,心里想道:"这里头不知是男僧女僧,万一敲开门来是男僧,撞着不学好的,非礼相犯,不是才脱天罗,又罹地网?且不可造次。总是天已大明,就是船上有人追着,此处有了地方,可以叫喊求救,须不怕他了。只在门首坐坐,等他开出来的是。"

须臾之间,只听得里头"托"的门栓响处,开将出来,乃是一个女僮,出门担水。王氏心中喜道:"元来是个尼庵。"一径的走将进去。院主出来见了,问道:"女娘子是何处来的?大清早到小院中。"王氏对陌生人,未知好歹,不敢把真话说出来,哄他道:"妾是真州人,乃是永嘉崔县尉次妻。大娘子凶悍异常,万般打骂。近日家主离任归家,泊舟在此。昨夜中秋赏月,呼妾取金杯饮酒,不料偶然失手,落在河里去了。大娘子大怒,发愿必要置妾死地。妾自想料无活理,乘他睡熟,逃出至此。"院主道:"如此说来,娘子不敢归舟去了。家乡又远,若要别求匹偶,一时也未有其人。孤苦一身,何处安顿了好?"王氏只是哭泣不止。院主见他举止端重,情状凄惨,好生慈悯,有心要收留他。便道:"老身有一言相劝,未知尊意若何?"王氏道:"妾身患难之中,若是师父有甚么处法,妾身敢不依随?"院主道:"此间小院,僻在荒滨,人迹不到。菱藕为邻,鸥鹭为友,最是个幽静之处。幸得一二同伴,都是五十以上之人;侍者几个,又皆淳谨。老身在此住迹,甚觉清修味长。娘子虽然年芳貌美,争奈命蹇时乖,何不舍离爱欲,披缁削发,就此出家?禅榻佛灯,晨飧暮粥,且随缘度其日月,岂不强如做人婢妾,受今世的苦恼,结来世的冤家么?"王氏听说罢,拜谢道:"师父若肯收留做弟子,便是妾身的有结果了,还要怎的?就请师父替弟子落了发,不必迟疑。"果然院主装起香,敲起磬来,拜了佛,就替他落了发:

　　可怜县尉孺人,忽作如来弟子。

落发后,院主起个法名,叫做慧圆。参拜了三宝,就拜院主做了师父。与同伴都相见已毕,从此在尼院中住下了。

王氏是大家出身,性地聪明,一月之内,把经典之类,一一历过,尽皆通晓,院主大相敬重。又见他知识事体,凡院中大小事务,悉凭他主张,不问过他,一件事也不敢轻做。且是宽和柔善,一院中的人,没一个不替①他相好,说得来的。每日早晨,在白衣大士前礼拜百来拜,密诉心事。任是大寒大暑,再不间断。拜完,只在自己静室中清坐。自怕貌美,惹出事来,再不轻易露形,外人也难得见他面的。如是一年有余。

忽一日,有两个人到院随喜,乃是院主认识的近地施主,留他吃了些斋。这两个人是偶然闲步来的,身边不曾带得甚么东西来回答。明日,将一幅纸画的芙蓉来施在院中张挂,以答谢昨日之斋。院主受了,便把来裱在一格素屏上面。王氏见了,仔细认了一认,问院主道:"此幅画是那里来的?"院主道:"方才檀越布施的。"王氏道:"这檀越是何姓名?住居何处?"院主道:"就是同县顾阿秀兄弟两个。"王氏道:"做甚么生理的?"院主道:"他两个原是个船户,在江湖上赁载营生。近年忽然家事从容了。有人道他劫掠了客商,以致如此。未知真否如何。"王氏道:"常到这里来的么?"院主道:"偶然来来,也不长到。"王氏问得明白,记了顾阿秀的姓名,就提起笔来,写一首词在屏上。词云:

  少日风流张敞②笔,写生不数今黄筌③。芙蓉画出最鲜妍。岂知娇艳色,翻抱死生冤。 粉绘凄凉余幻质,只今流落有谁怜?素屏寂寞伴枯禅。今生缘已断,愿结再生缘。(右调《临江仙》)

院中之尼虽是识得经典上的字,文义不十分精通。看见此词,只道是王氏卖弄才情,偶然题咏,不晓中间缘故。谁知这画来历,却是崔县尉自己手笔画的,也是船中劫去之物。王氏看见物在人亡,心内暗暗伤悲。又晓得强盗踪迹已有影响,只可惜是个女身,又已做了出家人,一时无处申理。忍在心中,再看机会。却是冤仇当雪,姻缘未断,自然生出事体来。

姑苏城里有一个人,名唤郭庆春。家道殷富,最肯结识官员士夫,心中喜好的是文房清玩。一日游到院中来,见了这幅芙蓉画得好,又见上有题咏,字法俊逸可观,心里喜欢不胜,问院主要买。院主与王氏商量。王氏自忖道:"此是丈夫遗迹,本不忍舍。却有我的题词在上,中含冤仇意思在里面。遇着有心人,玩着词句,究问根因,未必不查出踪迹来。若只留在院中,有何益处?就叫师父卖与他罢!"庆春买得,千欢万喜去了。

其时有个御史大夫高公,名纳麟。退居姑苏,最喜欢书画。郭庆春想

---

① 替:吴方言,即"跟""同"的意思。
② 张敞:西汉时大臣,字字高,善书法,又尝为其妻画眉,传为美谈。
③ 黄筌:五代后蜀的画家,擅长花鸟画。

要奉承他,故此出价钱买了这幅纸屏去献与他。高公看见画得精致,收了他的,忙忙里也未看着题词,也不查着款字,交与书童,分付且张在内书房中。送庆春出门来别了,只见外面一个人,手里拿着草书四幅,插个标儿要卖。高公心性既爱这行物事,眼里看见,就不肯便放过了,叫取过来看。那人双手捧过,高公接上手一看:

字格类怀素,清劲不染俗。

若列法书中,可载《金石录》。

高公看毕,道:"字法颇佳。是谁所写?"那人答道:"是某自己学写的。"高公抬起头来看他,只见一表非俗,不觉失惊问道:"你姓甚名谁?何处人氏?"那个人吊下泪来道:"某姓崔,名英,字俊臣,世居真州。以父荫补永嘉县尉,带了家眷,同往赴任。自不小心,为船人所算,将英沉于水中。家财妻小,都不知怎么样了。幸得生长江边,幼时学得泅水之法。伏在水底下多时,量他去得远了,然后爬上岸来,投一民家。浑身沾湿,并无一钱在身。赖得这家主人良善,将干衣出来换了,待了酒饭,过了一夜。明日又赠盘缠少许,打发道:'既遭盗劫,理合告官;恐怕连累,不敢奉留。'英便问路进城,陈告在平江路案下了。只为无钱使用,缉捕人役不十分上紧。今听候一年,查无消耗。无计可奈,只得写两幅字卖来度日,乃是不得已之计,非敢自道善书。不意恶札,上达钧览①。"高公见他说罢,晓得是衣冠中人②,遭盗流落,深相怜悯。又见他字法精好,仪度雍容,便有心看顾他。对他道:"足下既然如此,目下只索付之无奈。且留吾西塾,教我诸孙写字,再作道理,意下如何?"崔俊臣欣然道:"患难之中,无门可投。得明公③提携,万千之幸!"高公大喜,延入内书房中,即治酒榼相待。

正欢饮间,忽然抬起头来,恰好前日所受芙蓉屏正张在那里。俊臣一眼睃去见了,不觉泫然垂泪。高公惊问道:"足下见此芙蓉,何故伤心?"俊臣道:"不敢欺明公,此画亦是舟中所失物件之一,即是英自己手笔。只不知何得在此?"站起身来,再看看,只见上有一词。俊臣读罢,又叹息道:"一发古怪!此词又即是英妻王氏所作。"高公道:"怎么晓得?"俊臣道:"那笔迹从来认得。且词中意思有在,真是拙妻所作无疑。但此词是遭变后所题,拙妇想是未曾伤命,还在贼处。明公推究此画来自何方,便有个根据了。"高公笑道:"此画来处有因,当为足下任捕盗之责。且不可泄漏!"是

---

① 钧览:意即给您看。钧,旧时下级对上级的敬称。
② 衣冠中人:属于官宦士绅中的人物。
③ 明公:旧时对尊贵者的敬称。

日酒散,叫两个孙子出来拜了先生,就留在书房中住下了。自此俊臣只在高公门馆,不题。

却说高公明日密地叫当直的,请将郭庆春来,问道:"前日所惠芙蓉屏,是那里得来的?"庆春道:"买自城外尼院。"高公问了去处,别了庆春,就差当直的到尼院中,仔细盘问这芙蓉屏是那里来的,又是那个题咏的。王氏见来问得蹊跷,就叫院主转问道:"来问的是何处人?为何问起这些缘故?"当直的回言:"这画而今已在高府中,差来问取来历。"王氏晓得是官府门中来问,或者有些机会在内,叫院主把真话答他道:"此画是同县顾阿秀舍的,就是院中小尼慧圆题的。"当直的把此言回覆高公。高公心下道:"只须赚得慧圆到来,此事便有着落。"进去与夫人商议定了。

隔了两日,又差一个当直的,分付两个轿夫,抬了一乘轿,到尼院中来。当直的对院主道:"在下是高府的管家。本府夫人喜诵佛经,无人作伴。闻知贵院中小师慧圆了悟,愿礼请拜为师父,供养在府中。不可推却。"院主迟疑道:"院中事务,大小都要他主张,如何接去得?"王氏闻得高府中接他,他心中怀着复仇之意,正要到官府门中走走,寻出机会来。亦且前日来盘问芙蓉屏的,说是高府,一发有些疑心。便对院主道:"贵宅门中礼请,岂可不去?万一推托了,惹出事端来,怎生当抵?"院主晓得王氏是有见识的,不敢违他。但只是道:"去便去,只不知几时可来?院中有事怎么处?"王氏道:"等见夫人过,住了几日,觑个空便,可以来得就来。想院中也没甚事,倘有疑难的,高府在城不远,可以来问信商量得的。"院主道:"既如此,只索就去。"当直的叫轿夫打轿进院,王氏上了轿,一直的抬到高府中来。

高公未与他相见,只叫他到夫人处见了,就叫夫人留他在卧房中同寝,高公自到别房宿歇。夫人与他讲些经典,说些因果,王氏问一答十,说得夫人十分喜欢敬重。闲中问道:"听小师父口谈,不是这里本处人。还是自幼出家的?还是有过丈夫,半路出家的?"王氏听说罢,泪如雨下道:"复夫人,小尼果然不是此间,是真州人。丈夫是永嘉县尉,姓崔名英。一向不曾敢把实话对人说,而今在夫人面前,只索实告,想自无妨。"随把赴任到此,舟人盗劫财物,害了丈夫全家,自己留得性命,脱身逃走,幸遇尼僧留住,落发出家的说话,从头至尾,说了一遍,哭泣不止。夫人听他说得伤心,恨恨地道:"这些强盗,害得人如此!天理昭彰,怎不报应?"王氏道:"小尼躲在院中,一年不见外边有些消耗。前日,忽然有个人拿一幅画芙蓉到院中来施。小尼看来,却是丈夫船中之物。即向院主问施人的姓名,道是同县顾阿秀兄弟。小尼记起丈夫赁的船,正是船户顾姓的。而今真赃已露,这强盗不是顾阿秀是谁？小尼当时就把舟中失散的意思，做一首词，题在上面。后来被人买去了。前日贵府有人来院，查问题咏芙蓉下落。其实即是小尼所题，有此冤情在内。"即拜夫人一拜道："强盗只在左近，不在远处了。只求夫人转告相公，替小尼一查。若是得了罪人，雪了冤仇，以下报亡夫，相公、夫人恩同天地了。"夫人道："既有了这些影迹，事不难查。且自宽心，等我与相公说就是。"

夫人果然把这些备细，一一与高公说了。又道："这人且是读书识字，心性贞淑，决不是小家之女。"高公道："听他这些说话，与崔县尉所说正同。又且芙蓉屏是他所题，崔县尉又认得是妻子笔迹，此是崔县尉之妻，无可疑心。夫人只是好好看待他，且不要说破。"高公出来见崔俊臣时，俊臣也屡屡催高公替他查查芙蓉屏的踪迹。高公只推未得其详，略不题起慧圆的事。高公又密密差人问出顾阿秀兄弟居址所在，平日出没行径，晓得强盗是真。却是居乡的官，未敢轻自动手。私下对夫人道："崔县尉事查得十有七八了，不久当使他夫妻团圆。但只是慧圆还是个削发尼僧，他日如何相见，好去做孺人？你须慢慢劝他长发改妆才好。"夫人道："这是正理。只是他心里不知道丈夫还在，如何肯长发改妆？"高公道："你自去劝他。或者肯依固好；毕竟不肯时节，我另自有说话。"

夫人依言，来对王氏道："吾已把你所言，尽与相公说知。相公道，捕盗的事，多在他身上，管取与你报冤。"王氏稽首称谢。夫人道："只有一件，相公道，你是名门出身，仕宦之妻，岂可留在空门，没个下落？叫我劝你长发改妆，你若依得，一力与你擒盗便是。"王氏道："小尼是个未亡之人，长发改妆何用？只为冤恨未申，故此上求相公做主。若得强盗歼灭，只此空门静守，便了终身。还要甚么下落？"夫人道："你如此妆饰在我府中，也不为便。不若你留了发，认义我老夫妇两个，做个孀居寡女，相伴终身，未为不可。"王氏道："承蒙相公、夫人抬举。人非木石，岂不知感？但重整云鬟，再施铅粉，丈夫已亡，有何心绪？况老尼相救深恩，一旦弃之，亦非厚道。所以不敢从命。"夫人见他说话坚决，一一回报了高公。高公称叹道："难得这样立志的女人！"又叫夫人对他道："不是相公苦苦要你留头，其间有个缘故。前日因去查问此事，有平江路官吏相见，说旧年曾有人告理，也说是永嘉县尉。只怕崔生还未必死。若是不长得发，他日一时擒住此盗，查得崔生出来，此时僧俗各异，不好团圆，悔之何及！何不权且留了头发，等事体尽完，崔生终无下落，那时任凭再净了发，还归尼院，有何妨碍？"王氏见说是有人还在此告状，心里也疑道："丈夫从小会没水，是夜眼见得囫囵抛在水中的，或者天幸留得性命，也不可知。"遂依了夫人的话，虽不就改妆，却从此不剃发,权扮做道姑模样了。

又过了半年,朝廷差个进士薛溥化为监察御史,来按平江路。这个薛御史乃是高公旧日属官。他吏才精敏,是个有手段的。到了任所,先来拜谒高公。高公把这件事,密密托他,连顾阿秀姓名、住址、去处,都细细说明白了。薛御史谨记在心,自去行事,不在话下。

且说顾阿秀兄弟,自从那年八月十五夜,一觉直睡到天明。醒来不见了王氏,明知逃去,恐怕形迹败露,不敢明明追寻。虽在左近打听两番,并无踪影。这是不好告诉人的事,只得隐忍罢了。此后一年之中,也曾做个十来番道路,虽不能如崔家之多,侥幸再不败露,甚是得意。一日,正在家欢呼饮酒间,只见平江路捕盗官带着一哨官兵,将宅居围住。拿出监察御史发下的访单来,顾阿秀是头一名强盗;其余许多名字,逐名查去,不曾走了一个。又拿出崔县尉告的赃单来,连他家里箱笼,悉行搜卷,并盗船一只,即停泊门外港内,尽数起到了官,解送御史衙门。

薛御史当堂一问,初时抵赖;及查物件,见了永嘉县尉的敕牒尚在箱中,赃物一一对款。薛御史把崔县尉旧日所告失盗状,念与他听,方各俯首无词。薛御史问道:"当日还有孺人王氏,今在何处?"顾阿秀等相顾,不出一语。御史喝令严刑拷讯。顾阿秀招道:"初意实要留他配小的次男,故此不杀。因他一口应承,愿做新妇,所以再不防备。不期当年八月中秋,乘睡熟逃去,不知所向。只此是实情。"御史录了口词,取了供案。凡是在船之人,无分首从,尽问成枭斩死罪,决不待时。原赃照单给还失主。

御史差人回覆高公,就把赃物送到高公家来,交与崔县尉。俊臣出来,一一收了,晓得敕牒还在,家物犹存。只有妻子没查下落处,连强盗肚里也不知去向了,真个是渺茫的事。俊臣感新思旧,不觉恸哭起来。有诗为证:
　　堪笑聪明崔俊臣,也应落难一时浑。
　　既然因画能追盗,何不寻他题画人?
元来高公有心,只将画是顾阿秀施在尼院的说与俊臣知道,并不曾提起题画的人就在院中为尼。所以俊臣但得知盗情因画败露,妻子却无查处,竟不知只在画上可以跟寻得出来的。

当时俊臣恸哭已罢,想道:"既有敕牒,还可赴任。若再稽迟,便恐另补有人,到不得地方了。妻子既不见,留连于此无益。"请高公出来,拜谢了他,就把要去赴任的意思说了。高公道:"赴任是美事;但足下青年无偶,岂可独去?待老夫与足下做个媒人,娶了一房孺人,然后夫妻同往,也未为迟。"臣俊含泪答道:"糟糠之妻,同居贫贱多时。今遭此大难,流落他方,存亡未卜。然据着芙蓉屏上,尚及题词,料然还在此方。今欲留此寻访,恐事体渺茫,稽迟岁月,到任不得了。愚意且单身到彼,差人来高揭榜文,四处追探。拙妇是认得字的,传将开去,他闻得了,必能自出。除非忧疑惊恐,不在世上了。万一天地垂怜,尚然留在,还指望伉俪重谐。英感明公恩德,虽死不忘。若别娶之言,非所愿闻。"高公听他说得可怜,晓得他别无异心,也自凄然道:"足下高谊如此,天意必然相佑,终有完全之日。吾安敢强逼?只是相与这几时,容老夫少尽薄设奉饯,然后起程。"

次日开宴饯行,邀请郡中门生、故吏,各官与一时名士毕集,俱来奉陪崔县尉。酒过数巡,高公举杯告众人道:"老夫今日为崔县尉了今生缘。"众人都不晓其意,连崔俊臣也一时未解。只见高公命传呼后堂,请夫人打发慧圆出来。俊臣惊得木呆,只道高公要把甚么女人强他纳娶,故设此宴,说此话,也有些着急了。梦里也不晓得他妻子叫得甚么慧圆。当时夫人已知高公意思,把崔县尉在馆内多时,昨已获了强盗,问了罪名,追出敕牒,今日饯行赴任,特请你到堂厮认团圆,逐项逐节的事情,说了一遍。王氏如梦方醒,不胜感激。先谢了夫人,走出堂前来。此时王氏发已半长,照旧妆饰。崔县尉一见,乃是自家妻子,惊得如醉里梦里。高公笑道:"老夫原说道与足下为媒,这可做得着么?"崔县尉与王氏相持大恸。说道:"自料今生死别了,谁知在此却得相见!"座客见此光景,尽有不晓得详悉的,向高公请问根繇。高公便叫书童去书房里取出芙蓉屏来,对众人道:"列位要知此事,须看此屏。"众人争先来看,却是一画一题。看的看,念的念,却不明白这个缘故。高公道:"好教列位得知,只这幅画,便是崔县尉夫妻一段大因缘。这画即是崔县尉所画,这词即是崔孺人所题。他夫妻赴任到此,为船上所劫。崔孺人脱逃于尼院出家,遇人来施此画,认出是船中之物,故题此词。后来此画却入老夫之手,遇着崔县尉到来,又认出是孺人之笔。老夫暗地着人细细问出根由,乃知孺人在尼院,叫老妻接将家来住着。密行访缉,备得大盗踪迹。托了薛御史,究出此事,强盗俱已伏罪。崔县尉与孺人在家下各有半年,多只道失散在那里,竟不知同在一处多时了。老夫一向隐忍,不通他两人知道,只为崔孺人头发未长,崔县尉敕牒未获,不知事体如何,两人心事如何,不欲造次漏泄。今罪人既得,试他义夫节妇,两下心坚。今日特地与他团圆这段因缘,故此方才说替他了今生缘,即是崔孺人词中之句。方才说请慧圆,乃是崔孺人尼院中所改之字,特地使崔君与诸公不解,为今日酒间一笑耳。"崔俊臣与王氏听罢,两个哭拜高公。连在座之人,无不下泪,称叹高公盛德,古今罕有。王氏自到里面去拜谢夫人了。高公重入座席,与众客尽欢而散。是夜特开别院,叫两个养娘伏侍王氏与崔县尉在内安歇。

明日，高公晓得崔俊臣没人伏侍，赠他一奴一婢，又赠他好些盘缠，当日就道。他夫妻两个感念厚恩，不忍分别，大哭而行。王氏又同丈夫到尼院中来。院主及一院之人，见他许久不来，忽又改妆，个个惊异。王氏备细说了遇合缘故，并谢院主看待厚意。院主方才晓得顾阿秀劫掠是真，前日王氏所言妻妾不相容，乃是一时掩饰之词。院中人个个与他相好的，多不舍得他去。事出无奈，各各含泪而别。夫妻两个，同到永嘉去了。

在永嘉任满回来，重过苏州，差人问候高公，要进来拜谒。谁知高公与夫人俱已薨逝，殡葬已毕了。崔俊臣同王氏大哭，如丧了亲生父母一般。问到他墓下，拜奠了，就请旧日尼院中各众，在墓前建起水陆道场①三昼夜，以报大恩。王氏还不忘经典，自家也在里头持诵。事毕，同众尼再到院中，崔俊臣出宦资，厚赠了院主。王氏又念昔日朝夜祷祈观世音暗中保佑，幸得如愿，夫妇重谐，出白金十两，留在院主处，为烧香点烛之费。不忍忘院中光景，立心自此长斋，念观音不辍，以终其身。当下别过众尼，自到真州宁家，另日赴京补官，这是后事，不必再题。

此本话文，高公之德，崔尉之谊，王氏之节，皆是难得的事。各人存了好心，所以天意周全。好人相逢，毕竟冤仇尽报，夫妇重完。此可为世人之劝。

诗云：
　　王氏藏身有远图，间关②到底得逢夫。
　　舟人妄想能同志，一月空将新妇呼。
又云：
　　芙蓉本似美人妆，何意飘零在路傍？
　　画笔词锋能巧合，相逢犹自墨痕香。
又有一首赞叹御史大夫高公云：
　　高公德谊薄云天，能结今生未了缘。
　　不使初时轻逗漏，致令到底得团圆。
　　芙蓉画出原双蒂，萍藻浮来亦共联。
　　可惜白杨堪作柱，空教洒泪及黄泉。

---

① 水陆道场：亦称"水陆斋"，佛家遍施饮食以救度水陆一切鬼魂的法会。
② 间关：历尽路途的艰难险阻。